我的男友是條狼（1）

撒空空＝著

好讀出版

Chapter One

第一章

大街上，一對男女正激動地爭執著。

男的抱住頭，對著天空咆哮道：「告訴過妳多少次了，我和她眞的沒什麼！」女的雙手捂住耳朵，一臉悽惶：「我不信！我不信！我不信！她剛剛明明就打電話給你，你還說你們沒什麼。你怎麼可以這樣對我，你好殘忍，你眞的好殘忍！」男的握住女人的雙臂，把她當不倒翁一般使勁地搖晃著：「那只是朋友之間的問候！爲什麼妳不相信我，爲什麼？爲什麼？爲什麼？難道我們之間的愛就這麼稀薄嗎？」女的被搖得頭髮都散了，好半天，腦部組織才回復原位，於是飽含著淚水，柔聲問了句：「你發誓？」男的舉起手：「好，我發誓！如果我和她有什麼，我就當街被車撞死！」

話音未落，一輛車便直直撞來，兩人嚇怔住，只能呆愣在原地，根本不曉得躲閃。幸好千鈞一髮之際，車子猛地刹住，此時，車頭距離兩人僅僅只有一公尺。

女的回過神來，「啪」地扇了男的一耳光：「你還敢說你們之間沒關係，老天都不信啊！」說完，捂住臉哭著跑走了。男的怒髮衝冠，用顫抖的手指指著那輛車，「你你你」了好幾下，還是沒說出些什麼，最後決定當務之急是趕緊找回女朋友，便追著女孩跑了。

待兩人完全消失在視線中，駕駛座的車窗玻璃才慢慢搖下，一個頭髮染成深棕色、眼睛大大、下巴尖尖的男生探出頭來，四下張望了一番，長歎口氣：「安全了。」背後傳來一道冷冷的聲音：「你看我的樣子，像安全了嗎？」白柏清回頭，看見後座那個滿臉鮮血的女人，頓時嚇得魂飛魄散：「葉西熙，妳死了沒啊？」葉西熙咬牙切齒：「託你的福，沒死！剛才幹嘛突然停車，害我摔倒在地，把頭都撞破了！」

白柏清大聲：「我再不停車，那兩個站在街上演瓊瑤劇的人就要兩命嗚呼了。」葉西熙也大聲：「誰叫你開這麼快，技術差就別逞強啊。」白柏清繼續大聲：「那誰叫妳在後座上睡覺的？整天就知道睡，妳是豬啊！」葉西熙自暴自棄：「怎麼樣，我就是豬，你嫉妒啊！」白柏清反擊：「抱歉，說妳是豬還侮辱了豬，人家至少還能站著吃飯，誰像妳有個地就能趴下睡的？懶得跟妳扯，先去醫院縫針！」葉西熙大喊：「我不要縫！」白柏清宣告：「由不得妳！」

車像剛才一樣，呼嘯著往醫院駛去。

葉西熙道：「都是你，害我破相了！」白柏清回道：「妳的臉，毀容前和毀容後沒什麼區別。」葉西熙續道：「白柏清，你再這麼污衊我，小心我打你。」白柏繼續回道：「打就打，又不是沒被妳打過！」兩人就這麼吵吵鬧鬧地來到診間門前。

推開門，白柏清幸災樂禍地朝著眼前的白衣身影，說道：「醫生，有人頭部受傷，麻煩你多縫幾針。還有，病人挺得住，所以可以不用麻藥。」醫生回道：「是誰受傷了，請坐過來。」一邊說一邊轉過身子，及肩的長髮，清秀的五官，薄薄的雙眼皮，非常乾淨漂亮，猛地拿眼望去，還以爲是個女人。

葉西熙正要答話，白柏清卻搶先一步在醫生面前坐下：「是我。」夏虛元上下打量了他一番，笑道：「你確定？」話音未落，便看見白柏清被一個身影撞飛出去，椅子上重新坐了一個捂住額頭的女孩：「醫生，是我。」夏虛元挪開她的手，認眞檢查起來。

葉西熙忐忑：「醫生，要縫多少針？會不會破相啊？」夏虛元對她綻開笑容：「別擔心，我會好好對待妳這張漂亮臉蛋的。」然後將她按在手術檯上，開始縫起來。

雖然打了麻藥，但葉西熙還是痛得齜牙咧嘴，爲了轉移注意力，她開始隨意問話：「醫生，你動作挺熟練的，一定做過不少次手術了吧。」夏虛元答：「手術是做過很多次，但對人做手術還是第一次。」聞言，葉西熙哈哈一笑：「醫生，你還眞風趣。」

夏虛元道：「親愛的，我是說眞的，以前我只替動物做過手術。對了，忘了告訴妳……我沒有行醫執照。」看夏虛元的樣子並不像在開玩笑，葉西熙手心開始冒冷汗：「怎麼可能！你沒有行醫執照，還能進這種數一數二的大醫院？」夏虛元嘴角帶著意味深長的笑意：「因爲，這間醫院的院長，是我爸。」

葉西熙恨不能流血過多暈過去，但願望往往是奢望，她只能屏住呼吸，心驚膽顫地看著面前的獸醫一針針縫著自己的皮膚。

像是過了一世紀那麼久，夏虛元終於完工，將傷口包紮完畢，搭訕般地問道：「送妳來的人，是妳男朋友？」葉西熙剛要開口，白柏清不知又從哪裡鑽了出來，馬上否認：「怎麼可能！我的眼光還不至於這麼差。我和她之間清清白白，醫生你千萬別誤會。」

葉西熙冷眼看著白柏清的神色，暗叫不好，忙起身把他拉到一邊，悄聲問道：「老實交代，你看上他了？」白柏清偷看一眼夏虛元，讚歎道：「沒錯。眞是完美，我終於遇上眞命天子了。」葉西熙開始潑好友冷水：「少來。每次都這麼說，你的眞命天子都快組成一個排了。」白柏清堅定地說：「這次是眞的。」

葉西熙招招手要白柏清更靠近些，然後湊在他耳邊嚴肅地說道：「我告訴你，這個醫生是個變態。」白柏清大驚：「怎麼會？」葉西熙解釋：「不騙你！他剛才替我縫合時不斷驚歎，說什麼『人的皮膚質感就是跟動物不一樣』，一百個殺人犯當中起碼有九十九個說過這種話，剩下的那個，還是自己把自己給碎屍了的傢伙！」白柏清誇張地張大嘴，然後臉色一鬆，鄙夷地說道：「妳撒謊的水準越來越差了。」

正說著，這邊，夏虛元擦乾手，道：「請過來塡寫資料。」爲了在眞命天子面前留下樂於助人的好印象，白柏清忙接過筆，埋頭塡起來：「我幫她塡！」

葉西熙在後面看著，突然叫起來：「錯了，我今年十九，幹嘛寫二十？」白柏清咧咧嘴：「其實，妳今年確實是二十歲。」葉西熙不解：「什麼？」白柏清解釋：「我也是偷聽我爸媽談話才知道，原來妳的出生資料是改過的。」轉過頭對夏虛元一笑，「我可以瞞著妳，但絕不能瞞著醫生。」葉西熙道：「居然用這種事情來獻殷勤，眞無聊。」白柏清回擊：「我不無聊幹嘛跟妳做朋友。」

兩人都沒注意到，一道捉摸不定的光在夏虛元眼中快速閃過。葉西熙正忙著和白柏清爭執，突然感到食指一陣刺痛，回過神，才發現原來是夏虛元拿針刺破了她的手指，正在取血。

葉西熙喊出聲來：「你幹什麼！」夏虛元將血液樣本放好，然後對他們微微一笑：「我，想好好研究一下人血。」聲音很輕，配上他詭異的笑容，頓時讓兩人感到毛骨悚然。夏虛元繼續問道：「能寫下妳的地址嗎？也許，我還要再找妳呢。」話還沒說完，「嗖」的一聲，面前的兩人立即奪門而逃，消失不見。

夏虛元聳聳肩，自顧自地將葉西熙的血液樣本放在顯微鏡底下開始觀察。

這時，辦公室裡那扇一直關閉著的門開了，一名身材高眺、容貌豔麗的女人走了出來，懶懶地打個哈欠，聲音嬌嬌軟軟的，異常好聽：「小弟，你總是喜歡嚇唬病人。」夏虛元沒有抬頭，只是輕輕說道：「我記得，老媽直到現在還說不清我們倆究竟是誰先出生的，所以，我親愛的妹妹，別亂稱呼。」

夏徐媛坐在旋轉椅上，雙腳交疊，輕輕轉動著，一邊覷著自己的雙胞胎哥哥或者弟弟，一邊歎氣：「像你這樣大海撈針，找到頭髮白了也找不到吧。」夏虛元回道：「不用等那麼久。」夏徐媛驚訝：「什麼？」夏虛元看著顯微鏡，嘴角微微勾起：「告訴逢泉，我找到她了。」

衝進車子裡，葉西熙和白柏清仍然拍著胸口，不停地喘氣。

葉西熙瞪好友一眼：「現在你相信了吧，他就是個大變態。」白柏清還沉浸在驚嚇中：「眞是……人不可貌相。」葉西熙回道：「明明是你先見色忘友。對了，你剛才說我今年二十歲，不會是眞的吧。」白柏清猶豫著：「這個……」葉西熙佯怒：「白柏清！」白柏清投降：「好好好，我說，但妳不能透露是我告訴妳的。」葉西熙不耐煩：「快說！」

白柏清娓娓道來：「也就是上個月妳生日時，我媽不是照例替妳做生日蛋糕嗎！我想去偷吃一點，結果走到廚房，就聽見我爸媽在談論妳家的事情。他們說得很小聲，我只聽見一點點，說妳媽媽已經去世二十年了。」

葉西熙插話：「不可能啊，我媽是生我時難產過世的，算起來，應該是十九年才對。」白柏清接著說：「聽我說完。他們還說什麼，還好當初把妳的出生年月改小一歲，不然就危險了。」葉西熙好奇：「危險？會有什麼危險？」白柏清回道：「這就不知道了。」葉西熙歪頭想著：「會不會是你爸媽弄錯了？」白柏清堅持：「怎麼可能，當初是我媽替妳媽接生的，難道她會記錯。」葉西熙緊鎖眉頭，心中疑竇叢生。

「狼人，是非常神祕的一種動物，或者可以這麼說，他們，是非常神祕的一類人……沒錯，我更傾向於說他們是人。因爲，他們平時就是普通人的模樣，但在月光照射下會變成一匹狼；當然，能力強大的狼人能隨時變身。」

實驗室中，克魯斯教授站在講臺上激情地演說著，聲音一如往常高亢。灰白的頭髮不時搭在前額，令他一次次往後捋，這個動作惹得幾個頑皮的學生笑成一團。

「吸血鬼害怕大蒜，而狼人則害怕銀。所以，殺死狼人的唯一方法便是在子彈上鍍銀，然後射他的心臟……李伯特，你有什麼高見嗎？」克魯斯教授突然朝笑得最厲害的那個學生提問。

李伯特晃悠悠地站起來，摸摸頭髮，語氣帶著點輕蔑：「教授，你的意思是，他們就是傳說中的變形金剛初級版？」一番話惹得全班哄堂大笑。

克魯斯教授忍住氣，慢慢走到他座位前：「李伯特，讓我告訴你，空穴來風，未必無因，很多時候，傳說是事實的別名。所以，你隨時都可能遇見他們，遇到那種情況，我只能說，祝你好運。」

李伯特嗤笑一聲：「那我從現在開始，要整天把鍍銀子彈和手槍帶在身上，說不定哪天遇見了，打死一隻，帶回來給教授做標本。」周圍又是一陣笑聲。

克魯斯教授冷冷地盯著李伯特：「你做不到的。他們的躲避能力、速度、靈敏度比常人強上十倍；也就是說，當你掏槍時，他們就已經咬破你的喉嚨，或者用鋒利的爪子挖出你的心臟，然後撲上來一口口咬下你的肉。所以，最後當你被發現時，只能剩下一個光禿禿的骨架……當然，這個標本對我而言也是不錯的。」

李伯特被克魯斯教授的眼光盯得心中發寒，但不甘示弱：「反正……我不信有狼人這種動物。」克魯斯教授重重地拍了一下他的肩膀：「孩子，事情不會因為你個人相信與否而改變。不過，你的成績卻會因此而改變……這學期，你別想及格了。」

白柏清悄聲說道：「看見沒，這就是我為什麼要選修克魯斯這門課的原因。只要你假裝相信狼人的存在，他就會給你高分。」葉西熙瞇起眼，搖搖手指：「為了高分你就拋棄自尊，隱瞞自己的信仰？小白，你太沒有立場了。」白柏清鄙夷地覷她一眼：「為了能吃到教堂的點心，跑去跟神父、修女說自己信仰上帝的人，有資格這麼說我嗎？」葉西熙反擊：「可是這不一樣，我爸不希望我接近克魯斯教授。」白柏清回道：「我媽也不准我接近他，但為了分數，我們得犧牲。」

兩人正說著，克魯斯教授開始講述實驗要點：「今天我們要進行的是瓊脂擴散試驗，這是血跡種屬實驗的一種；顧名思義，這個實驗可以分辨出人血與動物血。大家看看自己桌上的瓊脂板，上面的小孔已經注入抗人免疫血清和對照液。你們取出自己的血，滴入中間的孔，經過擴散，就會形成一條白色沉澱帶，就可證明是人血……」

白柏清把針遞給葉西熙：「妳來！」葉西熙咬牙：「小白，你有沒有人性！我每個月連續流血七天，你還讓我出血？」白柏清無奈道：「沒辦法，妳也知道，我怕血。」葉西熙憤憤不平地拿過針，狠下心在自己的手指上一扎：「幸好你不是女人。」一滴血滴在瓊脂板上，殷紅，絢爛。白柏清狠道：「西熙，我還真懷疑妳的血不會顯色。妳整天就知道睡覺，根本已經退化成豬了。」

葉西熙「呿」了一聲，不在意。可是……五分鐘後，意料中的白色沉澱帶還是沒出現，白柏清在一旁忍笑忍得肚子痛。葉西熙賭氣地拍了一下桌子：「這個實驗根本就有問題！」

「有什麼問題？」背後忽然傳來克魯斯教授的聲音，把兩人嚇了一跳。白柏清忙解釋道：「沒什麼，只是教授，我們滴入了血，卻沒出現你說的那種情況。」克魯斯教授拿起瓊脂板，仔細看著，隔了許久終於問道：「不可能！是誰的血？」葉西熙輕輕舉起手：「我的。」

克魯斯教授說著，便拿起瓊脂板往外走，但剛走出一步，停下，轉身問道：「可能是裡面的對照液有點問題，我拿去檢查一下。對了，妳叫什麼名字？」葉西熙猶疑片刻，還是說道：「我叫……葉西熙。」克魯斯教授點點頭，逕直走出了實驗室，走過了走廊，走到了轉角，才拿出手機撥打一個號碼：「我想，我找到她了。」

葉西熙問：「你再說一遍。」白柏清重複：「克魯斯教授得到消息，說是蕭山上發現一具疑似狼人的骨架，想帶我們一起去考察；也就是說，我們要在山上待一個星期，違者，期末考有百分之九十九點九的機率過不了。」葉西熙大聲抗議：「我才不去！什麼教授，整天假公濟私。」白柏清捂住她的嘴：「噓！妳不想過這一科了？」

葉西熙故作豪氣：「大不了明年重修。」悲壯地說出這句話後，便將背包瀟灑地摔在肩上，才剛要繼續瀟灑地轉身，卻「砰」的一下撞到一個人，一時之間沒站穩，朝後倒去，幸好被一雙手穩穩地拉住。

一個溫柔而有磁性的聲音在她頭頂響起：「沒事吧。」葉西熙抬頭，看清了面前的人——英俊儒雅，五官精緻卻不失男人味。雖然只穿著一件白色襯衫、一條淺色粗布褲，整個人卻散發出典雅而高貴的氣質。但葉西熙最先看見的，卻是他右眼眼瞼上的痣，那顆褐色的、小小的痣。

那個男人第二次問道：「妳沒事吧。」葉西熙回過神來，忙道：「沒，沒事。」男人對她笑了笑，然後走到講臺上。所有人都注視著他。

這時，克魯斯教授走進教室，向大家介紹：「各位，這位是助理教授游江南，這次他會和我們一起去山上進行考察，大家會一起在那兒待一個星期……那麼現在我來統計一下，有哪些同學願意去呢？」話音剛落，講臺下齊刷刷地舉起了手，其中最積極的那隻屬於葉西熙。

白柏清無奈地翻個白眼：「剛才不是還一副打死都不去的樣子嗎？」葉西熙看著講臺上的游江南，眼睛開始一閃一閃亮晶晶：「誰知道克魯斯會這麼狠，居然用美男計。」白柏清遞給她一張紙巾，問道：「擦擦口水。妳要怎麼跟妳爸說？」葉西熙目光不曾移開：「我自有主張。」

葉西熙回到家，正好看見父親在院子裡澆花。葉家和五官柔和，看上去溫文儒雅，風度翩翩，頗受身邊的女性歡迎，但妻子去世後他一直沒有再娶的念頭。平日除了到研究所上班，就是回家種花種草。

葉西熙拿出練習了十次的說詞：「爸，我要陪小白去山上參加同志集會，爲期一週。」葉家和好奇：「同志集會？主題是什麼？」葉西熙開始胡扯：「嗯……好像是抗議政府剝奪同志的結婚權利，還有生育權利什麼的。」葉家和囑咐：「那妳路上小心點。」「好。」葉西熙心中暗自慶幸過關，深深吸了口氣，一陣清香撲鼻而來，這才注意到茉莉已經滿園盛開。一簇簇的小白花，素潔高雅，安靜綻放。

葉西熙輕輕說道：「茉莉開得眞好。」葉家和蹲下身子：「這是妳媽媽生前最愛的花。」捧起一朵茉莉，動作輕柔，充滿愛意。葉西熙看著父親，忽然問道：「爸，媽去世多少年了？」葉家和回答：「十九年。怎麼，連自己生日都不記得了？」葉西熙咬咬下唇：「爸，我的出生資料是改過的，對嗎？」葉家和的背影僵硬了一下，隔了一會兒，長歎口氣：「沒錯。」

葉西熙不解：「爲什麼要這麼做？爲什麼不改小一歲，就會有危險？」葉家和站起身，摸摸女兒的頭，緩緩說道：「妳出生之後，身體一直不好，大病小病不斷，甚至有一次，醫院還下了病危通知書。那時，妳媽媽剛去世，我實在不能再失去妳，只能病急亂投醫地聽人介紹，去了一個隱居郊外的算命先生那兒。他說，妳的出生年月是大凶，只有更改，否則過不了一週歲。雖然一向不信這些，但我還是照做了，將妳的年齡改小一歲。說也奇怪，這之後，妳的身體一天天好了起來……因爲覺得沒有必要，所以一直也沒有告訴妳，妳不會怪爸爸吧。」

葉西熙點點頭，忽又笑道：「原來是這樣。這樣也好，等我三十歲時，還能告訴別人是二十九……爸，不跟你說了，我去超市買東西，回頭見。」葉家和目送女兒遠去：「路上小心點。」

葉家和隨後摘下一枝茉莉，進入屋子，來到自己臥室，把門反鎖。然後，取下書櫃第三層的一本書，按下隱藏在內的開關，書櫃貼著的那堵牆竟慢慢地轉開，顯露出一個暗室。葉家和走了進去，來到一具冷凍的水晶棺前，將手上的茉莉放在上面：「茉心，剛才，我對西熙撒了謊……」

轉眼來到出發前往蕭山的日子。那天，葉西熙破天荒地沒有被白柏清從床上抓起，反而是自己把白柏清從床上抓起。

路上，人還沒清醒的白柏清揉著眼睛，道：「幹嘛這麼早去？」葉西熙得意地說：「搶位置啊，教授不是要大家開車上山嗎？我要去搭游江南的順風車，這樣就可以有三個小時的獨處時間了。怎麼樣，我聰明吧。」白柏清饒有深意地說：「可是，聰明的人不只妳一個。」葉西熙反問：「什麼意思？」順著白柏清手指的方向望去，只見游江南的公寓前有群女人已經打成一團——

「讓開，我先來的。」

「笑話，我凌晨四點就在這兒排隊了！」

「妳們都給我滾開！我是體育系練鉛球的！」

「怕妳啊，我還是學瑜伽的呢！」

戰況越演越烈，儘管葉西熙和白柏清躲得遠遠的，仍不時被一隻高跟鞋或者半截折斷的粉紅指甲片砸到。白柏清問：「妳覺得和她們比，有勝算嗎？」葉西熙吞口唾沫：「算了，我們還是回去繼續睡覺吧。」正說著，背後傳來一陣引擎聲。葉西熙轉身，發現開車的人竟是游江南。

游江南微笑，笑容淡淡的，異常好看：「需要我載你們上山嗎？」葉西熙和白柏清對視一眼，立刻衝進車子後座。公寓前那群女人見被人捷足先登，忙上前來追。可是慢了一步，車已絕塵而去。白柏清向後望，撫胸壓驚：「看她們的神情，活像要撲上來咬我們屁股似的。」葉西熙開心地笑道：「小白，不知道為什麼，你的話居然讓我的自豪感油然而生。」白柏清也笑著說：「不客氣。」

雖然坐上了車，但三人簡單交談之後，不知為何，竟有點冷場。

沉默了三分鐘，白柏清忍耐不住，碰碰葉西熙，悄聲道：「說點話啊，幹嘛這麼愣著？」葉西熙小聲地說：「可是……我和他不熟啊。」白柏清自告奮勇，提高聲音道：「看我的。我講個笑話給你們聽怎麼樣？」葉西熙拍手：「好！」游江南點頭：「好。」

白柏清坐直身子，清清喉嚨，開始講述：「從前有個人去釣魚，釣到了一隻魷魚。魷魚求他：『你放了我吧，別把我烤來吃啊。』那個人說：『好的，那麼我來考你幾個問題吧。』魷魚很開心地說：『你考吧你考吧！』然後，那個人就把魷魚給烤了……哈哈哈，很好笑吧。」

一群烏鴉在車裡飛過……

葉西熙悄聲道：「你的笑話也太冷了吧。」白柏清慫恿：「不滿意妳來啊。」葉西熙提高聲音：「來就來。我也來講個笑話。」游江南擦去冷汗：「好的。」

葉西熙大聲說著：「主持人問：『貓是否會爬樹？』老鷹搶答：『會！』主持人問：『請舉例說明！』老鷹含著淚說：『那年，我睡熟了，貓爬上了樹，後來就有了貓頭鷹……』」

又一群烏鴉在車裡飛過……

白柏清偷笑：「妳也不怎麼樣嘛。」葉西熙不甘示弱：「那你再講個好一點的啊。」白柏清力求振作：「好，看我的……」駕駛座上的游江南揉揉太陽穴，輕輕吸口氣：「應該……不用了。剛才你們講的就……已經很好。」後座兩人這才安靜下來。

幾個小時後，到達了目的地。那是一家位於半山腰上的旅館，共有三層樓，灰白色的磚房，有點老舊。外牆爬滿了藤蔓植物，纏纏繞繞，反而顯得有股獨特味道。三人下車，走了進去。裡面沒開燈，有點昏暗，迎面湧來一陣陣潮濕的味道。

游江南走在前面，問道：「有人嗎？老闆？」話音剛落，樓梯上響起了腳步聲。

循聲望去，發現那是個陌生的男人，個子很高，頭髮短短的，皮膚是健康的古銅色。眉毛很濃，眼睛非常深沉，看不見底，像秋日湖底的黑寶石。嘴角時刻像要上揚，但給人的感覺是，那絕對是個嘲笑。他身穿一件黑色襯衫，扣子鬆鬆地繫著，露出結實而好看的胸肌，以及脖子上那條項鍊，而項鍊的墜子，似乎是顆尖尖的牙齒。

游江南的聲音中有著警惕：「你是誰？」那男人回答：「和你一樣，是這裡的客人。」游江南皺眉：「但這間旅館我們一週前就已經包下來了。老闆呢？怎麼沒看見他？」正說著，一名繫著圍裙的女人從廚房嬝嬝婷婷地走了出來：「我就是這裡的老闆，有什麼事嗎？」聲音嬌嬌軟軟，異常好聽。

游江南道：「我記得上週打電話來預定時，老闆是個男的。」女人偏頭，微微一笑，明眸皓齒，嫵媚多姿，可是說的話卻讓人背脊生涼：「噢，那是我老公。不過他前些日子摔下山崖，跌成了肉醬。」才剛說完，樓梯上那陌生人就發出一聲輕笑。

老闆娘並不理會，繼續說道：「對了，忘記介紹，我叫徐媛，這一週就由我來服務你們。」游江南指著樓梯上的陌生男人：「請問，我們明明已經將旅館包下，為什麼他還住了進來？」夏徐媛嫣然一笑：「噢，他不是客人，他是我姦夫。」

聞言，葉西熙和白柏清頓時化為石像。夏徐媛將他們攛掇上樓：「來來來，你們坐車坐了這麼久，一定累了，先去休息一下。房間都是空的，隨便選啊。」三人魚貫上樓，葉西熙排在最後，經過那個陌生男人時，她清晰地聽見他對自己說了句話：「笨蛋！」

放好行李後，白柏清來到葉西熙的房間串門子，兩人對老闆娘的姦夫看法有點分歧。白柏清流著涎：「那男人好性感。」葉西熙氣極：「那男人是混蛋。」白柏清安撫：「葉西熙，妳一定是聽錯了。」葉西熙大喊：「我發誓是真的。」白柏清續道：「他和妳素不相識，幹嘛罵妳。」葉西熙回話：「我怎麼知道，看我不順眼吧。」白柏清抬起葉西熙的臉，仔細打量一番，點點頭：「妳的臉確實挺欠揍的。」「咚」的一聲，白柏清被踹下了床。

臨近中午，所有人都到了。由於坐了一上午的車，大夥全都饑腸轆轆，便圍坐在桌邊等開飯。可是，廚房卻不時傳來碗盤摔碎的聲音，油鍋起火的聲音，還間雜著一兩聲柔柔的尖叫；總之，裡面劈里啪啦，忙得不可開交。

外面的人坐不住了，開始商討是否該進去看看，以免裡面做飯的人被活活燒死，或者外面等飯的人被生生餓死。但還沒商量出什麼，徐媛便端著盤子走了出來，儘管額前的頭髮被燒焦了幾縷，白淨的臉被煙薰得黑黑的，依舊巧笑倩兮、儀態萬千。

她把菜端到桌上，道：「抱歉，讓大家久等了。」

顧不及禮貌，饑餓的住客們馬上伸長筷子朝盤裡的菜夾去，但第一口下肚後，立即哀鴻遍野。

有人說：「老闆娘，好鹹啊！」徐媛好整以暇地回答：「對啊，不好意思，剛才一失手把整罐鹽都灑進去了。」有人說：「老闆娘，肉是生的啊，還有血絲，怎麼吃啊！」徐媛依舊鎮定：「沒關係，生肉是最有營養的。」有人說：「老闆娘，這湯裡為什麼有只耳環啊？」徐媛興奮道：「哎呀，我找了好久，原來在這裡啊。麻煩大家再幫我撈撈，另一只也不見了。」

這頓飯的結果是，一半的人放下筷子，跑去吃泡麵。剩下的幾個男生因為敵不過美女老闆娘徐媛的強大魅力，忍痛將一桌子慘不忍睹的菜全都吞下肚。於是，當天晚上，整幢旅館不斷充斥著抽水馬桶的聲音。

第二天，克魯斯教授帶領他們前往山上，但因為根本沒有人真正相信教授的觀點，很快地，這場考察之旅便成了遊山玩水。葉西熙本想藉著這次機會悄悄接近游江南，再神不知鬼不覺地擺脫眾人，和他單獨相處，然後兩人越說越投機，之後就在密林中迷路，一直待到深夜，孤男寡女，水到渠成……

願望永遠是美好的，原因就在於它和現實相差太遠。一路上，游江南身邊被好幾個女的圍得水洩不通，連隻蒼蠅也飛不進去。葉西熙試了好幾次，結果連話都沒來得及說一句，便被踢了出來。

葉西熙歎息：「算了，我還是放棄吧。」白柏清鼓舞著：「不行，為了妳的海倫，一定得把這些個特洛伊城攻下來，所以，」看著好友，他目光一閃，「只有派我這隻木馬出面了。」葉西熙困惑：「木馬？是病毒嗎？」白柏清差點昏倒：「……葉西熙，妳多讀點書吧。」

葉西熙依舊困惑：「那究竟該怎麼做？」白柏清獻計：「等會兒，我把游江南叫到一邊，說有事要告訴他。然後妳就去和那些女的談判，看她們的樣子一定會對妳展開集體攻擊。妳只需要裝柔弱，必要時可以掐自己的大腿灑幾滴眼淚，我看準時機就拉著游江南過來，讓他英雄救美。」葉西熙忐忑：「行得通嗎？」白柏清拍胸脯：「沒問題的。」

白柏清說著便行動，上前講了幾句話，便將游江南拉到樹叢另一邊。葉西熙還在猶豫是不是要跟上去，那些特洛伊城便自己走了過來，將她圍住。

為首的一個壯碩女生惡狠狠地質問：「狐狸精，妳又在搞什麼鬼？上次不知道用了什麼詭計，居然讓游江南載妳上山，這次又指示你們家白柏清去幹嘛？」葉西熙恍然大悟：「啊，原來妳就是那個扔鉛球的。」難怪覺得這些人有點眼熟，原來全是那天在游江南公寓樓下打架爭車的人。

鉛球女舉起拳頭在她面前晃了晃，發出通牒：「別想跟我裝熟。我警告妳，以後不准靠近游江南，聽見沒？不然，我就把妳當鉛球扔出去。」葉西熙雙手放在胸前，做個安撫的姿勢，提議道：「呵呵，用不著這樣吧，我們可以公平競爭啊。」

鉛球女推她一掌：「公平妳個頭！」葉西熙揉著隱隱作痛的肩膀，陪笑道：「用不著動手吧。」鉛球女說著又推了她一下：「我就是喜歡動手，怎麼樣？」葉西熙吃痛，開始皺眉：「我是說真的，別再推了。」鉛球女說著又作勢來推：「我，偏，要，推。」但「咚」的一聲被一拳打倒在地。葉西熙大喊：「我說過別推啦，很痛的。」

周圍一陣死寂，只聽見背後傳來倒吸一口冷氣的聲音。葉西熙回頭，悲哀地發現，後面站著的是神色複雜的白柏清，還有……游江南。

白柏清趕緊把葉西熙拉到一旁，不停地埋怨：「我叫妳裝柔弱，妳聽不懂嗎？居然把練鉛球的都打倒了，現在大家都知道妳是大力女金剛，還怎麼混啊！」葉西熙輕聲解釋：「你也知道，我從小力氣就大。而且，是她先動手的，我也算是自衛吧。」白柏清瞟她一眼：「反正我看見的就是妳一拳把別人打到地上躺平，不僅僅是我，游江南也看見了。我看，妳和他是沒有未來了。」兩人同時歎口氣：「哎……」

那邊廂，鉛球女本來要求游江南送她回旅館，但被克魯斯教授制止，執意讓游留下，由他來送。教授一走，其他人更是散了心，三三兩兩，各自遊玩。葉西熙和白柏清走到樹叢中，找了處乾淨的地方坐下，聊了一會兒八卦。

白柏清忽然看見前方樹上有果子，便道：「我去摘。」葉西熙無精打采：「小心點。」待好友離開，想起剛才的事，一時間心情鬱鬱，撐著下巴，唉聲歎氣。

「怎麼不開心？」一個聲音忽然在她背後響起。葉西熙回頭，發現竟然是游江南。游江南在她身邊坐下，葉西熙頓時有點緊張，還沒想出該怎麼回答，卻聽見他說：「沒想到妳力氣還挺大的。」傷疤被揭，葉西熙羞愧難當，不敢抬頭，只是問道：「你是不是覺得我很……暴力呢？」游江南道：「我想，是她先動手的吧。」葉西熙詫異：「咦，你怎麼知道？」游江南看著她，微微一笑：「因為，我覺得妳不是那種隨便打人的女孩。」聞言，葉西熙側過臉偷笑，實在沒想到自己在游江南心中有這種良好印象。

游江南在腳邊發現了一簇茉莉，道：「咦，這裡居然有茉莉？」剛想採下，便被葉西熙制止：「就讓它待在那兒吧。」游江南問：「妳不喜歡？」葉西熙制止：「不，那是我媽生前最喜歡的花，我想讓它存在得久一點。」

游江南愣住，接著輕聲問道：「妳媽媽已經去世了？」葉西熙的眼中有點苦澀，她看著腳邊的花，緩緩說道：「是生我的時候，難產去世的。有時候我會想，如果我沒有出生，那就好了……欸，好端端的，我幹嘛說這些？」游江南寂寥地笑了，那種笑竟讓葉西熙心上微微一痛，他說：「沒關係，我也有過這種想法……如果沒有出生，那就好了。」很快地，他便恢復過來，眼底深處閃過一絲微光，「但後來我明白，活著，可以改變很多事情。」葉西熙不解：「嗯？」

游江南岔開話題：「聽說這裡的夜晚會有螢火蟲出沒，今晚妳有空嗎，我們一起來看。」葉西熙隔了好一會兒才領悟到游江南是在約她，才剛要答應，旁邊卻傳來一道冷冷的聲音：「夜晚出沒的不僅僅是螢火蟲，還有……饑餓的狼群。」

葉西熙吃了一驚，循聲望去，發現旅店裡的那個陌生男人居然一直站在他們背後，葉西熙衝口而出：「你幹嘛偷聽？」那男人背靠著樹，雙手環在胸前，閒閒問道：「難道你們在說什麼見不得人的話？否則為什麼害怕別人偷聽？」葉西熙正要回嘴：「你……」游江南制止了她：「我們回去吧。」說完，便快速拉著葉西熙離開。

走出十多公尺，葉西熙還是氣不過，便做了人生中第N個錯誤的舉動——回頭。這次，她清楚看見那男人用唇語對她說了兩個字：「笨蛋！」

無緣無故被侮辱了兩次，葉西熙很不爽，於是化悲憤爲食慾，自己下廚，做起了檸檬派。雖然是山上，但這家旅店廚房裡的食材及各種烹調用具非常齊全，葉西熙做得得心應手。

徐媛在一旁看得目瞪口呆，拍手讚道：「西熙，妳動作好熟練啊，一定經常下廚。」葉西熙笑道：「還好。我嘴很饞，常常做東西來吃。」徐媛讚道：「眞佩服妳，我到現在連鹽和味精還分不清呢。」想起徐媛做的菜，葉西熙了然地點點頭。

徐媛輕聲問：「西熙，我可以跟妳學嗎？」徐媛睜著一雙媚人的眼睛，眨巴眨巴地看著自己，葉西熙不好拒絕，便交給她一項最簡單的任務：「這個碗裡已經裝好蛋黃、玉米粉和水，妳把它們和在一起就行了。」徐媛接過：「好的。」按照葉西熙的交代，開始攪拌起來。

葉西熙忽然想起些什麼，問道：「徐媛，那個男人，眞的是妳的……姦夫？」夏徐媛向她眨眨眼：「妳是指逢泉嗎？怎麼，妳看上他了？」葉西熙笑得臉都僵了：「呵呵呵呵，妳眞幽默。」夏徐媛捧著碗，忽然長歎口氣：「別笑，什麼都有可能發生的。就像我，居然在拉斯維加斯和最討厭的人結了婚……眞是噩夢。」

葉西熙問：「最討厭的人，就是這間旅店的老闆嗎？」徐媛道：「我又不認識他，爲什麼要討厭他？」葉西熙狐疑：「可是，他不是妳丈夫嗎？」徐媛小聲嘀咕了一下：「糟糕，露餡了。」然後將身子靠在櫥櫃上，摸摸額頭，笑道，「抱歉，我太水性楊花了，經歷過的男人太多，常常把老公和姦夫們搞混淆，呵呵呵呵。」葉西熙擦去額頭的冷汗：「嗯，沒關係的，這……很正常。」

終於，檸檬派做好，誘人的香味撲鼻而來。

葉西熙將手洗乾淨：「怎麼樣，其實不難做吧。」轉過頭，竟發現徐媛捧著那盤檸檬派雙眼含淚，頓時嚇了一跳，連忙問道：「妳怎麼了？」徐媛激動萬分：「這是我第一次……第一次沒有搞砸食物。」葉西熙柔聲地說：「這個……只是攪拌一下蛋黃，應該不會搞砸吧。」

還沒說完，便被徐媛的一聲驚呼打斷：「哎呀，我的一片假指甲不見了。」葉西熙幫忙在地板上到處查看：「妳最後一次看見它是什麼時候？」徐媛想了想：「妳把蛋黃交給我攪拌的時候還在的，後來……」兩人對視一眼，同時看向那盤檸檬派。徐媛愧道：「對不起，西熙，我……好像又搞砸了。」葉西熙：「……」

沒辦法，為了避免被假指甲噎到而命喪檸檬派，葉西熙只得又重新做了一次。自己吃了些，替徐媛和白柏清留了一份，剩下的，決定送去給游江南。端著檸檬派和鮮榨果汁，葉西熙上了樓。可是好死不死，居然在樓梯口看見那個欠揍的男人。

葉西熙低著頭，想繞過他繼續前進，那男人卻隻手撐住牆，攔住她：「幹嘛見到我就跑？」葉西熙不作聲，趁他不備趕緊蹲下身子，從他手臂底下鑽出去，繼續往前走。

走沒幾步，卻被那男人抓住衣領拽了回來。那男人挑挑眉毛，似乎對她的舉動很不滿：「幹嘛見到我就跑？」葉西熙懷著敵意看向他：「因爲你總是無緣無故罵我笨蛋。」男人嘴角微微一勾：「我說的是事實。妳本來就是笨蛋。」

葉西熙惱羞成怒，腦子一熱，頓時心狠手辣起來，猛地伸腳踹向他的重要部位：「你……混蛋！」可惜腳在中途便被男人牢牢抓住，這下子踹又踹不出，收又收不回，葉西熙的身子不停地搖晃。她大叫：「快點放開，我快摔倒了。」沒想到那男人還挺聽話，眞的放開了她的腳，不過卻伸手將盤子搶了過去。

葉西熙已經完全認識到他的厲害，不敢貿然上前：「你幹什麼？」男人冷聲：「妳做的？」葉西熙怯道：「……是。」男人冷然：「替游江南做的？」葉西熙喊道：「……你別管，快還給我！」那男人將盤子遞還葉西熙，待她一接住，便忽然欺身上前，將她逼到角落。

男人低頭看著她，眼眸如冰：「聽著，別再靠近游江南。」葉西熙先是被他的嚴肅表情嚇愣住，片刻之後終於恍然大悟：「我明白了。」男人臉上的表情放鬆了下來：「哦？」忽然覺得葉西熙不像自己想像中那麼笨，但接著她卻又說了句讓他吐血的話：「我不想放棄游江南。不過，我願意和你公平競爭……我早該想到的，難怪你從一開始就看我不順眼，原來是情敵之間的嫉妒。」

男人深深吸口氣，一字一句地對她說道：「葉——西——熙，我眞想把妳的腦袋剖開，看看裡面裝的究竟是什麼鬼東西。」葉西熙被嚇得大氣都不敢出，一顆心快從喉嚨蹦了出來。

男人牢牢盯住她，接著，那薄而性感的嘴唇吐出了三個字：「夏逢泉。」葉西熙不解：「什麼？」男人用清晰而有磁性的聲音說道：「記住，我叫夏逢泉。」葉西熙疑惑地看著他，卻沒發現手裡端的果汁表面，有些白色粉末正慢慢融化……

游江南柔聲問道：「……西熙？」葉西熙回過神來：「嗯？」游江南問候著：「妳怎麼心不在焉的？」葉西熙以笑帶過：「噢，沒事。」因爲實在不好意思說，自己在想那個叫做夏逢泉的男人。不知爲何她有種預感，有些事情即將發生，並且和夏逢泉有關。

游江南放下叉子：「這檸檬派很好吃，謝謝了。」隨後開始喝起了果汁。聽見游江南的稱讚，葉西熙暗爽：「眞的？」游江南問道：「那麼，今晚十二點我去找妳，然後一起去看螢火蟲，怎麼樣？」葉西熙爽快答應：「好啊。」忽然想到該回去好好裝扮一下，便起身告辭。接著，她跑回隔壁自己的房間，衝進浴室，泡起澡來。

洗完澡，葉西熙來到陽臺擦拭頭髮，卻隱約聽見隔壁游江南的房間有打鬥聲。一開始以爲是自己神經過敏，緊接著卻聽見游江南吃痛的叫聲。葉西熙心中一緊，馬上跑到游江南房門前，卻發現門反鎖著，使勁敲門，卻聽見裡面傳來「嘩啦啦」一陣玻璃破碎聲。葉西熙暗叫不好，立刻跑回自己的陽臺，仗著身手不錯，猛地一跳，躍上了游江南的陽臺。

進屋一看，頓時怔住。屋子裡一片狼藉，檯燈、椅子全都摔在地上。同樣地，游江南也躺在地上，衣服被撕破，全身上下布滿大大小小的傷口，鮮血淋漓。但最可怕的是，她看見一隻狼，一隻全身通黑、足足有一人高的狼，正撲在游江南身上朝他的喉嚨咬去。

來不及思考，葉西熙忙舉起一旁的椅子朝那隻狼擲去，不偏不倚恰好砸中牠的背脊，適時阻止了牠的進攻。那隻狼慢慢轉頭看向葉西熙，一雙眼睛閃著幽幽的綠光。葉西熙吞口唾沫，又取下牆上掛的油畫，準備再砸。可是這一次，狼的動作比她迅速，猛地躍上來將她撲倒在地。葉西熙四肢被緊緊壓住，動彈不得，驚恐之下，只能閉上眼聽天由命。但等了許久，也沒感覺到喉嚨被咬斷，悄悄睜眼，只見那匹黑狼正居高臨下地看著自己，眼神冷冷的。

忽然，她看見狼的脖子上戴著一條項鍊，而項鍊的墜子是顆尖尖的牙齒。葉西熙覺得很眼熟，似乎在哪裡見過。正努力回憶著，身上的重量卻忽地消失——那匹狼，居然從陽臺跳了下去。

她震驚得無以復加，好半天才回過神來。趕緊奔至游江南身邊，扶起他，仔細查看發現共有十餘處傷口，傷勢不輕，慌了神，道：「我……我趕快去通知其他人，然後開車送你下山去醫院。」游江南反對：「不！」

葉西熙著急：「爲什麼？如果不走，那隻狼說不定會再來襲擊我們。」游江南沉吟片刻，道：「不是不讓妳下山，只是天色這麼晚了，現在開車，路上很可能會發生意外。所以，還是等明天天亮再走。」

葉西熙擔心：「那你的傷？」游江南冷靜地說：「沒事的。西熙，妳幫我找克魯斯教授來，他帶了藥箱。」葉西熙依言照做，找來了克魯斯教授。睹此情狀，教授居然什麼也沒問，只是低下頭，迅速地包紮起傷口來。

葉西熙還是擔心：「教授，他沒事吧。」克魯斯教授笑道：「沒關係，幸好只是皮肉傷。」葉西熙不解地問：「究竟怎麼回事？這裡怎麼會有狼？」游江南看上去仍舊有點虛弱：「我也不清楚，妳走了之後，我忽然感覺渾身無力。接著，那隻狼就衝進我的房間。」

克魯斯教授問：「你吃了什麼東西？」葉西熙怔住，搶道：「我送來了檸檬派和……果汁。」游江南替葉西熙辯解：「和她無關。」克魯斯教授轉向葉西熙，道：「葉同學，妳也受到不小的驚嚇，還是先回房間休息吧……對了，暫時別告訴其他人這件事，我擔心會引起恐慌。」葉西熙不好反駁，只得應允，走了出去。關上門之際，她恍惚聽見克魯斯教授問了句：「他們開始行動了？」

山雨欲來風滿樓。葉西熙覺得有種隱形的危險正向自己襲來。那隻來歷不明的狼，克魯斯教授和游江南的私語……切切種種讓她感到疑惑不安，可是自己卻只能待在原地，無能爲力。

懷著這種挫敗感，葉西熙回到房間，這才發現自己居然還穿著浴袍，便拿出睡衣，替換起來。可是無意間一抬眼，竟在鏡子中看見一個人，葉西熙猛地回頭，發現那人居然是——夏逢泉。

「你，你怎麼能隨便進別人的房間？」葉西熙慌裡慌張地重新拿浴袍裹住自己赤裸的身體。心下暗自忐忑：「不會被看光光了吧。應該不會，房間裡這麼暗，而且他的臉色也挺平靜的，應該沒有。」正在慶幸，卻聽見臉色平靜的夏逢泉用平靜的口吻指出：「看不出來，妳的身材還不錯。」

「刷」的一下，葉西熙的臉漲得通紅。真的被看光了！正當葉西熙翻箱倒櫃準備找出菜刀砍了他時，夏逢泉來到她跟前，道：「葉西熙，我有話要告訴妳。」

正想痛罵他，一轉身，卻呆愣在原地，渾身血液冰涼。剛才那條黑狼脖子上的項鍊，那條墜子是顆牙齒的項鍊，此刻正穩穩地戴在夏逢泉身上。葉西熙只覺喉嚨乾涸，耳朵嗡嗡作響，克魯斯教授的話忽然湧進她的腦中——「他們平時就是普通人的模樣，但在月光照射下會變成一匹狼；當然，能力強大的狼人能隨時變身。」還有，那杯令游江南渾身無力的果汁，也只有他能動手腳。難道，夏逢泉就是……那匹黑狼？

夏逢泉上前一步逼近她，聲調有點冰寒：「葉西熙，最後一次警告妳，別再靠近游江南。否則……」否則怎麼樣？葉西熙的手緊緊抓住背後的櫃角，不敢動彈，只能看著夏逢泉的臉靠近，慢慢滑到自己的喉嚨——輕輕地一咬。她頓時頭皮發麻，渾身僵硬，手腳發涼。

看著葉西熙恐懼的模樣，夏逢泉眼中閃過一道滿意的光，沒再多說什麼，只是靜靜地看了她一會兒，之後逕直走了出去。

等門關上，葉西熙突然感到雙腳發軟，頓時癱坐在床上，腦子裡一片茫然。她實在難以相信，自己一向否認的東西竟然眞的存在；或者，一切只是巧合，是自己疑神疑鬼。葉西熙就這麼坐著，安靜地坐著。不知過了多久，旅館前發出一陣吵鬧，打斷了她的胡思亂想。葉西熙快速穿好衣服，走下樓去。只見所有人都聚集在旅館前方空地，看著自己的車，憤怒不已。

葉西熙來到白柏清身邊，問道：「怎麼了？」白柏清皺眉：「所有人的車子輪胎都被戳破了，也不知道是誰幹的。這麼一來，我們要怎麼下山？」聞言，葉西熙心中罩上一層揮之不去的寒意——他們被困住了。

這時四周忽然亮了起來，葉西熙抬頭看見頭頂的月亮，大而圓，皎潔，幽冷，將地面的一切都籠上清冷的紗。白柏清正自顧自地嘖嘖讚歎：「原來今天是十五號啊，難怪月亮這麼圓。平時在城市，人造光源太強，幾乎都忘了月光的存在，今天算是見識到……」忽然發現身邊的葉西熙神色有點不對，關心地問道：「妳怎麼了？」葉西熙摸著胸口，臉色慘白：「不知道，這裡……很不舒服。」白柏清忙扶著葉西熙走進旅館：「快進房裡去躺一下。」

說也奇怪，一旦照不到月光，剛才的不適馬上煙消雲散，葉西熙又開始活蹦亂跳起來。白柏清狐疑：「妳是裝的吧？」葉西熙不滿：「我幹嘛假裝！再說，你偶爾就不能對我憐香惜玉一下嗎？」白柏清冷哼：「但妳既不是香又不是玉，不過是一隻大力女金剛。」葉西熙：「……」白柏清繼續嘲笑：「妳看妳，又自取其辱了吧？」葉西熙咬牙：「白——柏——清！」

眼看兩人又要進行有生以來第N次爭吵，這時一道淒厲的嗥叫傳來，悠長的哭腔劃破寂靜的長空，讓人遍體生寒。所有人都緊張地看著旅館前方那片密林，聲音就是從那兒傳出的。大夥屏氣斂息，誰也不敢發出聲響，空氣緊張地能用把小刀剖開。可是等待了許久什麼也沒發生，眾人緊繃的情緒開始鬆懈下來。

有個女孩怯怯地問道：「剛才的叫聲……是狼嗥嗎？」一名膽大的男生走到密林前方，往裡面張望一番，沒發現什麼，便轉過身來嘲笑同伴：「別怕了，鬼都沒有一隻，蕭山上哪裡會有什麼狼？」話音剛落，葉西熙忽然打了個寒噤，她看見那個男生的背後，漆黑的密林中竟浮出了二十多雙綠油油的凶狠眼睛。葉西熙對著那個男生大叫：「快回來！」

可是已經來不及了。一個黑影猛地竄了出來，一爪便撕開他的胸膛，頓時鮮血四濺，血肉橫飛。是狼，殘忍的狼。大家被這恐怖的景象嚇怔住，回過神來，馬上往旅館裡跑。與此同時，密林中的二十多隻狼一躍而起，紛紛齜著白森森的尖利牙齒，追趕他們。跑得慢的，被撲倒在地，不過幾秒鐘便被後面的狼群圍住，分而食之。旅館前的空地頓時成了修羅場，哀號聲，慘叫聲，還有狼撕咬皮肉的聲音，在寒冷的月光下彌漫。

忽然，一道槍聲響起，有隻正準備撲向一名女孩的狼應聲而倒，落在地上，胸口處一個大窟窿汩汩地往外冒血，只見牠四肢抽搐幾下，很快便沒了聲息。葉西熙轉頭，只見徐媛站在窗口，手中拿著一把獵槍，槍口正冒著青煙：「誰的槍法準一點，快來幫我！」白柏清接住徐媛扔過來的槍，站到另一個窗口開始瞄準，射擊，一槍槍地擊斃惡狼。

葉西熙回過神來，記起樓上受傷的游江南，趕緊跑上樓。在轉角的陰暗處，忽然有人拉住了她。葉西熙大驚，回身一看，那人竟是夏逢泉。

黑暗中，夏逢泉的眼中閃過一道墨綠的光：「妳又要去找他？難道妳沒看見樓下發生的事？」

葉西熙恐懼地看著他：「樓下那些，是你的同類？」夏逢泉道：「沒錯。不僅他們是，就連……」他的話被一個聲音打斷：「放開她！」夏逢泉轉頭，看見在走廊的另一頭，游江南正拿著一把槍直直地指著自己。游江南靜靜地重複道：「我說，放開她。」

夏逢泉面無表情地看著游江南，隔了一會兒，終於放開葉西熙的手臂。脫離了禁錮，葉西熙趕緊拔腿往游江南跑去，途中，她下意識地回頭，看見了一生永遠不會忘記的畫面。

當時，一切發生得很快，但在葉西熙眼中卻很緩慢——她清楚看見夏逢泉蹲下，雙手撐地，手腳漸漸變成尖利的爪子，渾身迅速長滿毛髮，身軀拉長。他，變成了一隻狼，一隻渾身漆黑的狼。

葉西熙使盡全力，快步奔到游江南身邊，驚魂未定。游江南手指扣著扳機，夏逢泉則全身都是準備的姿勢，雙方就這麼對峙著。就在葉西熙以爲這種情況會永遠維持下去之際，一顆子彈從夏逢泉的背後射來，他適時一躲，子彈射進了地板。克魯斯教授從夏逢泉背後的黑暗中走出，手中拿著一把長槍，臉色嚴峻地對游江南說道：「快把她帶走！」聞言，游江南一把拉起葉西熙，飛快地向前跑。

睹此情狀，夏逢泉趕緊去追，背後卻不斷射來密集的子彈，逼得他四處躲閃，只能眼睜睜看著兩人消失在視線中。過沒多久，克魯斯的額頭開始布滿冷汗——子彈已經用罄。他抬頭，看著走廊另一頭的夏逢泉。儘管光線黯淡，他還是清晰地看見，夏逢泉正看著自己，一雙眼睛漸漸變得生冷，如結冰一般。雖然是狼身，但夏逢泉的嘴角仍舊彎了彎。接著，他如閃電般朝克魯斯衝去，月光下，那黑色的毛髮閃耀著一層銀光……

游江南則拉著葉西熙直接進入旅館後面的密林，兩人不斷地跑著，耳邊是呼呼的風聲。四周滿是灌木叢，低矮的草，還有樹，枝葉彎彎曲曲地伸展著，彷彿鬼的影子。不知跑了多久，確定夏逢泉沒有追上來，他們才停下。

葉西熙問：「你的傷，沒事吧？」游江南沒有說話，只是輕輕搖頭。葉西熙坐在草地上，似乎還在震驚：「原來世界上眞的有狼人。我們現在該怎麼辦？」游江南低著頭，臉龐處於陰影之中，看不清他的表情。葉西熙不明白，這一路上，游江南像變了個人，好像有很多心事。隔了許久，他還是沒有作聲，葉西熙也處於疑惑的沉默中。

忽然，她口袋中的手機響起，雖是歡快的鈴聲，在這龐大的寂靜中卻顯得有點嚇人。見是父親打來的電話，葉西熙連忙接起，由於樹林裡訊號不佳，便踱到前方的一塊空曠處接聽：「爸！」葉家和問：「西熙，妳現在是不是跟一個叫游江南的人在一起？」葉西熙答：「爸，你怎麼知道？」葉家和急道：「西熙，聽我說，離開他，趕快！」葉西熙問：「爲什麼？」葉家和答：「因爲，他是要害妳的人。」

葉西熙從未聽過父親的口吻如此嚴肅，她的心跳頓時停止，不可置信地回頭。只見游江南正面無表情地朝她走來，從陰暗的樹林來到月光之下。就像剛才的夏逢泉那樣，他蹲下，迅速變成了一條狼，一條渾身雪白的高貴白狼。「咚」的一聲，手機落在地上，葉家和不斷喚著女兒的名字，可是已經沒有人應答……

葉家的庭院中，茉莉依舊盛開著，在豔陽之下，白得耀眼。

屋子裡靜靜的，一名氣度不凡的高大中年男子拿起櫃子上的一張照片，仔細端詳著。那是一張老照片，微微泛黃，卻保存得很好，上面有名穿了件素雅連身裙的年輕女子，嫻靜溫柔，氣質脫俗，五官淡淡柔柔的，異常美麗。

夏鴻天神色肅然地問：「茉心是什麼時候去的？」葉家和輕輕說著：「二十年前，生下西熙後，她因爲產後大出血，搶救無效……」他沒再往下說，雖然已經過了許多歲月，但有些事提起來，心中仍隱隱作痛。

夏鴻天看著自己表妹的照片，長歎口氣：「現在你知道，當初我爲什麼極力反對你們在一起了吧。狼人和普通人類是不能生育子女的，即使有很少一部分能夠受孕，那也必須犧牲母體。」葉家和閉上眼，喉結動了動：「我不知道，我一直都不知道這件事。」

夏鴻天搖搖頭：「其實，那段日子我一直在考慮是否該約你出來，把事情告訴你。可是沒想到來不及，幾天後你們就私奔了，無論怎麼找，就是沒有你們的下落……直到前些日子，虛元無意中得到西熙的血液，牽藤摸瓜，這才找到你們，誰知道……茉心已經不在，而西熙也被游家的人抓走了。」

葉家和疑惑：「我覺得很奇怪，西熙到底有什麼特別，爲什麼游家的人要抓她？」夏鴻天壓低聲音：「我猜，西熙的眞正出生日期，是在二十年前的中秋節夜晚，是嗎？」葉家和愣了一下：「沒錯。」夏鴻天緩緩解釋道：「我們的族群中有個古老的傳說，每隔一百年，會有一個不怕銀的狼人，在一年之中月亮最圓的夜晚出生。」葉家和好奇：「不怕銀？」

夏鴻天點點頭：「沒錯，狼人怕銀，這是致命的弱點。狼人繁衍至今，游家和我們夏家算是最大的兩派勢力，游家一直想除去我們，達到稱霸的目的。但因爲雙方勢均力敵，一直未能如願。於是他們便想找到那個傳說中的狼人進行研究，找出他身體組織不怕銀元素的原因，這樣就可以消滅我們。推算起來，那人應該是在二十年前出生，於是那時我們兩家便開始尋找在中秋夜出生的人，只是一直沒有消息。沒想到，那個傳說中的狼人居然是茉心的女兒。」

葉家和了然地點點頭：「難怪茉心的遺願，就是要更改西熙的出生日期，還說這樣才能保護她，原來如此。」夏鴻天點點頭：「茉心確實有遠見。如果不是遇上了克魯斯教授，游家的人恐怕一輩子也找不到西熙。」

葉家和追問：「這麼說，克魯斯教授也是狼人？」夏鴻天搖搖頭：「不，他是游家的手下，對游家非常忠誠。」葉家和眼神有點擔憂：「西熙在他們手上，不知道會不會有危險。」

一直坐在沙發上默不作聲的夏逢泉抬起眼，臉上閃過一道自信的光：「表姑丈，請放心。既然西熙是從我手中被搶走的，我一定會把她搶回來。」

葉西熙醒來時，發現自己待在一個四周全是玻璃的實驗室中。玻璃牆外，有許多看起來面目模糊、穿著白袍的人正仔細地觀察著她。葉西熙第一個感覺就是，自己好像動物園裡的猴子；沒多久，發現高估了自己的地位，她應該是科學家手中的小白鼠才對。因爲之後的許多天，她都一直待在這裡，被那群白衣服的人研究著。

他們恐嚇她、電擊她，看她是否能變身爲狼；又不時抽取她的血液，一袋一袋的，看得她心痛如絞；之後，取她的頭髮、唾液、皮膚組織，總之，恨不得將葉西熙分屍八塊似的。在這樣的折磨之下，葉西熙終於病倒了，燒得迷迷糊糊的。於是研究暫停，她被轉移到一間清靜的屋子休養。

那些日子，是由一個皮膚白皙、看起來很文靜柔弱的長髮女孩照顧她。葉西熙對這個女孩印象很好，因爲她不像這裡其他人臉上冷冰冰的，活像殭屍。可是因爲有游江南這個前車之鑑，葉西熙對自己的判斷能力產生了懷疑，一直沒有和她說話。又過了些日子，葉西熙覺得應該可以和她交談了；當然，並不是因爲她重新相信了自己的判斷力，而是她覺得再不說話，舌頭有發僵的危險。

於是，當某天那個女孩爲她端來可口的飯菜時，葉西熙問道：「妳叫什麼名字？」女孩猛地聽見問話，愣了一會兒，隨即輕聲答道：「徐如靜。」葉西熙問：「妳……也是狼人？」女孩搖搖頭：「不，我只是普通的人類。」葉西熙又問：「妳知道，這裡是什麼地方嗎？」徐如靜一派平靜地說：「是游斯人的府寓。」葉西熙再問：「游斯人？他和游江南是什麼關係？」徐如靜回答：「他是游江南的堂哥。」葉西熙繼續追問：「妳知道，他們爲什麼要抓我嗎？」徐如靜微詫：「妳不知道嗎？」

葉西熙訕笑：「我到現在還沒弄清楚這一切是不是做夢呢！忽然間，就看見所有的人變成狼，然後就被糊裡糊塗地抓到這裡。」葉西熙頓了頓，終於鼓起勇氣問道：「妳知道怎麼出去嗎？」聞言，徐如靜微微一笑，笑容滿是苦澀：「我也是被游斯人關在這裡的。」葉西熙困惑：「妳也是被抓來做實驗的？」徐如靜搖搖頭：「不。」葉西熙好奇：「那他抓妳來幹什麼？」但話一出口，便看見徐如靜面上微微一紅，葉西熙狐疑，沒再追問。

徐如靜低頭：「抱歉，我幫不了妳。」葉西熙微微歎口氣：「沒關係。至少妳能幫我做一件事。」徐如靜問著：「什麼事？」葉西熙苦笑著：「如果我死了，請妳幫我在墓碑上刻一句話——色字頭上一把刀。」徐如靜：「……」葉西熙哀歎：「如果不是貪戀游江南的美色，我現在也不會被關在這裡。」徐如靜猶豫了一下，說道：「可是我覺得，游江南並不是壞人。」葉西熙看向窗外：「或許吧，只是……」沒再繼續說下去。

說完話，徐如靜端著碗筷走出了屋子。

游斯人的府寓古風十足，庭院幽幽，小橋流水，山石相錯，墨竹環繞。徐如靜剛走出屋子，便看見一個身著白衣白褲的人站在迴廊上，遙遙看著這間屋子。

她遲疑了一下，還是走上前去，道：「你是來看她的？」游江南沒有回答，只是問道：「她還好嗎？」徐如靜道：「身體已經差不多恢復了。」游江南看著木橋下清水潺潺，許多魚正在其中嬉戲，濺起點點水花，隔了許久，問道：「她恨我，是嗎？」徐如靜頓了頓，說：「雖然她沒說，但我看得出，她並不恨你。只是，她對你的心情不再像之前了。」聞言，游江南閉上眼，睫毛非常輕微地顫抖了一下，然後轉身離開。

徐如靜看著他的背影，靜默了好一會兒，才慢慢踱進自己的房間。

葉西熙的困境勾起了自己的心事，徐如靜來到梳妝檯前坐下，看著窗前的竹簾被風輕輕吹動，神色惘惘。直到有隻手放在肩上，才猛地驚醒過來，抬眼，鏡子裡不知何時多了個人。那是個全身散發著邪氣的男人，似笑非笑的嘴唇，細直高挺的鼻梁，還有狹長微挑的眼睛。額前碎髮斜斜垂下，遮住了右眼，依稀能看見一條淺淺的傷疤。他總是微笑著，但笑容卻讓人發寒。

游斯人輕輕撫上徐如靜的面頰，那滑膩的感覺讓他愛不釋手：「今天過得怎麼樣？」徐如靜身子微微一抖，沒敢反抗，只道：「和往常一樣。」游斯人問：「妳又去看葉西熙？」徐如靜點點頭。游斯人道：「我之所以准許妳們見面，是因爲葉西熙也算是妳的同類，我想，也許妳見到她會比較開心。可是現在看來，妳並不快樂……以後，別再去看她了。」徐如靜趕緊搖頭：「不，我想去看她。求求你，在這裡，我只能和她說話。」

游斯人將嘴湊近徐如靜耳邊，呼出溫熱的氣息，可是那低低的、沒有絲毫情緒起伏的聲音，卻讓徐如靜心中一凜：「只有她嗎？剛才，妳不是還和江南聊得挺好的？」徐如靜緊緊抓住自己的衣角，只覺指尖發涼：「我們只是在談論葉西熙，我和他之間沒有什麼的！」游斯人微微勾起嘴角，一雙眸子斜斜地瞟向鏡中的徐如靜，聲音很是輕柔：「如果你們之間眞的有什麼，妳以爲，我會讓他活著離開嗎？」徐如靜深深吸口冷氣：「他是你堂弟。」游斯人吻著她的臉頰，冷冷說道：「而妳，是我的女人。」

游斯人的吻，他的氣息、他的擁抱緊緊纏著她，徐如靜只覺得自己快要窒息。一股突如其來的衝動讓她好想逃離，永遠逃離。沒有想過任何後果，她猛地站起，朝門外衝去，可是才剛跨出一步，便被一把拉回。游斯人緊緊環住徐如靜，握住她的臉，迫使她看著鏡中的自己。

游斯人輕聲警告：「別想跑，永遠不要有那個念頭。否則，妳會後悔的。」徐如靜眼中透露著淡淡的絕望：「我做過最後悔的事……就是救了你。」游斯人的表情沒有任何變化：「是嗎？可惜，妳已經救了。」

游斯人倏地將她的衣物全部撕開，「刷刷」幾聲，徐如靜如雪般的胴體便呈現在鏡子前。接著，他將她的頭髮放下，瀑布般的黑色長髮披在羊脂般的肌膚上，更加深了視覺刺激。游斯人伸手罩住她胸前的豐盈，輕輕地撫摸著，並不斷用手指撥弄那鮮紅的蓓蕾。紅暈漸漸染上徐如靜如玉般溫潤的臉頰，他看著鏡中的她，輕輕說道：「看清楚，妳是我的。這個身體，還有妳整個人，都是我的。」徐如靜緊咬住下唇，眼神堅定：「不，身體你能夠拿走，可是我永遠不可能屬於你。」

游斯人親吻著她光滑的背脊，意味深長地說道：「是嗎，那這樣呢？」說著，手慢慢滑下來到她大腿深處，輕而有技巧地撫弄著。徐如靜如遭電擊，忙伸手阻擋，可是雙手卻被游斯人環住，動彈不得。游斯人不慌不忙地用手指揉弄著她的花蕾，閒閒地看著徐如靜咬住嘴唇，身子繃得緊緊的，強忍著體內情慾的驚濤駭浪。

游斯人啃咬著她的耳垂，緩緩說道：「至少，現在的妳，是完全屬於我的。求饒吧，我就放過妳。」徐如靜閉上眼，沉默著。游斯人狹長的眼睛微瞇起來，緩緩地將修長的手指深入她溫熱的甬道中，一下一下地進出著。徐如靜只覺得一股強大的電流襲遍全身，她渾身輕顫，耳畔嗡嗡作響，眼前的一切景物全都變得霧濛濛的，微微搖晃著。有一剎那，那種難受與愉悅混合的感覺讓她呻吟出聲，那個聲音讓她覺得恥辱。徐如靜狠狠咬住自己的下唇，直到一股甜腥的味道湧入舌尖，再不曾開口。

游斯人眉毛微皺，猛地將徐如靜翻轉過身子，讓她坐在梳妝檯上，然後用舌撬開她的嘴，溫柔舔舐著她唇上的傷口，聲音卻是異樣的寒冷：「我不准妳傷害自己。」徐如靜嬌喘吁吁，聲調微弱：「可是你卻在傷害我。」游斯人安靜地看著她，薄薄的嘴唇抿出一個淺淺的弧度，好看卻殘忍：「我在傷害妳……眞可惜，妳居然這麼認爲。」

說完，沒有任何預警地，他的灼熱快速進入了她的身體。徐如靜驚喚一聲，身子不自覺地往後倒去，整個赤裸的背脊貼在光滑的玻璃上，冰涼一片。游斯人抱著她柔軟的腰快速地律動著，一改往日的冷靜，動作激烈而瘋狂，像是懲罰。一次次的進出，讓她的柔軟完全包裹住自己的堅硬，讓自己完全擁有她。

夏日的午後，陽光懶懶黃黃的，射入屋中，被竹簾切割成一條條，映在激情的兩人身上，旖旎而豔麗。

葉西熙一邊吃飯，一邊拿眼偷偷看向徐如靜。實在想不明白，為什麼今天她總是心不在焉；而且，明明是夏天，居然把自己裹得嚴嚴實實的。葉西熙實在忍不住，將碗一擱：「如靜，妳不熱嗎？幹嘛包著脖子？」徐如靜臉上一紅，下意識地捂住脖子，低聲道：「沒……我不熱。」

葉西熙睹此情狀，再聯想到昨天徐如靜說的話，葉西熙忽然省悟過來，喃喃道：「難道，妳和游斯人……」徐如靜的頭垂得更低了。葉西熙好奇：「能告訴我，你們究竟是什麼關係嗎？」徐如靜緊咬下唇，隔了一會兒，才輕聲說道：「我是他的階下囚。」葉西熙不解：「階下囚？」

徐如靜茫茫地看向前方，回憶著：「在遇見他之前，我只是個普通的高中生，過著平凡快樂的日子。可是有天晚上，我養的狗忽然對著窗外狂叫起來，我打開門，看見家門前的雪地上，躺了隻渾身是傷、奄奄一息的狼。我不忍心就這麼放任不管，便把牠移到屋子裡，盡自己所能地爲牠療傷。原本以爲救不活了，但牠卻奇蹟似地迅速好了起來。當差不多痊癒時，牠失蹤了，我也沒在意，心想應該是回到了野外。可是過沒多久，有天，我在放學路上被人綁架，醒來時就發現到了這裡。有個男人坐在我身邊，右眼上方有道和那隻狼一模一樣的傷痕……」

葉西熙問：「那隻狼和男人，就是游斯人？」徐如靜點點頭。葉西熙還是不解：「既然妳救了游斯人，爲什麼他要……這麼對妳？」徐如靜的眼睛黯淡下來：「他要我永遠留在他身邊，我永遠都會被困在這裡。」葉西熙握住她的手，安慰道：「別這麼絕望。總有一天，我們會逃出去的。」

門口忽然傳來游斯人的聲音：「很可惜，那天永遠不會到來。」葉西熙一驚，回過頭，看著慢慢走近的游斯人，警戒地問道：「你來幹什麼？」游斯人微笑，眼中卻有種冷冷的漠然：「來通知葉小姐一件事，妳該搬回原先的屋子了。」說完，手一揮，兩名手下進來，強行將葉西熙帶了出去。

徐如靜急了：「她的病還沒完全好啊！」剛想去追，卻被游斯人一把抓到懷中：「妳該擔心的人，應該是自己吧。」游斯人用手背輕輕撫摸著她的臉頰，柔聲說道：「以後，我不會再讓妳見她。」

Chapter Two
第二章

一接到消息，游江南便來到游斯人的府寓，當面質問：「她的身體還沒有完全康復，爲什麼又把她送回實驗室？」游斯人遞給堂弟一杯清茶，不慌不忙地說道：「你們都說葉西熙的身體很虛弱，但我看見的她卻活蹦亂跳，還信心十足地鼓動如靜出逃呢。」

游江南緊盯著他：「我只是提醒你，如果她有什麼不測，你也不好交代吧。」游斯人端起手中的茶，輕輕一抿，雙目微斂：「是害怕我不好交代，還是你會……心痛呢？」游江南眼睛一沉：「你什麼意思？」游斯人微笑：「葉西熙在你心目中絕對不簡單吧。」游江南的下巴緊繃著，神色冷峻：「這和你無關。」

游斯人抬眼看著他，意味深長地說道：「怎麼會無關呢？我們有一個共同的仇人，不是嗎？我可不希望你出什麼岔子。記住，只要我們早一天從葉西熙身上找到想要的東西，就能早一天把他從游家當家的位置拉下來。」接著又說，「克魯斯的傷已經好了，我剛派了人去接他，應該傍晚就能到。他雖然是外人，卻比我們自己更瞭解狼人。把葉西熙交給他，應該萬無一失……只是，葉西熙是我們從夏逢泉手中搶走的，他一定不甘心，絕對會有所行動，我們要多加注意……」

游江南端起茶杯，只是凝神看著碧綠茶葉浮浮沉沉。看見他這副模樣，游斯人停下剛才的話題，臉上出現一絲模糊的笑意：「對了，聽說你母親下個月生日……我猜，她並沒有邀請你，是嗎？」聞言，游江南依舊沉默，臉上沒有任何變化，只是，杯中的茶水微微蕩起一圈漣漪。

與此同時，人在醫院的克魯斯接到游斯人的通知，要他接手對葉西熙的研究。才剛傷癒，克魯斯的臉色看起來有些憔悴，雙目卻閃著炯炯精光。他覺得自己很幸運，不僅能從夏逢泉的手裡逃生，現在還能研究葉西熙這百年一遇的特殊狼人。

想及此，他便激動萬分，恨不得多生兩條腿，快點到達實驗室。於是，他吩咐游斯人派來的人趕緊把車開出，他收拾好東西便直接下樓會合。才剛把衣物整理好收進皮箱，便有人開門走了進來，克魯斯料著是游斯人的手下來催，便道：「都收拾好了，我們走吧。」說完提著皮箱轉過身，但當他看清來人時，臉上瞬間閃過一陣恐懼……皮箱掉落在地，發出「咚」的一聲響。

葉西熙躺在冰冷的手術檯上，看著白晃晃的手術燈，久了，眼有點花。她暗暗歎口氣——又要開始小白鼠的生涯了。正在這時，實驗室的門打開，一道人影走了進來，旁邊的人輕聲招呼：「克魯斯教授，您來了。」克魯斯頷首以示回應，而後來到葉西熙身邊。葉西熙對他翻了個白眼。

睹此情狀，克魯斯的嘴邊微微有些笑意，但還是竭力忍住。旁邊的人提醒：「教授，我們開始吧。」克魯斯示意助手取來手術用具，與此同時，趁人不備，忽然低下身子在葉西熙耳邊說了句話：「閉氣。」葉西熙大驚，因為克魯斯的聲音完全是個熟悉的女聲。來不及多想，她依言照做，緊緊閉住呼吸。

下一秒，克魯斯將一個小小的玻璃球往地上一擲，隨著玻璃的破碎聲，裡面的液體瞬間汽化成藍色霧氣，彌漫在實驗室中。葉西熙睜大了眼，看著其他人一個個倒下。大約三十秒後，霧氣徹底消散，克魯斯拍拍她的肩膀：「可以呼吸了。」聲音依舊嬌嬌柔柔。

葉西熙忽然憶起：「妳是徐媛？」夏徐媛道：「聰明。不過現在沒時間敘舊，必須快點出去。」說著，脫下地上其中一人的白袍讓葉西熙換上，然後帶著她偷偷走出實驗室。夏徐媛顯然對游斯人府寓的格局非常熟悉，帶著葉西熙輕車熟路地走著。由於已是夜晚，加上克魯斯擁有出入特權，一路上竟通行無阻。

夏徐媛一邊走，一邊宣布著計畫：「等會兒我們去到南邊牆角處，爬上去，然後我變身成狼，揹著妳跳下去，逢泉在那兒等著接應我們。」葉西熙瞠目：「妳也是狼人？」夏徐媛微笑：「別這麼驚訝，妳也算是半個狼人啊。」不說則已，一說讓葉西熙驚得眼珠子都快蹦出來了：「我是……狼人？」夏徐媛停住腳步，伸手托著下巴，緩緩說道：「對了，妳還不知道這件事。這件事呢，說來話就長了，要追溯到二十年前，那個時候……」
葉西熙清清嗓子：「嗯……徐媛，那個，我們可不可以逃出去之後再聊呢。」夏徐媛彎彎眼睛：「噢，不好意思，講到八卦，太興奮，一時忘記身在何處了……那我們快走吧。」說完，兩人繼續趕路。經過一座木橋時，葉西熙忽然停住。
夏徐媛先微微皺眉，而後「噢」了一聲：「怎麼了？妳還是想先聽八卦是嗎，那我們就講完再走吧。話說二十年前……」葉西熙揉揉額頭：「我……不是想聽八卦。」夏徐媛問：「那妳幹嘛停下來？」葉西熙請求道：「我在想，可不可以多帶一個人出去？」夏徐媛為難：「多帶一個人？」
葉西熙解釋：「拜託妳了，她很可憐的，根本就不愛游斯人，卻被那個混蛋囚禁在這裡，不分晝夜地折磨。」聞言，夏徐媛鳳目微斂：「我最恨男人強迫女人……這怎麼行，我自己陷入這種困境就算了，不能再讓另一個女人也受這種苦。走，我們去救她。」
兩人當即來到徐如靜的房間，沒想到，門前居然有個大漢把守著。
葉西熙問：「怎麼辦？」夏徐媛自信滿滿：「看我的。」再度拿出一顆玻璃球，往那大漢站的方向一擲，藍色霧氣一起，大漢頓時躺下。兩人忙跑進房間，徐如靜正坐在床上發呆，忽見她們闖入，嚇了一跳。葉西熙開門見山：「如靜，快跟我們走。」徐如靜愣了一下，馬上反應過來，重重地點頭：「好。」
正準備走出屋子，門口卻擁進幾個壯漢，為首的是個滿臉落腮鬍的人，嘿嘿一笑：「我就說趙四怎麼倒在地上，原來是妳們搞的鬼。」夏徐媛趕緊故技重施，又從口袋拿出一顆玻璃球扔向他們，但那落腮鬍的腳一抬，便將玻璃球踢出窗外。夏徐媛低低喚了一聲「糟糕」，以為這次在劫難逃。但讓她意外的是，身邊的葉西熙忽然衝上去一個前踢腿，接著一個後踢腿，再來個側踢腿……世界安靜了。那四個人還沒反應過來，便齊齊倒下。

夏徐媛拍手讚歎：「妳好厲害！」葉西熙不好意思地摸摸頭：「還好啦。」夏徐媛聊了起來：「別謙虛，妳的身手是真的好，居然一腿就把比妳壯兩倍的男人踢倒在地。」葉西熙害羞地說：「……那是因為，我踢的是他們的重要部位。」看著地上幾個握住下襠、疼得淚流滿面的壯漢，葉西熙謙虛地擺擺手。

夏徐媛繼續聊：「那更厲害，一招致命啊。西熙，妳要教我。」葉西熙不藏私：「很簡單的。回去我送妳一個人偶，每天盯準那個部位踢，一直練習，不出三個月，就能成功；而且，這個動作還能拉長韌帶，讓小腿肌肉提高，使雙腿更加修長呢。」夏徐媛驚歎：「這麼厲害？」葉西熙得意：「沒錯。」徐如靜弱弱的聲音打斷了兩人的對話：「那個……我們還準備逃出去嗎？」

夏徐媛省悟過來，忙領頭朝門外衝去，但隔了一秒鐘又慢慢退回。因為……門口有個男人正拿著槍，指著她們。

那人額前有一縷白髮，看上去陰沉沉的，葉西熙認出他便是游斯人的得力助手成風。她悄悄移動腳步想上前偷襲，卻被成風看清企圖，冷笑著警告道：「雖然妳不怕銀，但這畢竟是子彈，也能把妳的手掌打個洞的。」葉西熙怒目看著他，卻無能爲力。

成風得意地一笑：「能喬裝得這麼像克魯斯，妳一定就是夏徐媛了。沒想到夏家大小姐居然自動送上門來，看來我今天是立了大功啊。這麼一來，夏家可得束手就擒了。」葉西熙拳頭緊握，手心全是汗。

成風拿槍指著她們，正準備張口喚人來，卻突然感到後頸被人一擊，頓時一陣劇痛，之後便雙眼發黑，暈了過去。待看清幫助她們的人，葉西熙頓時心中一震。是……游江南。不僅是她，其他兩人也都驚呆，實在沒想到他會這麼做。還是游江南溫聲提醒道：「快走吧。」

夏徐媛最先回過神，拉起葉西熙和徐如靜便跑。經過游江南身邊時，葉西熙低頭說了句：「謝謝。」說得很快，而且聲音很小，有一剎那她甚至懷疑自己是否眞說出了口。可是，游江南還是聽見了，他站在原地，直到葉西熙的背影消失在視線中，依舊沒有動彈。

待葉西熙和徐如靜千辛萬苦地爬上南邊圍牆後，頓時傻眼——她們的立足之地，距離牆外的地面足足有十公尺高。夏徐媛一邊卸妝一邊問：「糟糕，我一次只能帶一個人下去。妳們誰要先下？」葉西熙看了一眼臉色早已蒼白得不像話的徐如靜：「讓如靜先下去吧。她懼高，快不行了。」夏徐媛道：「好，等會兒我再來接妳。」說完，手觸地面，變成了狼形，然後揹起徐如靜，沿著牆壁竄了下去。

與此同時，葉西熙忽聽見背後傳來嘈雜的人聲，身子頓時冷了半截。果然，只見游斯人帶領著一群人快速向她奔來：「在牆上！別讓她跑了，快上去抓住！」眼見他們離自己越來越近，就算夏徐媛現在爬上來也來不及，葉西熙絕望了。正準備束手就擒，乖乖回去當小白鼠時，牆下傳來一個男人的聲音：「跳下來！」

葉西熙定睛一看，發現叫她的人是夏逢泉。夏逢泉伸出雙手：「跳下來，我會接住妳！」葉西熙擔心：「接不住怎麼辦？」夏逢泉冷道：「放心，如果接不住，我會負責把妳的屍體運回去。」儘管隔得這麼遠，葉西熙似乎還是看得見他嘴邊噙著的那絲淡淡嘲笑。

太混蛋了！葉西熙恨得牙癢癢，下定決心死也不跳。但轉頭一看，游斯人已經率人來到牆下，葉西熙驚慌失措，也不知哪來的勇氣，眼睛一閉，就跳了下去。那一瞬間，耳邊是呼呼的風聲，心臟似乎停止跳動，腦中一片空白。在即將著地時，她感覺到一雙手穩穩接住了自己。

慢慢睜開眼，葉西熙首先看到一副結實寬厚得恰到好處的古銅色胸膛。接著，夏逢泉的聲音在她頭頂響起：「妳看起來挺瘦的，怎麼抱起來一點也不輕呢？」葉西熙皺眉解釋：「因爲我有很多很多的肌肉。」但夏逢泉似乎沒在聽她說話，自顧自地說道：「雖然重了點，不過還好有料，不然妳就虧了。」

有……料？葉西熙想起那次被他偷看了身子的事情，臉「砰」的一聲紅了，趕緊掙扎：「你這隻名副其實的大色狼，放我下來！」夏逢泉眼睛一沉：「別鬧，他們追上來了。」立即將葉西熙塞進車裡，踩下油門，車像箭一般向前射去。不可否認，夏逢泉的開車技術確實不錯，開得又快又穩，沒幾分鐘便將追趕的那群人遠遠甩在後面。

葉西熙這才鬆了口氣，問道：「徐媛和如靜呢，怎麼沒看見她們？」夏逢泉簡短地說：「我要她們先走。」葉西熙又問：「你們……爲什麼要救我？」夏逢泉斜斜地瞥她一眼：「誰叫妳也算是我們夏家的人。不過說實話，葉西熙，妳還眞不是普通的笨。」葉西熙不服氣：「我哪裡笨？」

夏逢泉冷笑道：「都提醒過妳這麼多次了，還是要黏著游江南。妳被抓，眞是活該。」葉西熙不服氣：「誰叫你不說清楚？每次見面，只知道罵我笨蛋，你早點告訴我不就好了！」夏逢泉一字一句地說道：「是我爸、還有表姑丈，他們擔心妳一時無法接受眞相，要我們先瞞著妳。所以我只好將全副心思用在對付游江南，誰知被妳一招花癡女救英雄給打斷。託妳的福，我身上被椅子砸的地方，瘀青了兩天。」

葉西熙轉過頭去輕聲嘀咕：「關於砸你的事情……確實很抱歉，可是那時候，我哪知道你是來幫我的？更何況，你長得也不像好人啊。」夏逢泉冷冷地覷她一眼：「葉西熙，妳再說一次試試看。」葉西熙不甘心：「別這麼小氣，你還不是罵我笨蛋！」夏逢泉咬牙：「我說妳是笨蛋，那是事實，不算罵人。」葉西熙反擊：「那你長得不像好人，也是事實啊！」

兩人正吵得不可開交，忽然「砰」的一聲，有個重物落在車頂上，還沒回過神來，車頂的鐵皮便被撕破，一隻尖利的爪子伸了進來。夏逢泉趕緊剎車，將車頂上的活物甩了出去，那活物在空中翻了兩圈，穩穩彈落在地。葉西熙看見那是條白色的狼，右眼處有條淺淺的疤痕。是游斯人。他化身成狼，追了上來。只見游斯人冷冷地看著他們，一雙淺藍色的眸子隱藏著狂虐的殺機。

夏逢泉出聲：「葉西熙。」葉西熙吞口唾沫，抑下心中的恐懼：「嗯。」夏逢泉交代著：「撿我的衣服，然後開車，沿著這條路一直往前走，等會兒我會追上來。」葉西熙一時沒弄明白他的話：「什麼？」

夏逢泉不予理會，打開車門走了出去，雙手著地，瞬間化爲一隻狼，朝游斯人衝去，留下一堆衣服。葉西熙這才省悟過來，忙下車一件件撿起。撿到最後一件時，葉西熙的手僵在半空中，怎麼也下不去——那是條黑色的、性感的、三角的內褲。猶豫再三，葉西熙咬咬牙，終於放棄，將其他衣物一抱，發動車子，往前開去。

游斯人作勢撲上來阻擋，卻被夏逢泉攔住。兩隻狼混戰交纏著，塵囂頓起——這是葉西熙從後視鏡中最後看到的畫面。

沿著公路一直往前開，四周全是一排排茂密的樹林，在夜幕之下，寂靜而黝黯。葉西熙的心也越來越靜。

已經隔了這麼久，夏逢泉還沒有追上來，難道……出了意外？想到這兒，葉西熙趕緊用力搖頭。不可能，那傢伙這麼踐，怎麼可能一來就嗝屁呢？可是，天有不測風雲啊，萬一他……回憶起在山上時那個男生被狼群吞噬的畫面，葉西熙生生打了個寒噤。這麼說，如果夏逢泉被抓到，一定會被啃得一乾二淨，說不定連骨架都要被撿去熬湯。

刺耳的摩擦聲劃破寂靜的夜空，葉西熙猛地刹住車，將頭枕在方向盤上，心裡亂成一團。說到底，夏逢泉這麼做也是爲了救她，如果就這麼犧牲了，她會一輩子良心不安的。

葉西熙抬起頭，一臉豁出去的表情：「不行，一定要回去看看！」正準備發動車子，肩膀忽然被重重一拍。葉西熙嚇得大叫：「啊！」但馬上被一隻大手捂住，大手的主人說：「葉西熙，給我閉嘴。」是夏逢泉的聲音？葉西熙拿開他的手：「你沒死啊！」驚喜地回頭，赫然發現後座上的夏逢泉全身赤裸，頓時呆住。

夏逢泉伸出手，道：「游斯人確實厲害，纏了我很久，好不容易才脫身。把衣服給我。」葉西熙呆呆地點著頭，把衣服遞給他，然後緩緩地回過身，喃喃地自言自語：「我沒看見，什麼都沒看見，一點也沒看見。」夏逢泉打斷她的自我催眠：「葉西熙。」葉西熙回到現實：「嗯？」

夏逢泉問：「我的內褲呢？」葉西熙：「……」夏逢泉耐著性子：「我問，我的內褲呢？」葉西熙怯怯地說：「可能，是，當時，太緊張，所以，忘記，撿了。」夏逢泉冷聲：「是忘記撿，還是故意不撿？」葉西熙：「……」夏逢泉冷道：「回答我。」葉西熙被逼問得走投無路，憤而反問：「你怎麼可以讓一個女孩子幫你撿……內褲？」夏逢泉靜靜地看著她：「不管怎麼樣，葉西熙，給我記住，妳欠我一條內褲。」葉西熙：「……」

一個小時後，夏逢泉將葉西熙帶回自己家中。那是幢位於山上的別墅，奢華，卻不張揚。一下車，葉西熙便發現父親葉家和正在門口等她，忙奔上前摟住父親，而後夏鴻天才走了過去。

葉家和介紹道：「西熙，這位是妳媽媽的表哥。」葉西熙對眼前這名氣度不凡的中年人頗有好感，趕緊親熱地喚了一聲：「舅舅。」夏鴻天仔細地看著葉西熙，之後微微歎口氣：「這孩子的眼睛，和茉心長得一模一樣。」葉西熙想起夏徐媛的話，猶豫了一會兒，輕聲問道：「我媽媽，也是狼人嗎？」葉家和摸摸女兒的頭髮，柔聲道：「西熙，妳先去休息吧。明早，我們回家一趟，到時候我會把整件事情告訴妳，好嗎？」葉西熙聽話地點點頭。

夏鴻天喚來兒子：「逢泉，把你表妹帶到她的房間去。」聞言，葉西熙和夏逢泉的眉毛同時一挑。夏鴻天與葉家和，對自己兒子女兒的反應感到奇怪。夏鴻天問：「有什麼問題嗎？怎麼不動？」夏逢泉朝葉西熙微微一笑：「沒什麼。『表妹』，請跟我來吧。」葉西熙也皮笑肉不笑：「好的，『表哥』。」兩人就這麼相攜著上樓。

這時，夏徐媛從樓上下來，拿手碰一碰沙發上的夏虛元：「怎麼那兩個人臉上像注射了玻尿酸啊？」夏虛元沒抬頭：「可能有什麼姦情吧。」依舊看著手上的屍體解剖圖片，閒閒問道，「妳帶回來的那個女孩呢？」夏徐媛在他身邊坐下，搖搖頭：「你說如靜啊，她剛睡著。真可憐，睡著了還在做噩夢，深怕游斯人那個混蛋把她抓回去。」

夏虛元道：「妳好像很同情那個女孩嘛。」夏徐媛用手扶住精緻的下巴，眼神哀怨：「因為我們同病相憐啊，都遇到那種混蛋男人。」夏虛元看她一眼：「是嗎？我怎麼覺得妳老公對妳挺好的！」夏徐媛皺眉：「夏虛元，你要我說多少次，慕容品他不是我老公！」夏虛元平靜地指出：

「但在法律上，你們確實是名副其實的夫妻。」夏徐媛憤憤不平：「那個混蛋居然用卑鄙的手段，害我請不到律師辦離婚手續。」

夏虛元一派輕鬆：「誰叫他是排名第一的大律師，誰敢跟他鬥，那不是自尋死路嗎？」夏徐媛緊緊咬住貝齒：「所以我說，慕容品就是個卑鄙無恥下流的衣冠禽獸。」夏虛元淡淡問道：「那妳還嫁給他？」夏徐媛輕鎖眉頭：「當時是在拉斯維加斯，我喝了五瓶酒，醉得連自己是誰都不知道了，根本就不記得是怎麼跟他結的婚。一定是他陷害我的。」夏虛元微扯嘴角，不予回答。

說著，夏徐媛拿起桌上的面具往臉上輕撫：「對了，你這次幫我做的面具還真不錯，貼在臉上又軟又舒服，而且連毛孔都做了出來。太逼真了，真有你的。」夏虛元笑笑，拿起桌上的洋芋片吃了起來：「是嗎？」夏徐媛也拿起洋芋片，沾點番茄醬，慢慢吃將起來：「一邊看屍體照片一邊吃東西，這種噁心的事只有你做得出來。」

夏虛元平靜地說道：「不只我一個人。」夏徐媛好奇：「還有誰像你這麼變態？」夏虛元面上無波：「妳。」夏徐媛莫名奇妙：「我？」夏虛元臉上泛起一個曖昧的、鬼祟的笑：「妳現在不也是用拿過死人皮膚的手，抓東西吃嗎？」夏徐媛先是微笑著，嘴角一直保持著弧度，表情越來越僵硬：「死人的……皮膚？」

夏虛元雙眼微微一瞇，變得細長而上挑：「最像活人皮膚的東西，也就只有死人皮膚了。剛好前幾天醫院來了一具無人認領的屍體，於是我便就地取材了……親愛的妹妹，現在，妳的臉倒像注射過玻尿酸了。」

葉家和與夏鴻天正在談話，忽然聽見一聲嬌柔的尖叫。隨後，夏徐媛臉色蒼白、嬝嬝婷婷地從他們身邊走過，衝入洗手間。沒多久，裡面傳來嘔吐的聲音。葉家和疑惑：「難道……徐媛她有喜了？」夏鴻天點點頭：「可能是，明天我得通知慕容。」

這一整晚，想起最近發生的事，葉西熙翻來覆去，根本無法入睡。好不容易捱到天亮，只好睜著雙熊貓眼起床。來到樓下，忽然看見廚房中有亮光，葉西熙好奇地走上前去，想看看是誰比自己起得更早。才剛走到門口，一個平底鍋忽然朝她的臉直直打來。幸好葉西熙反應迅速，矮身躲過了襲擊。

站定後才發現，行凶的是個留著小鬍子、五官輪廓很深、有點混血兒味道的四十多歲中年男子。男人上下打量葉西熙一番，皺起濃眉，疑惑地問道：「妳是誰？」葉西熙驚魂未定，拍著胸口反問：「你是誰？」男人：「我是這間屋子的管家，阿寬。」葉西熙大聲道：「我是這間屋子的客人，葉西熙。」

阿寬聽見她的名字，忽然愣了一下：「妳就是茉心的女兒？」葉西熙問：「你認識我媽媽？」

阿寬忙呵呵一笑：「原來是熟人，不好意思，剛才得罪了。來來來，哥哥做優酪乳煎餅給妳吃。」

葉西熙眼角抽搐了一下：「哥……哥？」

阿寬忽地以雙手揑住她臉頰，將她的五官擠成一團，兩眼圓睜，惡狠狠地問道：「怎麼？我很老嗎？」爲了自己的臉部肌肉著想，葉西熙趕緊拍馬屁：「沒有，沒有！我是看你好年輕啊，簡直就像跟我同輩，怎麼好意思叫哥哥呢？」阿寬面無表情地看著她，隔了一會兒忽然鬆手，眉開眼笑地說道：「妳這孩子眞是誠實啊。來來來，我先替妳榨杯柳橙汁喝。」

葉西熙揉揉被揑紅的臉頰，連忙退到角落，看著約莫一百九十公分高的阿寬穿著花邊圍裙在廚房裡打轉。其實仔細看，這個阿寬身材高大，五官也好看，年輕時一定是枚大帥哥，當然現在也是——如果不要這麼神經質的話。

葉西熙實在不明白，爲什麼這樣的人會來當管家。不過，聽他剛才的話，應該是認識自己的母親，她想了想，便問道：「阿寬，我媽媽是什麼樣的人？」聞言，阿寬的身子僵硬了一下。葉西熙看他不對勁，忙輕喚了聲：「阿寬？」誰知阿寬忽然捂住臉，坐在桌邊哭了起來。

葉西熙手足無措：「怎麼了？」阿寬抽泣著：「想起妳媽媽，我難受。」葉西熙不解：「爲什麼？」阿寬解釋道：「想當初，這個家全是一群懶狼，衣食住行，都要我一手包辦，還好有妳媽媽幫我，我才沒有崩潰。但後來，茉心離開了，雖然屋子裡換了批年輕人，但比起他們的父輩，更懶了。這二十年來，我每天從睜眼開始忙到閉眼，早已麻木。誰知妳提起茉心，讓我想起二十年前那段愉快的歲月，再和現在相比，我還不如死了算了！」

看著阿寬哭得稀里嘩啦的，葉西熙不忍心，便道：「別這樣啊，大不了，我幫你做家務就是了。」阿寬埋著頭，用鼻音問道：「眞的？」葉西熙咬牙：「眞的！」阿寬不放心地問：「說話算話？」葉西熙一派義氣：「說話算話！」阿寬再三確認：「不後悔？」葉西熙不知死活：「不後悔。」阿寬抬起頭來，一臉沒事人的樣子，遞給她一杯咖啡，道：「這可是妳說的。把這個拿去給逢泉，他習慣每天早上醒來喝一杯……別愣著，快去啊。」

葉西熙瞬間有種被欺騙的感覺，但話既然都說出口了，只好不情不願地來到夏逢泉的房間門口。敲了三下門，發現裡面沒有動靜，便準備照阿寬說的，悄悄打開門，把咖啡放在床頭櫃上後離開。

進去後，卻發現床上空空如也，葉西熙暗自高興，忙將咖啡放下，一轉身，卻見浴室門打開了——夏逢泉赤裸著上半身，腰上裹著條浴巾，就這麼走了出來。他剛洗完澡，頭髮濕濕的，水珠不斷滴下，落在黝黑的肌膚上，蜿蜒成一股性感。

夏逢泉越過她，走到自己的床邊坐下，開始擦拭頭髮：「妳來送咖啡給我？」床座的高度頗高，夏逢泉的腿並未合攏，再加上只裹了條浴巾，因此葉西熙隱隱約約看見了不該看的東西。一秒鐘之內，她的耳朵紅得透明，趕緊移開眼睛，語無倫次地說道：「那個……我……咖啡……我走了。」說著便要離開，卻被夏逢泉一句話攔了下來，聲音中帶著輕笑：「看清楚了嗎？」葉西熙嘴角僵硬：「看清楚什麼？」夏逢泉語意深長地看她一眼，眼中含笑：「妳心知肚明。」

這下子，葉西熙連脖子也紅透了，只能嘴硬道：「呵呵，不知道你在說什麼。」說完，趕緊拔腿離開，速度之快，前所未有。夏逢泉只感覺到一陣風從身邊經過，瞬間揚起自己的幾縷髮。他輕咳一聲，手指著前方說道：「門在那邊。」葉西熙答腔：「我知道。」那陣風從窗邊返回，應了一聲，衝出門口。

門關上，夏逢泉端起咖啡，啜飲一口，微笑了。

吃完早餐，葉家和便帶著葉西熙回家。才進門，看也不看四周，逕直走進了臥室。葉西熙驚疑地看著父親取下書櫃第三層的某本書，按下隱藏在內的開關，而後書櫃竟連著那堵牆一起慢慢轉開。父親的臥室居然有間暗室，葉西熙心中瞬間閃過無數個疑問。但當她跟著走進，看清面前的事物時，忽然間什麼都明瞭了。

暗室中央擺放著一只水晶棺，裡面睡著一具狼的屍體。那是條黑色的狼，體型嬌小，緊閉著眼，再不會醒來。葉西熙輕聲問道：「這就是……媽媽？」葉家和看著妻子的遺體，眼中有著溫柔：「沒錯，她就是妳的媽媽……她也是狼人。」葉西熙茫然：「一切，究竟是怎麼發生的？」

葉家和緩緩說道：「我遇見妳媽媽時，她和妳一樣大年紀，那是在一場替孤兒院募款的表演上。她安靜地彈著鋼琴，看著那些搖頭晃腦的孩子，嘴角帶著淡淡的、寵溺的笑，整個人美得不可思議。之後，我們又在另一個孤兒院相遇，開始聊起天來，這才知道我們都很喜歡小孩子。漸漸地，我們的交往多了起來，然後……我們相愛了。

「剛開始的日子非常快樂，但隨著兩人感情加深，茉心常常不經意地露出愁容。在我的詢問之下，她終於坦白，說自己其實是狼人。我很驚訝，但隨即接受了這個事實，可是茉心的家裡卻始終不同意我們交往。終於，我們私奔了。沒多久，茉心懷了孕，幾個月後，在柏清母親的幫助下，妳出生了。就在我以爲咱們一家三口可以快樂地一起生活時，茉心卻因產後大出血而離開了人世。

「之後我帶著妳，父女倆相依爲命了這麼多年，原以爲一切早已結束，沒想到妳卻是傳說中那個不怕銀的狼人。游家千方百計想抓到妳，於是勾結你們的克魯斯教授，把妳騙到山上，想伺機綁架妳，而後弄成意外失蹤的假象。可是逢泉先一步得到了消息，去到山上保護妳。當時由於不希望妳平靜的生活受到干擾，便拜託逢泉暫時別向妳透露眞相，可是妳卻因爲太過信任游江南，還是被抓了去。」

聞言，葉西熙訕訕一笑。

葉家和繼續說道：「看來，游家是不會輕易放過妳的。我和妳表舅商量了一下，西熙，從現在開始，妳去和逢泉他們一起住。」葉西熙嘴角一抖：「和夏逢泉住在同一個屋簷下？爸，不要，我想跟你一起住！」葉家和道：「別小孩子氣。而且我剛接到了美國塞弗研究所的邀請，決定加入他們。塞弗研究所的地址隱密，就算是游家也很難找到，這樣一來，也免得他們抓住我來威脅妳。」

葉西熙小聲道：「可是，我不想和夏逢泉住在一起。」葉家和拍拍女兒的肩膀，語重心長地說：「別這麼說。你們都是年輕人，很快就會消除隔閡，玩在一起。西熙，由於妳的體質特殊，今後一定會遇到更多事情，所以從現在開始妳要學會長大。」葉西熙張張嘴，還想說些什麼，但最終仍舊點頭答應。

幾天後，葉家和便離開了，葉西熙依依不捨，卻又無可奈何，只能在夏家別墅住下。同住的除了夏逢泉，還有夏徐媛和夏虛元這對雙胞胎，以及被救出來的徐如靜；當然，管家阿寬也會時不時冒出來。但才住進去沒幾天，葉西熙便發覺自己簡直闖入了怪人聚集地。

原本以爲很正常的夏徐媛整天喜歡化妝成別人；當然，如果扮成瑪麗蓮夢露或者克拉克蓋博，那肯定皆大歡喜。但她偏偏喜歡化妝成讓人一看白血球驟減的角色，例如鐘樓怪人，例如貞子，例如富江。而且她變裝技術之好之高超，幾可以假亂眞，葉西熙好幾次都被嚇得心臟驟停。

原本以爲很變態的夏虛元也絲毫不辜負她的重望，繼續變態著。家中的地下室有個密室，他經常待在裡頭。葉西熙某天不小心在夏逢泉的慫恿下進去參觀了一圈，出來之後，臉色慘白，三天吃不下飯——因爲裡面擺滿了玻璃瓶，全用綠色液體浸泡著人體的各種器官，肝膽心肺腎，大腸小腸盲腸，眼珠舌頭大腦，甚至還有一根不知道是哪個倒楣蛋的小弟弟。

原本以爲無關緊要的阿寬，居然成了匹黑馬。由於擔心葉西熙會再被游家的人抓去，便發下重誓要幫她把體內的狼人因子激發出來。於是每天端出半生的牛排、豬排，以及羊排給她吃，而且全是那種一刀切下、血便汩汩往外飆的貨色，看得葉西熙冷汗直冒。

當然，凡事都是需要比較的。

在葉西熙慘遭荼毒的同時，徐如靜也未能倖免於難——就在她來到夏家的第二天，夏虛元剛好研發出一種可以讓人沉睡一個月的新型安眠藥，而這藥湊巧被夏徐媛不小心混在普通的安眠藥中，又正好被阿寬拿去給徐如靜服用。於是，剛被救出來的徐如靜連臺詞都還沒來得及說一句，便扮演起睡美人。有時，葉西熙簡直懷疑當初將她救出來的決定是否正確，因爲現在看來，夏家這個狼窩似乎更危險。

當然，居住在夏家也會有感到愉悅的時候，像是現在——陽光明媚，碧空如洗，葉西熙和夏徐媛躺在游泳池畔，穿著比基尼，塗上防曬油，喝著果汁，吃著檸檬派，感覺生活灰常美好。而兩個女人湊在一起，八卦是少不了的。

夏徐媛輕輕銜著吸管，嬌嫩的唇上勒出一個小小的印子：「聽說，所有的長輩都對妳和逢泉的未來抱有很大期望。」葉西熙失笑：「我和他的未來？除了鬥嘴和互相看不順眼，還能有什麼？」夏徐媛問：「怎麼，妳討厭逢泉？」葉西熙糾正：「應該說，是他先討厭我。」夏徐媛追問：「是嗎？我怎麼不覺得？」葉西熙冷答：「因爲妳不是我。」

夏徐媛聳聳肩，繼續說道：「其實，那些長輩想把妳配給逢泉的另一個原因是——他們擔心妳會和游江南在一起。」葉西熙沉默了一會兒，緩緩問道：「他們怎麼會這麼想？」夏徐媛理所當然地說：「因爲電視劇都是這麼演的，那些女主角全是非仇家敵人不愛。」葉西熙訝然：「電……視劇？」夏徐媛解釋：「妳也知道，老人家沒事幹，就喜歡看黃金八點檔……不過話說回來，妳眞的對游江南再也沒有感覺了？」葉西熙笑笑，戴上墨鏡，閉目躺著，沒再說話。

夏徐媛正要追問，卻被一陣手機鈴聲打斷，只好走進屋子接聽。

這邊廂，葉西熙閉著眼睛，靜靜聽著夏徐媛的嬌詫聲從客廳中傳來：「什麼，誰說我懷孕的……慕容品，就算我懷孕，那孩子也不可能是你的啊……我們總共就在拉斯維加斯做過一次，那都是兩年前的事了，你以爲我懷的是哪吒啊……你不准過來，聽見沒有，喂！」掛上電話，夏徐媛「蹬蹬蹬」跑上樓，換好衣服，再「蹬蹬蹬」跑下來，對葉西熙說了句「妳慢慢曬，我先出去躲躲」之後，便奔出家門。

葉西熙按照她的囑咐，繼續享受陽光。夏日的午後，空氣中有種暖暖的、讓人微醺的味道。葉西熙覺得全身每個毛孔都滿溢著舒適。正當昏昏欲睡時，一股水花忽然濺在她身上，將她驚醒。葉西熙皺眉，取下墨鏡一看，果然，在游泳池中翻騰的，正是不知何時鑽出來的夏逢泉。

只見夏逢泉在水中像枝箭般來回游動，古銅色的肌膚布滿了流動的水，完美而性感的身材在陽光下展露無遺。儘管感激他提供了這道好風景，但游動時發出的嘈雜水聲卻令人無法入睡，讓葉西熙有點不爽。但想想，這是人家的屋子，讓自己住下來就算夠意思了。於是吸口氣，戴上墨鏡，繼續裝睡。

隔了一會兒，水聲漸漸消失，葉西熙以爲夏逢泉已經游完泳離開，正暗自慶幸，誰知耳邊忽然傳來他的聲音：「做得挺好吃的。」葉西熙驚得差點跌掉墨鏡，轉頭，竟看見夏逢泉躺在夏徐媛的椅子上，閒閒地吃著檸檬派。

父親叮囑，現在住在別人家，一定不能任性、要有禮貌，於是，葉西熙便深深吸口氣，非常誠懇而有禮貌地說道：「謝謝誇獎。」夏逢泉輕輕瞄她一眼：「提醒一句，妳的笑容很假。」葉西熙：「……」夏逢泉用紙巾擦擦嘴，道：「不過妳做的檸檬派倒是不錯，以後每天早上都做一份吧，和咖啡一起端到我房間來。」

葉西熙盯著他，吸氣吸到肺痛：「你是說，要我每天早上服侍你？」夏逢泉看著她，頗有深意地說道：「不一定要用到『服侍』這個詞。上次妳端咖啡來，不也嘗到甜頭了嗎？」「咚」的一聲，葉西熙連人帶椅摔倒在地。三秒鐘後，她揉揉摔痛的屁股，先四下看看，確定沒人聽見，再悄聲警告道：「我說過，不准再提那天的事！」

夏逢泉閒閒道：「別這麼緊張，這種事情很正常，並且很公平。」葉西熙不解：「正常？公平？」夏逢泉依舊氣定神閒地看著她：「當然。既然我看過妳的身體，那妳自然也有權利看回來。」葉西熙額邊青筋直冒：「聽著，不准對任何人說這件事！」夏逢泉斜睨著她：「如果我偏要說呢！」葉西熙像隻氣炸的貓：「你！」

顧不得後果，她伸手去推夏逢泉，想讓他摔落在地，解解心頭之氣。誰知她忘了對手是誰——夏逢泉輕輕躲過她那一掌，並抓住她的手腕，順勢一扯。她一個重心不穩，跌入了他的懷中。落到這步尷尬田地，葉西熙暗暗叫苦，趕緊掙扎起身，誰知忙亂中一抬頭，紅唇竟擦過他的唇。

他們……接吻了？葉西熙頓時化為石像。

就在她以為事情已經來到最壞的程度時，夏逢泉卻滿不在乎地摸摸嘴唇，戲謔地說道：「這下子，妳可連本帶利要回來了。」葉西熙感覺一道雷劈在頭上，自己頓時碎成一片片，然後——「啊！」一聲大叫。這時，正在廚房做菜的阿寬取下耳機，眉頭一皺，自言自語地說道：「奇怪，哪來的烏鴉？」

葉西熙慢慢地吐出每個字：「夏逢泉，我——要——殺——了——你！」

這天，白柏清抽空來到夏家看望葉西熙，結果一進屋子，便看見自己的好友咬牙切齒，不停地捶打被子，口中一直喊打喊殺。白柏清絲毫不給面子，上上下下打量她一番，最後嘴一癟：「就憑妳？」葉西熙覷他一眼：「我有要你說實話嗎？」

白柏清摸摸下巴，眼中精光一閃：「妳想殺夏逢泉，下下下下輩子也沒半點可能。不過，有個辦法能讓他比死還難受。」葉西熙兩眼發亮：「什麼辦法？」白柏清清清嗓子：「嫁給他。」葉西熙：「……」白柏清解釋道：「將來娶妳的男人，一定每天都會活得比死還難受。妳嫁給他，讓他受盡折磨，多痛快……咦，妳幹嘛這麼專注地看著我。」葉西熙歪著腦袋，緩緩說道：「我在想，究竟打你的左臉好呢，還是右臉好？」

爲了皮肉不受苦，白柏清趕緊獻計：「如果妳想整他，我倒是有辦法。」葉西熙搓手：「說！」白柏清問：「依照妳的形容，這個夏逢泉很跩，對嗎？」葉西熙道：「沒錯。」白柏清確認：「他這人肯定不服輸，對吧？」葉西熙點頭：「有道理。」白柏清提議：「那我們就和他賭。」葉西熙不懂：「賭什麼？」白柏清解釋：「賭我們最拿手、而他最不拿手的東西。等他輸了，再提出屈辱的要求。大庭廣眾之下，他絕對會要面子，到時候妳就能為所欲為了。」葉西熙滿意地點點頭，傻笑著：「天才！」

白柏清玩心大起：「對了，再怎麼說妳也算個狼人，變個身我看看。」葉西熙澆冷水：「你把我當小狗玩呢。早就試過了，我沒辦法變身。」白柏清遺憾：「唉，可惜了。」葉西熙呼出一口氣，吹起額前的髮：「對了，小白，你知道我是狼人之後，一點也不驚訝？」白柏清正經了起來：「其實在我心中，妳從來都不是一般人。」葉西熙眼中冒星星：「小白，原來你這麼看重我。」白柏清說出眞話：「當然，妳四肢發達，頭腦簡單，花癡笨蛋加馬大哈全占齊了，一般人哪有這麼高的功力。」葉西熙：「……」

當夏逢泉回家時，看見的景象是這樣的——葉西熙、白柏清和阿寬正坐在麻將桌邊，其中兩人臉上有著努力忍耐的古怪笑意。夏逢泉問：「你們幹嘛？」阿寬代替兩人回答：「等你打麻將。其實我告訴過他們，你打牌技術眞的很差，但他們就是不聽。」葉西熙將夏逢泉拉到桌前坐下，遊說道：「沒關係，我們也很差。主要是，我整天都待在這裡，太無聊了，你就陪著玩一把吧。」夏逢泉想了想：「好吧，就玩一把，等會兒我還有其他事情要做。」

葉西熙轉轉眼珠：「沒問題。不過，賭錢太俗了，我們賭其他的吧。」夏逢泉問：「妳想賭什麼？」葉西熙挑挑眉毛：「輸家答應贏家做一件事。我是指，任何事。」夏逢泉沒多想：「好。那現在開始玩吧。」葉西熙突然拉開窗簾，露出落地窗外，一邊看著人體腦部組織圖片，一邊吃甜點的夏虛元：「等一等，有證人比較好。記住，如果反悔，豬狗不如。」夏逢泉意外：「這麼正式！」葉西熙微微一笑：「沒有啦，凡事認真點比較好。開始吧。」

當下，「嘩啦啦嘩啦啦」，四人開始玩起了國粹麻將。整理好牌之後，該葉西熙擲骰子，她將骰子放在手掌中，合攏，閉眼輕聲祈禱道：「一定要讓我贏，一定要讓我贏。」接著，一擲，擲出個九，幾人摸牌，然後開戰。幾個回合之後，葉西熙已經聽牌，就等待一個五筒，於是悄悄摸了五下眼睛。白柏清會意，趕緊打了出來。

葉西熙將牌倒下，宣布胡了，並對著夏逢泉奸笑一聲：「我要你做的事情就是，每天早上八點準時端杯咖啡到我房門前，我不一定會喝，但你一定要端。」夏逢泉的面孔紅了紫，紫了紅，最後說道：「我不認帳。」葉西熙得意地指向落地窗外：「很可惜，這裡有證人呢。如果反悔，可是豬狗不如。」夏逢泉雙手捂頭，痛苦萬分：「啊！」葉西熙笑得花枝亂顫：「哈哈哈哈哈。」

但是——

白柏清喊道：「……西熙，西熙？」葉西熙回過神，茫然地說：「什麼事？」白柏清狐疑地看著她：「妳握住這骰子傻笑了十分鐘，究竟還玩不玩啊。」葉西熙這才發現，剛才的一切只是場美好的想像。她尷尬地笑了笑，然後定下神，將骰子一擲，擲出個九，幾人摸牌，然後開戰。

幾個回合之後，葉西熙已經聽牌，就等待一個五筒，於是悄悄摸了五下眼睛。白柏清會意，便將手中的五筒拿到一邊，準備等上家夏逢泉出牌後，就打出去。可是他永遠沒有機會了。夏逢泉輕輕將牌倒下，宣布道：「我胡了，天和，大四喜，四暗刻，四暗槓，加槓上花。」葉西熙和白柏清驚得眼珠子都快掉了出來。

良久，葉西熙抬起頭看著阿寬，咬著牙，一字一句地問道：「你不是說，他的牌技很差嗎？」阿寬看上去一頭霧水的樣子：「逢泉的麻將技術明明很差的啊。」這時，背對他們而坐的夏虛元淡淡說道：「牌技差的那個人是我。」阿寬拍拍頭，恍然大悟：「哎呀，原來是我記錯了。」葉西熙頓時倒地。

等她好不容易爬起來，夏逢泉不慌不忙地說道：「我要妳做的事情就是，每天早上八點準時放杯咖啡在我床頭櫃上。對了，還要做一份檸檬派。」葉西熙的面孔紅了紫，紫了紅，最後說道：「我不認帳！」夏逢泉指向落地窗外，悠然道：「很可惜，這裡有證人呢。妳自己說的，如果反悔，可是豬狗不如。」

沒有人願意承認自己豬狗不如，即使是狼人。所以，雖然不情願，葉西熙還是遵守約定，每天準時把咖啡和檸檬派送到夏逢泉那兒，再回房睡回籠覺。堅持了三天之後，葉西熙再也熬不住，將鬧鐘一關，被子捂住頭，情願變成豬狗不如的狼人，也要睡個飽。尊嚴和睡覺之間，她毫不猶豫地選擇了後者。

這一覺睡得天昏地暗，日月無光。葉西熙夢見自己考上哈佛大學，成為年年得獎學金的資優生；然後又被大導演史蒂芬史匹柏看上，主演世界級大片，一炮而紅；再之後便嫁給某國又高又帥又多金的王子，結果婚禮進行中，葉西熙忽然哮喘發作，不能呼吸，頓時癱倒在地。那種難受的感覺非常眞實，王子的面孔越來越模糊，穿過一片白茫茫，葉西熙慢慢睜眼，看見了一張熟悉的面孔。

夏逢泉。

他正面無表情地看著她，而右手——正捏著她的鼻子。難怪自己無法呼吸！葉西熙趕緊拍掉他的手，跳下床急急地喘著氣，待呼吸稍稍平靜下來，馬上罵道：「夏逢泉，你想殺人嗎！」夏逢泉像什麼也沒發生過似的，只是說道：「去給我弄咖啡和檸檬派。」葉西熙哭笑不得：「你都起床了，不能自己去弄嗎？」夏逢泉慢條斯理地說道：「我的回答是——不行。」葉西熙：「……」

夏逢泉瞇起眼睛：「弄好之後，送到房間來，我回去繼續睡了。」葉西熙打著哈哈：「嗯。」準備等他一出去便繼續睡覺。可是，關門前，夏逢泉淡淡說了句話，徹底粉碎她的美夢：「五分鐘後，如果妳還沒起床，我會去找冰塊塞在妳衣服裡。」這句話非常之有效果，五分鐘後，熱熱的咖啡和香噴噴的檸檬派，便準時放在夏逢泉的床頭櫃上。

經此一役，葉西熙再也不敢反抗，每天都準時將東西送到。這簡直是種酷刑，看著舒舒服服睡在床上的夏逢泉，葉西熙簡直想撲上去咬他。但也只是想想，沒這個膽。

有時葉西熙也很困惑，就算她做的檸檬派再美味，可是天天吃，難道不噁心？聽見這個問題，夏逢泉只是抬頭輕輕瞄了她一眼，然後繼續看手上的文件，隔了好一會兒，才說道：「妳慢慢想吧。」想了一刻鐘，依舊沒有任何頭緒，葉西熙決定放棄，不再關心這個問題。

但就算是意志力再強的人，遇到睡魔也只能束手就擒，更何況是葉西熙！這天晚上因爲玩電動玩得太投入，凌晨三點才睡，第二天被鬧鐘鬧醒時，葉西熙簡直想殺人——夏逢泉，或者她自己。掙扎許久，終於爬了起來，端著盤子，如遊魂般飄到夏逢泉的房間。

浴室中水聲嘩嘩，他正在洗澡。

葉西熙放下盤子，覺得眼睛都睜不開了，這時，她看見了那張空著的床。只是坐一坐，她這麼告訴自己。但一坐下，便再也起不來——太柔軟、太舒適了，簡直就像裝滿了瞌睡蟲。葉西熙瞇著眼睛，身子一晃，倒在床上，瞬間進入夢鄉。究竟做了什麼夢，她已經不記得了，只肯定那絕對是場美夢，因爲噩夢是屬於現實的。當葉西熙再度睜眼時，她看見了一張熟悉的臉。古銅色的皮膚，高挺的鼻梁，性感的、卻說不出一句好話的嘴。夏逢泉！夏逢泉的臉就湊在她臉邊！

如果是平時，葉西熙一定會嚇得連滾帶爬摔倒在地，但現在她卻無法動彈，因爲，夏逢泉的腿緊緊壓住了她。但這並不是最慘的。最慘的是，房間門口還站著幾個竊竊私語的觀眾。

夏徐媛隻手撫著下巴，綻開一個迷人的笑容：「女孩子就是心口不一，明明說討厭逢泉，結果還是和他上床了。」阿寬說著，就要奔下樓：「我還以爲他們會拖個三五年呢，沒想到年輕人速度就是快，得趕緊通知老爺去。」夏虛元拿著一把沾血的手術刀，微微一笑：「這下好玩了。」

面對瀕臨崩潰的葉西熙，夏逢泉淡淡解釋道：「我洗澡出來，看見妳已經睡著，不想打擾妳，便睡在另半邊的床上了。」葉西熙額角青筋直冒：「你可以去別的地方睡啊！」夏逢泉冷道：「我習慣睡我的床。」葉西熙慌了：「可是現在大家都誤會了，怎麼辦？」夏逢泉嗓音平淡：「沒關係，反正我的名聲也不是很好，妳不用爲此道歉。」葉西熙：「……」夏逢泉好整以暇地說：「葉西熙，妳的嘴歪了。」葉西熙咬牙：「被你氣歪的！」

最後，葉西熙努力向表舅解釋了一個小時，才澄清事情的眞相。可是，謠言不知怎麼傳了出去，很多人都認爲她和夏逢泉已經訂婚，更有甚者，說她肚子裡已經有了；這個說法立即遭到一些人反對，他們認爲，如果有，她和夏逢泉的孩子早該登場了。於是，葉西熙剛矯正完的嘴又氣歪了。

葉西熙喊道：「徐媛。」夏徐媛輕聲回道：「嗯？」葉西熙放下鏡子，露出一張夏逢泉的臉：「我很想打這張臉。」夏徐媛不在意，專心致志地開著車：「請便。」但畢竟假皮之下是自己的臉，葉西熙試了好幾次，還是沒能狠下心，最後挫敗地歎口氣：「爲什麼一定要讓我化妝成他呢？」夏徐媛解釋：「不是妳自己說在家悶得慌，想出來走走嗎？現在游家依舊對妳虎視眈眈，不化妝成別人，恐怕妳才一出門，就被綁架了。」葉西熙放下鏡子，歎道：「我明白。可是，爲什麼一定要化妝成夏逢泉？虛元和阿寬不行嗎？」

夏徐媛深謀遠慮：「那兩個人不如逢泉有威懾性。一般說來，他一出現，游家的人就不敢接近了。」不僅是手，葉西熙也開始感到牙齒癢癢的：「可是，看著這張臉，我的手眞的好癢。」夏徐媛拿走葉西熙手上的鏡子，往窗外一扔：「沒關係，這不就好了。」葉西熙依舊歎息。夏徐媛鼓舞著：「好不容易出一趟門，多想些開心的事。最近換季，出了好多新品，保準讓妳愛不釋手。」

說著，便將葉西熙拉到商場搜刮了好幾個小時，幸好兩人身材差不多，可以由徐媛代爲試穿衣服，葉西熙也買了不少。兩人滿載而歸，路上感覺有點口渴，便來到一間露天咖啡店歇息。

葉西熙翻看著戰利品，不由心花怒放：「我感覺自己終於獲得新生了。」說完，感到空氣有點不對，慢慢回頭，發現一名女服務生站在她們身邊，面孔僵硬。這才意識到自己的外貌是夏逢泉，聲音卻是葉西熙，再配上剛才說的話，難怪女服務生會有如見鬼一般。

爲了不造成女服務生的困擾，葉西熙微笑著解釋：「不好意思，我剛做完變性手術……麻煩來兩杯果汁。」待女服務生顫顫巍巍地走開，夏徐媛看葉西熙一眼：「剛做完變性手術？」葉西熙攤開雙手，眼睛一眨：「反正我現在是夏逢泉。」夏徐媛將臉枕在手上，柔柔地一笑：「妳眞毒。」葉西熙伸伸舌頭：「多謝誇獎。」夏徐媛笑道：「妳先坐一下，我去補補妝。」便款款步向洗手間。

拿出紙巾，輕輕吸吸油，然後撲上些蜜粉，肌膚更加晶瑩剔透。看著鏡中的自己，夏徐媛滿意地點點頭，一邊埋頭整理東西一邊走了出去。誰知走沒幾步，有個人攔在她面前。抬頭，看見一個西裝革履的男人，文質彬彬，眉目英挺，氣度穩重沉雅。一雙隱藏在薄薄鏡片後的眼睛正玩味地看著自己。夏徐媛心中「咯噔」一聲，仍然迅速反應了過來，彎彎眼睛：「慕容大律師，眞巧，居然能在這裡遇見。」

慕容品開門見山：「不是巧，我是特意來找妳的。」夏徐媛十足客氣：「找我？有什麼需要效勞的？」慕容品抬抬眼鏡：「也沒什麼大不了的，只是來提醒妳履行妻子的義務。」夏徐媛裝傻地問：「義務？你是指陪你應酬？」慕容品平靜地說道：「不，陪我上床。」

夏徐媛愣了一會兒，之後忽然對著丈夫嫵媚地一笑，煞是明豔動人，足以讓任何男人失神半日。接著轉身向後跑，儘管踏著三吋高跟鞋，但速度還是快得驚人。任何人在遇見一條吃人不吐骨頭的豺狼時，潛力都可能被大大激發。可是沒跑出幾步，便感覺腰上一緊——她居然被慕容品扛在肩上。夏徐媛拚命掙扎：「快放開我！」慕容品不顧她的反抗：「我已經給了妳兩年的自由，妳不覺得夠久了嗎！」逕直將她扛進車裡。鎖好門，「轟」的一聲揚長而去。

這邊廂，葉西熙左等右等，夏徐媛始終沒出現，可是，一個不速之客卻來了。

游江南！他緩緩地朝她這邊走來。葉西熙心中一驚，以爲他發現了自己，趕緊轉過頭，故作看風景。可是，游江南卻在離她不遠處的一張桌子前坐下。那裡，有個女人已等候多時。那是個很美麗的女人，五官完美，氣質高貴，打扮得無懈可擊，讓人看不出她的年紀。

那女人看著坐在自己面前的游江南，良久歎了口氣，道：「我以爲，你不會來了。」游江南沒有說話。柳微君垂下眼，用小匙輕輕攪拌著咖啡，一股濃郁的、有著些許苦澀的熱氣慢慢襲上了臉：「聽說，你最近和斯人走得很近……你們想聯合起來對付他，是吧。」游江南依舊沉默。柳微君輕輕撫上他的手，柔聲道：「江南，答應我，別和他作對，好嗎？」

游江南靜靜地看著她，英俊的臉上沒有任何表情，隔了許久，才問道：「妳是以母親的身分要求我，還是……以他妻子的身分。」柳微君眼中露出哀怨的神色：「你還是那麼恨我，還是打算永遠都不原諒我！江南，你以前是最聽媽媽話的。我求你，爲了我，別傷害他，好嗎？」柳微君將兒子的手握得更緊，柔若無骨的手指冰涼，滑膩。

游江南垂下眼，長長的睫毛遮住眼睛，看不清裡面的神情：「如果能答應我一個要求，我就放過他。」柳微君忙道：「什麼要求，媽媽都答應你。」游江南抬起頭來，一字一句地說道：「讓爸復活。」柳微君愣住，接著，眼睛慢慢冷了下來，忽然變了臉色，聲音有點尖寒：「當初，如果沒有生下你就好了。」與此同時，她猛地將手拿開，沒再多說一句話，轉身離去。

剛好風吹來，葉西熙將這番話全聽在耳中。這是她第一次見到游江南的媽媽，實在想不到，他們母子居然是這種相處模式。看向游江南，他坐在原地，一動也不動。葉西熙忽然怔怔的。

這時，手機鈴聲響起，葉西熙小聲地接聽著：「喂，徐媛，妳在哪裡？我等妳好久……什麼，妳被慕容品抓了……喂，喂！」還沒來得及多說什麼，電話便被掐斷，葉西熙決定回去找夏逢泉商量。正準備起身，有個人突然在她身邊坐下，葉西熙頓時呆住。

是游江南。他看著她，輕輕喚道：「西熙。」聞言，葉西熙更是大爲震驚：「你怎麼知道是我？」游江南淡淡解釋著：「我聽見妳講電話的聲音。」又問，「是夏徐媛幫妳化妝成夏逢泉的樣子？」葉西熙點點頭。游江南深深地看著她，那種眼神非常溫柔，但在葉西熙看來，裡面卻有些沉重得不能承受的東西。她輕輕移開目光，卻聽見游江南問道：「聽說……妳和夏逢泉訂婚了。」

葉西熙的嘴角抖了抖，實在沒想到，謠言的威力這麼大。她正想解釋，張張嘴，卻又停下。或許這樣也好，葉西熙腦海中有個聲音這麼說道——「如果他這麼認為，你們就不會再有瓜葛了。」於是，她默然。

游江南接著問道：「妳愛他嗎？」葉西熙無意義地笑了笑。游江南忽然握住她放在桌上的手，葉西熙身子一顫，下意識地想收回。但游江南始終沒有放手，反而低下頭，將嘴唇觸在她的手背上，沒有吻，只是輕輕地挨著，用很疲倦的聲音說道：「別拿開……我只是想靠一靠。」

葉西熙忽然記起剛才他母親抽回手的那一刻，忽然記起那次在樹林中他所說的話「沒關係，我也有過這種想法……如果沒有出生，那就好了」，忽然記起當時他臉上那個寂寥的笑。不知為何，葉西熙心中有種鈍鈍的痛。

如果沒有出生，那就好了。

這時，身邊傳來倒吸一口冷氣的聲音。葉西熙回頭，發現剛才那位女服務生端著果汁，像看怪物般看著他倆，雙手微微顫抖。葉西熙朝她點點頭：「沒錯，我不僅變了性，現在還成了同性戀。」

第三章

Chapter Three

葉西熙回到夏家時，已是傍晚。

恍恍惚惚地卸完妝，換上自己的衣服，剛來到樓下，便被夏逢泉叫住。回過神，發覺夏逢泉正坐在游泳池邊，忙定定神，走了過去，道：「徐媛被慕容品抓走了。」夏逢泉臉上一派風平浪靜：「我知道。是我通知慕容品去抓她的。」葉西熙驚疑：「爲什麼？」夏逢泉輕瞄葉西熙一眼：「因爲她本來就是他的妻子，還因爲她不經允許就帶妳出門。」

葉西熙趕緊解釋：「是我求徐媛帶我出去的。我實在太悶了，不關她的事，你快把她帶回來吧。」夏逢泉頗有深意地說道：「讓她在慕容品那兒受點教訓也好，而且，妳現在該擔心的應該是自己。」葉西熙納罕：「什麼意思？」

夏逢泉緩緩說道：「今天，有人看見我和游江南坐在一間露天咖啡店，貌似很親密，還告訴服務生我們之間是情侶關係。消息傳來，七叔公嚇得心臟病發，人被送到醫院。」葉西熙瞬間停止心跳，站起身：「那個……我去醫院看看他老人家好了。」說著便想逃走，卻被夏逢泉抓住手臂，一把拉到游泳池中。

還好葉西熙水性不錯，順勢潛入了水中，忽地掙開夏逢泉的桎梏，拚命向前游去。游了十公尺左右，葉西熙感到右腳一緊——她還是被抓住了。夏逢泉拉住她的腿，將她拽了回來，葉西熙自然不甘示弱，回身便是一口，咬向他的胳膊。夏逢泉一讓，葉西熙咬了個空，趕緊從他手下的空隙鑽過去，但途中又被夏逢泉攔住。

兩人就這麼在水下搏鬥著。終於，葉西熙憋不住了，冒出水面換氣，結果被夏逢泉擋在游泳池邊緣，無路可逃。葉西熙這時才真正感覺到危險，夏逢泉的雙手撐在她身子兩側，將她囚禁在這處小小地方，動彈不得。

天色已晚，光線黯淡，只餘天際幾抹殘霞。夏逢泉逆著光，葉西熙看不清他的臉，只看見他目光中那種讓人難以琢磨的神色：「妳化妝成我的樣子，去和游江南見面。」使用的是肯定句，而非疑問句。

葉西熙僵硬地搖搖頭：「我們只是剛巧碰見了。」夏逢泉緊盯著她：「舉止親密，又是怎麼回事？」葉西熙沉默，她甚至也沒弄清楚事情是怎麼發生的。夏逢泉的聲音漸漸冷了下來：「葉西熙，妳還是不懂嗎？」葉西熙問：「懂什麼？」夏逢泉冷道：「你們不能在一起。」

葉西熙無奈地歎口氣：「我知道，我知道，已經有很多人警告過我，我們是仇家，不能來羅密歐與茱麗葉那套，我耳朵都聽出繭了。你們也不怕我會產生叛逆心理，眞是的。」說完，便準備爬上去，但夏逢泉卻欺身過來一把將她拉入懷中。他環住她的腰，緊緊地，迫使她仰頭看著他。

夏逢泉好整以暇地說：「我的理由，和他們的不一樣。」葉西熙吞口唾沫：「那你不讓我們在一起的理由是什麼？」夏逢泉深深地看著她，隔了一會兒，忽然說了句：「笨蛋！」葉西熙自然不願白白被罵，便回道：「你以爲你有多聰明。」夏逢泉又說：「沒錯，我更笨。」葉西熙呆住，她似乎看見，在剛才的那瞬間，夏逢泉的五官驟然軟化。

客廳裡，有兩位觀眾正觀看著游泳池畔上演的一舉一動。

阿寬拍拍胸口，吁口氣：「終於和好了。我得趕緊告訴七叔公，西熙打敗了游家的男狐狸精，重新奪回逢泉了。」夏虛元閒閒問道：「你好像非常希望他們能在一起。」阿寬道：「當然，夏家上上下下都希望他們在一起啊。」夏虛元淺淺一笑：「恐怕不是這個原因吧。或者可以這麼說，你對西熙有著超乎尋常的關心。」

阿寬先是愣住，之後長歎口氣，又握住胸口，一臉痛苦：「果然被你發現了。沒錯，我春心萌動，喜歡上那個小丫頭了。」夏虛元安靜地看著阿寬把話說完，臉上露出似笑非笑的表情：「你喜歡的，另有其人吧。」阿寬本想笑，但嘴唇僵住，無法牽動。

葉西熙一直想著夏逢泉那天在游泳池說的話，始終不得其解，直到一件大事發生，讓她把這樁事丟開，那就是徐如靜醒來了。雖然睡了整整一個月，但她看上去並無異樣，身體機能一切正常，總算讓葉西熙如釋重負。

可是——「能昏睡半年的那種安眠藥剛研發出來，不知道她有沒有興趣嘗試一下？」夏虛元輕描淡寫的一句話，又讓她渾身雞皮疙瘩直冒。從此，葉西熙親自負責徐如靜的飲食，就怕這個腦神經變異的怪醫會悄悄地放點東西在裡面。而徐如靜意識到自己終於擺脫了游斯人，放下心來，拜託葉西熙讓她回家看望父母。

葉西熙只能硬著頭皮去找夏逢泉。說是硬著頭皮，一點也不過分，因爲自從那天在游泳池對話之後，葉西熙就覺得夏逢泉變得有點奇怪。也不知道爲什麼，她不太敢直視他的眼睛，總覺得被他一看，身上就癢癢的。

夏逢泉的房門是開著的，葉西熙伸出腦袋一望，見他正在看報紙，臉色有點凝重。葉西熙好奇，便悄悄走到他背後，想看看究竟是什麼新聞。可是夏逢泉卻像背後長了雙眼睛，忽地轉過頭來，反倒嚇了她一跳。

葉西熙拍拍胸口，趕緊解釋：「我是想問你，可不可以讓如靜回家一趟。自從被游斯人關押之後，她就一直沒見過父母了。」夏逢泉不著痕跡地將報紙收好，眼中微光一閃：「妳先要她再等等吧，最近游家的人盯得比較緊。」

葉西熙抿抿嘴，又道：「這樣啊。那可不可以悄悄地把她父母接來？」夏逢泉淡淡應了一句，似乎不想再談這個話題：「嗯，我會看著辦的。」葉西熙識趣地「噢」了一聲：「那我先出去了。」說完便想轉身離開，卻被夏逢泉叫住：「妳最近在躲我嗎？」葉西熙裝傻：「沒有啊，我幹嘛躲你？」

夏逢泉嘴角微微一翹：「看來，妳撒謊的本事不怎麼高明。」葉西熙眨眨眼睛，不作聲。夏逢泉道：「以後不准躲我，聽見了嗎！」葉西熙故意揉揉耳朵，一邊說一邊往外走：「奇怪，怎麼忽然之間什麼也聽不見？」誰知還沒看清是怎麼回事，「砰」的一聲，門便被人關上，夏逢泉擋在門前，居高臨下地看著她。

葉西熙說著便想扳開他：「你這個人會不會想太多了，誰沒事躲你啊，快讓開。」誰知雙手手腕卻反被夏逢泉緊緊握住。夏逢泉牢牢看著她：「如果以後妳再敢躲我，我就把妳關在這裡，讓我們倆待上一整天。」

和夏逢泉待在這兒一整天？葉西熙腦海中不自覺地浮現出那個場景，頓時嚇得面無人色，忙道：「我不敢了，我再也不躲你了。」夏逢泉滿意地笑笑，放開她的手，道：「很好。對了，過幾天有個宴會，妳準備一下吧。」葉西熙好奇：「宴會？什麼宴會？」夏逢泉一句話打發她：「到時候妳就知道了。」

從夏逢泉的房間走出，葉西熙來到廚房拿果汁。才關上冰箱門，身邊忽然出現一張詭異的笑臉，嚇得她差點叫出聲。定睛一看，發現居然是阿寬，葉西熙不由得埋怨：「你幹嘛神出鬼沒的？」阿寬不說話，只是看著她，一直在微笑，笑得葉西熙心中發毛，又問：「你怎麼了？」阿寬反問：「剛才，妳和逢泉關著房門在幹什麼呢？」葉西熙回答：「打架。」阿寬擠擠眼：「妖精打架？」

葉西熙輕鎖眉頭：「阿寬，你這種表情很猥瑣啊，眼角皺紋都出來了。」阿寬繼續一臉壞笑：「沒關係，出來就出來吧。你們小倆口現在發展到哪一步了，一壘二壘還是三壘？」葉西熙大聲澄清：「我和他之間什麼關係都沒有！」阿寬拿手肘碰碰她：「幹嘛否認，大家都知道了。」葉西熙氣不打一處來，瞇著眼睛，用手指著阿寬：「還不是你說的！你以為我不知道，謠言都是從你這裡傳出去的！上次我親耳聽見你打電話給表舅、還有七叔公他們，說我和夏逢泉在互餵水果，當時我們明明在互扔水果好不好！」

阿寬握住她指著自己的手指，輕輕搖了搖，討好般地對她笑：「別生氣。逢泉有什麼不好？」葉西熙仔細想了想，道：「他沒什麼不好，只是我們不對盤。」阿寬問：「這麼說，妳喜歡游江南？」葉西熙輕鎖眉頭：「也不是喜歡，只是，我認為我們有些共同點。」阿寬不解：「共同點？」葉西熙低頭，摸了摸果汁瓶，輕聲道：「譬如說，如果能回到當時，我們都會阻止自己的出生。」阿寬收斂了笑容：「為什麼？」

葉西熙的神情漸漸變得戚黯：「如果不是我，媽也不會死吧。狼人和普通人類是很少能生下子嗣的，即使成功，也必須犧牲母體……其實，媽是被我害死的。」葉西熙垂著頭，眼中蒙上一層薄薄的霧氣。

廚房瞬間一陣沉默，只餘爐上的藍色火苗靜靜燃燒。

忽然，葉西熙手中的果汁被一隻手拿去，她抬頭，看見阿寬打開瓶蓋，喝了一口：「其實，妳媽媽早就知道，妳和她是無法同時存活的。」葉西熙受到了很大的震盪：「嗯？那媽媽爲什麼還要……生下我？」阿寬的側臉輪廓分明，有著淡淡柔柔的陰影：「我不知道當時發生了什麼，但有一點我很肯定——如果茉心不想要妳，她有足夠的機會可以將妳打掉。而之所以生下妳，是因爲她把妳看得比自己的生命更重要……所以，即使妳能回到當時，也不可能阻止自己的出生。因爲對茉心而言，妳是她最想要、最寶貴的東西。」

葉西熙將頭枕在阿寬的肩上，感到一陣安全與舒適。葉西熙喊著：「阿寬。」阿寬柔聲：「嗯？」葉西熙微笑地說：「想不到，你也有正常的時候欸。」阿寬：「……」

葉西熙好奇：「對了，你知道游江南家裡的事情嗎？他爸爸去世了嗎？爲什麼他和他媽媽的關係不好？還有，他要對付的人是誰？」阿寬瀟灑地甩甩頭髮：「這麼久遠的事情我怎麼會知道？我比你們也大不了多少。」葉西熙眼中精光一閃：「少來。我已經看過你身分證上的眞實年齡了。」阿寬的臉頓時僵住。葉西熙威脅：「快告訴我，不然我把你的年齡昭告天下！」阿寬只得將自己所知的全數說出——

原來，游江南的父親游子經本來是游家的當家，可是在十多年前被兄長謀殺，之後這件事被查了出來，兄長因此償了命。於是，游子經的弟弟游子緯便名正言順成爲新一任當家，並且娶了游江南的母親柳微君。

葉西熙問：「那游江南是因爲不滿媽媽改嫁，所以母子關係才會這麼差？」阿寬搖搖頭：「其實關於這件事一直有個傳言，說眞正害死游子經的，其實是游子緯，而柳微君則是共犯……至於那個兄長只是隻代罪羔羊。」葉西熙忽然感覺指尖一陣冰涼。阿寬補充：「沒人知道事情眞相，只是，游江南長大後一直跟繼父不合。我想，他們之所以抓妳去，也是爲了早日把游子緯拉下當家的位置吧。」葉西熙沉默地聽著，久久沒有回應。

這天，葉西熙正躺在沙發上看電視，一群陌生人走了進來，不由分說便將她拉到房間試衣服、佩戴首飾、化妝、做頭髮，直把她弄得昏頭轉向。過了好一會兒，那群人的手才消停下來。這時，葉西熙發現夏逢泉走了進來。

葉西熙皺眉：「這是幹什麼？」夏逢泉不理會她，直接問身邊那位非常娘氣的造型師：「埃文，弄好了嗎？」埃文妖妖嬈嬈地走到葉西熙面前，雙手一揮：「你看就知道了。看，多麼完美的傑作，這件淺灰色晚禮服輕盈飄逸，帶有中世紀宮廷風情，顯出她帥氣迷人的特質。高腰低領的設計，更突出了她完美的胸部和纖細的腰，整個人不失性感。」埃文又拿蘭花指抬起葉西熙的下巴，

「另外，再看這張臉，完美！多美啊，長得眼睛是眼睛，鼻子是鼻子的……」葉西熙忍不住說道：「廢話，誰的眼睛會長成鼻子啊？」聞言，埃文的臉馬上臭了下來，轉身對夏逢泉道：「注意，等會兒絕對不能讓她開口說話。」

夏逢泉上下打量著葉西熙，眼中閃過一絲讚賞：「妳自己覺得怎麼樣？」葉西熙對著鏡子皺皺鼻子：「好像是和平時不太一樣。」埃文插嘴：「那是當然。妳看妳平時穿的什麼啊，T恤、牛仔褲、帆布鞋，誰認得出妳是男是女？」葉西熙抗議：「喂，我很女性化好不好！」埃文覷她一眼：「是嗎？完全沒看出來。」然後屁股一扭一扭地走向夏逢泉，「我的任務完成了，今晚的宴會就看她自己的了。」葉西熙好奇：「到底是什麼宴會啊？」夏逢泉眼睛一閃：「到時候，妳自然會知道。」

葉西熙一下樓，立即引起屋裡幾個人的不同反應。

正常的徐如靜眼睛一亮，不禁讚歎道：「西熙，妳今天好漂亮。」阿寬則摸摸她的衣服，點點頭：「這個料子眞不錯，丫頭，妳穿完了別丟，我要拿來做抹布。」夏虛元則安靜地看了她許久，終於得出結論：「妳的體脂肪率爲百分之十七。」葉西熙驚奇：「說得好準！你怎麼知道的？」夏虛元很慢很慢地笑了出來：「因爲，我昨天才解剖了一具身材和妳差不多的女屍，她的體脂肪率就是百分之十七。」聞言，所有的人冷汗淋漓。

夏逢泉看看手錶，催促道：「好了，我們走吧。」葉西熙交代著：「那我走了，如靜。妳如果無聊就去打電動，不然就看小說，再不然就看電影。但記住，千萬別吃虛元碰過的東西啊……」還沒說完，便被夏逢泉拖了出去。

看著兩人打鬧的身影，徐如靜笑著搖搖頭。結果，眞的被葉西熙說中了，一個人在家確實無聊。徐如靜決定幫阿寬打掃屋子。來到樓上，將葉西熙的房間整理好之後，便來到夏逢泉的房間。看起來滿整潔的，只有床單有點皺，徐如靜走上前去，將枕頭拿起來拍鬆。

這時，壓在枕頭下的一張報紙露了出來。徐如靜一向不喜歡翻看別人的東西，可是今天不知爲何，竟不由自主地拿起報紙，讀了起來。待看完上面的一則新聞，面色慘白，眼中一片龐大的空洞，再沒有任何情緒……

車上，葉西熙正襟危坐，雙手交疊置於膝蓋，背也挺得直直的。夏逢泉問：「幹嘛坐得這麼僵硬，像被人點穴一樣。」葉西熙誠實地回答：「我怕把衣服弄皺，把頭髮弄亂，等會兒你又怪我丟你的面子。」夏逢泉淺淺一笑：「別擔心。到時候我裝做不認識妳就行了。」葉西熙早已對他這種惹人厭的話語習以爲常，毫不在意，繼續問道：「對了，我們究竟要去哪裡？」

夏逢泉左手撐著頭，斜斜地望著她，看那模樣似乎是準備看場好戲。接著，他輕聲說道：「游家。」果然，葉西熙驚呼出聲：「什麼？」夏逢泉不慌不忙地重複道：「我說，我們現在要去游家。」葉西熙有點語無倫次：「爲什麼……爲什麼……爲什麼要把我帶去游家？」夏逢泉淡淡說道：「那就得問妳做過什麼了！」

想起前些日子的實驗室小白鼠生涯，葉西熙嚇得汗流浹背，忙不迭認錯：「我錯了，我再也不會在你咖啡裡加黃連汁了。」夏逢泉眼睛一瞇：「還有呢？」葉西熙氣短：「我再也不會在你的海鮮焗飯加過期的蝦仁。」夏逢泉眼中放出冷芒：「最重要的呢？」葉西熙一咬牙，索性豁了出去，悄聲道：「還有，還有我再也不會把你的照片放到同性戀交友網站，害你的手機被人打爆。」某人眼中射出冰刀：「很好。」葉西熙趕緊求饒：「我眞的不敢了。別把我送回去。」夏逢泉看著她，笑得很有內容：「已經太遲了。」「不要——」車子夾著葉西熙的淒慘尖叫，呼嘯著向游府駛去。

到了目的地，葉西熙才發現，這次宴會是爲了慶祝柳微君的生日：「原來是生日派對，嚇死我了。」凡是有頭有臉的狼人家族都到了，雖然游夏兩家向來不和，但面子還是要做足，於是，便也邀請了他們。宴會非常成功，衣香鬢影，觥籌交錯，上好的美食美酒，訓練有素的服務生，更有天籟般的小提琴演奏。一切看上去都很完美。可是葉西熙只要一想到，在座所有這些高貴有禮的客人同時變身爲狼的情景，總覺得有點怪怪的。

葉西熙緊張地詢問：「會不會有危險？我們可是在游家的地盤上。」夏逢泉悄聲：「大庭廣眾之下，他們不敢輕舉妄動。」葉西熙正要放心，卻聽見夏逢泉繼續說道：「不過，他們可能會趁妳落單的時候把妳抓走。」聞言，葉西熙急忙死死抓住夏逢泉的手臂，大氣也不敢出，直到看清他臉上那絲暗暗的笑意才知道自己被騙，將手一抽，微帶惱意地說道：「夏逢泉，你眞無聊。」

夏逢泉隻手握住她的腰，讓兩人挨得更近：「不管無不無聊，今晚妳必須待在我的視線範圍內。」葉西熙難受地扭動著，想離他遠一點：「你的手不要放在我腰上，很癢啊。」夏逢泉不放手，只是垂下頭，輕輕在她耳邊說了句話：「我的手只會放在女伴的腰上，或者……胸上，妳自己選吧。」葉西熙：「……」夏逢泉覷她一眼：「怎麼樣？」葉西熙平靜地回答：「那……還是放在腰上吧。」

接下來的時間，夏逢泉便摟著葉西熙安靜地站在客廳一角。由於夏逢泉是夏家的接班人，眾人自然而然都想結識討好他，於是全擁在他們身邊。葉西熙只能按照夏逢泉的指示，微笑微笑再微笑，直到臉部肌肉抽筋。正累得虛脫，忽然察覺一道目光，下意識地追隨，竟在人群中看見一道挺拔修長的身影——細緻的五官，皮膚白白的，有點瘦削，帶著儒雅高貴的氣質，非常的安靜沉默。

游江南？葉西熙的眼光一直跟隨著那人，直到耳垂傳來一陣痛，才回過神。她捂住耳朵，抬頭質問：「你幹嘛咬我？」夏逢泉輕輕瞟她一眼，沒有說話。實在受不了應酬這種酷刑，葉西熙藉口要上廁所，悄悄來到樓上，準備透透氣。可是卻有兩人先她一步。

柳微君道：「自己媽媽的生日，你卻空手而來，不覺得失禮嗎？」游江南坐在大理石欄杆上，輕聲說道：「妳一切都有了，不是嗎？」柳微君不理會兒子話中的諷刺，只道：「知道我最希望你送我的生日禮物，是什麼嗎？」游江南不作聲，只是看著天際若隱若現的彎月。柳微君柔聲道：「我希望你別再和他作對。你能答應我嗎？」游江南冷冷說道：「永遠不可能。」

柳微君搖搖頭：「這就是你的回答？你就這樣一點也不顧母子之情？」游江南冷冷地回道：「嫁給殺了自己丈夫的人，妳又何曾顧念過夫妻之情？」聲音中沒有任何情緒，正因如此而有種異樣的冷漠。柳微君板下臉來：「我切蛋糕的時間到了。這個生日，我希望能快樂地度過，所以，請你離開。」說完，也不等游江南說話，快步下了樓。

沒多久，樓下傳來眾人的歌聲，歡快的曲調絲絲縷縷地傳來，朦朦朧朧的，彷彿來自另一個時空。游江南倚靠著圓形大理石石柱，看著寂靜的夜空，沉默著。

就在葉西熙認為這種沉默會永遠持續下去時，游江南忽然說道：「站在那裡，不累嗎？」葉西熙只得走了出來，喃喃道：「對不起，我不是故意偷聽的。」游江南笑得很輕、很淡：「對不起？我們之間該說對不起的那個人，應該是我才對吧。」游江南轉過頭來，看著她：「那天在旅館，如果不是妳，夏逢泉早就殺了我，但我依舊出賣了妳。」葉西熙只是笑笑。游江南說：「妳應該恨我的。」葉西熙走到他身邊，手在欄杆上輕輕一撫，大理石光滑、冰涼，她低聲道：「我明白，你也有苦衷。」聞言，游江南眼瞼上的痣，那顆褐色的、小小的痣隱隱顫動了一下。

夜色清冷，空氣中有薄薄的涼意。兩人佇立在欄杆前，各自看著不同的方向。隔了許久，游江南忽然說道：「昨天，是我爸的忌日。」葉西熙微愕。游江南嘴邊泛起一個冷而悲涼的笑：「可是除了我，沒有人記得這件事。沒人記得。」

葉西熙垂下眼：「你認為，你爸爸是被……游子緯謀殺的？」游江南的臉色在月光下顯得有些蒼白，一種冷漠的蒼白：「我不想這麼認為，只是事實恰是如此。我爸的一位忠僕殺出重圍，身負重傷，拚盡最後一口氣來到我面前，告訴我，是游子緯……是他親手殺了我父親。」游江南的聲音很輕、很平靜，葉西熙卻聽出了涼而濃的恨意。而後，她問了個心中其實已經很明瞭的問題：「你要……復仇？」

游江南沒有回答，只是自言自語般說道：「其實，我很早就知道他們在一起。即使做得再隱密，小孩子總是會發現母親變得不太一樣。看見游子緯時，她的眼睛會放光，那一整天便很快樂。然後有一天，我在花園角落親眼目睹他們的姦情……如果那時候我告訴爸爸這件事，也許他會開始防備游子緯，也許他就不會被游子緯所害……可是我沒有說，我害怕我們的家會因此破裂，我沒有說……」游江南的聲音漸漸低了下去。

葉西熙心中不忍，撫上他的手，那有點冰涼的手，柔聲勸道：「和你無關，眞的，這不是你的錯。」游江南抬頭。他被月光鍍上一層銀白，頭髮、臉、身體……整個人迷迷茫茫的，彷彿根本不存於這個世界。他看著葉西熙，眼中流動著無限溫柔，還有一絲難以名狀的憂鬱。他的手撫上她的額頭，順勢而下，輕緩地摸著她的耳，她的臉頰。輕柔的手，帶著戀戀之情，遊走。

在那瞬間，葉西熙有點恍惚。她依稀看見游江南的臉向自己靠近，她想，自己是應該躲開的，可是，她沒有移動。兩人的唇越來越靠近，葉西熙感覺到他的呼吸拂在自己面龐上，癢癢的。她的雙眼，朦朧了起來。

就在兩人的唇相觸那一瞬，葉西熙忽感到自己被一股大力拉開。眼睛立即澄明，她看見了夏逢泉的臉。霎時，露臺上靡麗的氣氛消失殆盡。夏逢泉笑著解釋：「不好意思，我找她有點事。」態度謙和，彬彬有禮，葉西熙卻無故感到汗毛直豎。游江南沒有回答，只是帶著防備靜靜地望著他。

夏逢泉故作不在意地問道：「對了，上次在旅館被我抓破的傷口痊癒了嗎？」游江南不急不躁地反擊：「多謝關心……上次被椅子砸到的地方，消腫了嗎？」夏逢泉親暱地攬過葉西熙裸露的肩膀，低著頭，像在問她，可是眼睛卻輕瞄著游江南：「別擔心，罪魁禍首已經用她的『實際行動』道過歉了……妳說是吧。」那一瞬間，他看見游江南的肩有點僵硬。夏逢泉勾勾嘴角，無聲地輕笑一下，接著，一把拉起葉西熙下了樓。

葉西熙有點忐忑，因爲周圍的人一直提醒她不能和游江南有任何瓜葛，而自己也明明答應得好好的，可是剛才卻被夏逢泉抓了個正著，不禁有種做賊心虛的感覺。同時，她也有點迷惘，剛才自己差點就和游江南接吻了。是因爲這月色，因爲這份心情，還是因爲……游江南？她弄不懂。

葉西熙失神了。

身邊的夏逢泉突然這麼問道：「怎麼，在爲剛才的事惋惜？」到底意識到自己似乎做錯了事，葉西熙底氣不足，不敢作聲。夏逢泉輕輕看她一眼：「算了，今晚之前犯規也不算錯。」今晚之前？葉西熙狐疑，但沒敢詢問。

這時，全場忽然寂靜下來。

葉西熙發現，客廳中央站著一名深沉的中年男人，儀表非凡，丰神如玉，眉目之間，隱藏著高深莫測。他正將一條以鑽石鉑金鑲嵌的方形藍寶石項鍊，戴在柳微君的脖子上。華貴的寶石，高貴的美人，兩者相得益彰。男人在柳微君臉頰上一吻：「祝妳永遠這麼美。」所有的人都熱烈鼓掌。葉西熙恍然大悟，原來那人便是游子緯。

游子緯舉起酒杯：「感謝大家光臨寒舍，爲我的夫人慶祝生日。」說完，將杯中的酒一飲而盡，其他賓客也照做。接著，又倒上一杯酒，面朝夏逢泉，看著他和葉西熙，意味深長地說：「而讓我感到特別榮幸的是，今天居然能邀請到夏逢泉先生……夏先生，我敬你一杯，希望能爲前一段時間我們家族中某些人不禮貌的舉動道歉。」夏逢泉客氣地應了句：「不敢當。」一口氣將酒飲完。游子緯接著宣布：「那麼現在，舞會開始……」夏逢泉打斷他的話：「請等等。在此之前，我有件事想宣布。」所有人的目光都集中在夏逢泉身上，包括葉西熙在內，她也滿腹疑團地看著他。

這時，夏逢泉忽然握住葉西熙的手，道：「我和西熙訂婚了。」他不慌不忙地說道：「本來，我們想隔段時間再通知大家，但剛才看見游先生夫婦鶼鰈情深的模樣，實在羨慕，便忍不住在這裡先宣布了。」客廳中先是一陣沉默，之後響起雷鳴般的掌聲。

夏逢泉從西裝內袋拿出了訂婚戒指，套在已經化爲石像的葉西熙左手上。並低下頭，挽起她的髮，輕聲在她耳際說道：「如果妳敢反對，我會把妳丟在這裡。相信我，游子緯的手段只會比游斯人還要狠毒……不信，妳可以試試。」葉西熙只覺得如墜冰窟，實在想不到夏逢泉會出這一招，逼得她束手無策。

她不知道夏逢泉是怎麼想的，也不知道自己究竟該怎麼辦。她唯一知道的是，面對上前來祝賀的賓客，自己的笑，比哭還難看。而此時，客廳角落中，有個白色的人影慢慢踱了出去。

回家的路上，葉西熙沉默許久，終於小心翼翼地將戒指取下，遞給夏逢泉。夏逢泉看也不看一眼，只道：「今後，妳都必須把它戴在手上。」葉西熙悄聲問著：「那個……你是在進行某個計畫吧，而我們的訂婚是計畫中的一部分，是吧？」這是她思考良久之後得出的答案，也是讓她能放下心的唯一答案。只可惜，立即遭到某人的否定：「沒有什麼計畫。」

葉西熙感到後背滲出了冷汗：「那……爲什麼我們要訂婚？」夏逢泉淡淡解釋：「因爲訂婚之後，才能結婚。」葉西熙覺得車內空調的溫度實在太低，以致自己的聲音有點顫抖：「結……婚？」某人點頭：「沒錯。」葉西熙發抖問道：「爲什麼要結婚？」一邊使勁扯著自己的頭髮，一根，兩根，三根……

夏逢泉非常平靜：「因爲我不希望沒結婚就生孩子。」葉西熙問：「爲什麼要生孩子？」夏逢泉答：「因爲我們會上床。」葉西熙問：「爲什麼要上床？」夏逢泉答：「因爲我們要結婚。」葉西熙問：「爲什麼我們要結婚？」夏逢泉答：「因爲我們已經訂婚了。」葉西熙：「……」

就這樣，將這個問題重複問了無數遍之後，葉西熙決定變換一種交流方式。

她無比誠懇、極度認眞地說：「夏逢泉，我不想和你結婚。」夏逢泉沒什麼太大的反應，只是突兀地問了句別的：「妳每天早上，都是心甘情願地爲我端咖啡嗎？」葉西熙回答得斬釘截鐵：「不是。」夏逢泉聲音輕揚：「那就對了。」葉西熙不解：「什麼意思？」最後，夏逢泉用一句簡單的話結束了這個對葉西熙而言比複變函數還要困難的問題：「跟我結婚，就像每天早上端咖啡給我那樣。雖然不情願，但最終妳還是得做。」

葉西熙覺得又好氣又好笑，不知怎地冒出了一句：「我死也不會嫁給你！」說完之後，覺得有點不妥，太過俗爛，而且也有點危險——黃金八點檔裡頭說這句話的女主角，十有八九會嫁給那個她原本死也不想嫁的男人。於是，她改口道：「或者這麼說，我覺得自己嫁給游江南的機會，都比嫁給你的機會大……一點點。」

本來，葉西熙想在「大」字之後加上「許多」這個副詞，可是轉念一想，覺得再怎麼說也在人家家裡白吃白住了這麼久，不能恩將仇報，太過打擊他的自尊心，於是便好心地換成「一點點」這個用語。但沒想到，依舊惹毛了身邊這隻喜怒不定的狼。

話音剛落，夏逢泉便抓住她的手腕，一把拉過來，順勢將她身子一翻，讓葉西熙坐在自己的大腿上。葉西熙自是拚命掙扎，但平日裡引以爲傲的神力在他面前卻一點用也沒有。夏逢泉一手禁錮住葉西熙的雙手，一手托住她的後腦勺，狠狠地吻了上去。

感覺到夏逢泉的舌不由分說地擠入自己口中，葉西熙頭皮一陣發麻，忙緊閉牙齒，堅守最後一道防線。夏逢泉的眼睛微微一瞇，騰出一隻手，從她細膩的前胸滑入禮服中，整個手掌罩住葉西熙的渾圓，輕輕一捏……「啊！」葉西熙忍不住張嘴輕呼一聲，夏逢泉趁機將舌伸入，霸道地纏住她躲避的舌，糾纏，吮吸。那灼熱的、令人顫慄的吻，讓葉西熙無法呼吸。

情急之中，她上下牙齒一合，咬傷了他的舌。頓時，一股甜甜的血腥味蔓延而出。原以爲他會立即推開自己，誰知夏逢泉哼也不哼一聲，竟立即以牙還牙，以同樣的力道咬上她的唇。葉西熙疼得淚花直冒，待夏逢泉一放開自己，趕緊縮到車子另一角落中，拿出鏡子一照，下唇上破了皮，正往外滲血！

葉西熙怒氣沖天：「夏逢泉，你幹什麼！」夏逢泉挑挑眉毛：「妳咬了我，我自然也要回禮。」葉西熙大罵：「你這個大變態！啊……」還沒罵完，又被一把拖過去強吻。夏逢泉長驅直入，不給她任何喘息機會，他的吻像火一般焚燒著她。葉西熙實在無法忍受，又在他那條狂野的舌上恨恨地咬了一口。因爲生氣，咬得非常用力，當下是解恨了，但一秒鐘之後葉西熙的上唇一陣劇痛——又被報復了！

夏逢泉放開她，看著葉西熙手腳並用地縮回角落，又怒又怕地盯著自己，他輕聲問道：「還想試試嗎？」葉西熙捂住出血的唇，拚命搖頭。夏逢泉湊近她，拿下她捂住唇的手，微微側頭，再次吻了上去。葉西熙被圍困在小小角落中，無路可逃。他的吻霸道而強勢，像要將她溺斃，可是葉西熙不敢再反抗，只能乖乖地任他予取予求。不知過了多久，夏逢泉的深吻變成了淺嘗，他退了出來，一下下舔著她唇上的傷口，帶著溫柔的情緒。

夏逢泉低頭看著她，眼中有絲琢磨不透的光：「今晚，游江南沒有吻到妳，而我卻吻了妳三次。依照現在的情況看來，妳嫁給我的機會可是比嫁給他要高……一點點了。」可是葉西熙根本沒空聽夏逢泉說話，只是忙著掙脫他的懷抱，拚命地拿紙巾擦著嘴唇，還不停地「呸呸呸」。葉西熙緩過神來，狠狠地罵道：「你這隻低劣的色狼，怎麼能不經別人允許就把舌頭放進來，太噁心了！」夏逢泉回到位置上坐好，雙腿交疊，悠閒地回答：「沒關係，以後妳會習慣的。」

如果有可能，葉西熙眞想噴口血在他臉上。她捂住氣得隱隱發痛的胸口，正喘氣，卻發現那枚剛剛摘下的訂婚戒指，不知何時又穩穩地套在自己左手的無名指上。鉑金戒指，鑲嵌著三顆明亮式切割鑽石，設計新穎，做工精細。但在葉西熙看來，那就是一條長滿刺的鐵鏈，緊緊捆著她。正想再次摘下，夏逢泉卻用平靜無波的聲音說道：「如果妳敢，我會馬上重複剛才對妳做過的事情。」葉西熙的手立即僵住。

夏逢泉命令：「今後，無論是洗澡還是睡覺，妳都必須把它戴在手上。」葉西熙不服氣：「請問，我爲什麼要聽你的？」夏逢泉長長的手指在膝蓋上有節奏地敲打著，每一下都打在葉西熙心上：「如果不信，妳大可以試試。相信我，妳永遠猜不到那時我會做什麼。」

兩人一回到家，阿寬立刻發現葉西熙鼓著嘴，非常不爽。

阿寬柔聲關切地問道：「丫頭，誰惹妳了，怎麼一臉便祕相？」葉西熙咬牙切齒地說道：「我被夏逢泉強迫了！」阿寬倒吸一口冷氣，著急起來：「在宴會上？完了完了，這麼匆忙，逢泉一定沒來得及做預防措施，說不定已經懷孕了。不行不行，我得趕快去燉點燕窩，給妳補補身子。」葉西熙額角青筋直冒：「我，不，是，指，這，個！」便舉起手，將訂婚戒指亮了出來，「我是說，夏逢泉強迫我戴上這個！」

阿寬疑惑：「難道妳不喜歡這個款式？」葉西熙急道：「不是，款式很好，但是……」阿寬不解：「還是妳嫌鑽石小？」葉西熙忙道：「不，鑽石剛好合適，可是……」阿寬又問：「還是妳更喜歡其他品牌的？」葉西熙額角青筋瀕臨爆裂：「聽我說完好不好！和戒指沒有關係，我只是不想和他訂婚！」

阿寬點點頭，開始低頭做自己的事：「噢。」葉西熙不可思議：「你怎麼沒有反應？」阿寬一頭霧水：「要有什麼反應？」葉西熙急了：「我說，我不想和夏逢泉結婚。」阿寬哼笑：「我還不想自己變老呢。」這下子，輪到葉西熙一頭霧水：「什麼意思？」阿寬從鍋中盛出一碗鮮貝蝦仁粥，遞給她：「意思就是，妳不和逢泉結婚的機率，就像我永遠不會變老的機率一樣，是零。來，吃點宵夜，消消火。」

葉西熙徹底絕望，於是乎，決定化悲憤爲食慾。但剛接過碗，身邊忽然飄來一道白色的影子，一把搶過那碗粥。葉西熙無奈地看著夏虛元：「你腳底安裝了滑板嗎？」夏虛元不理會她，只是說道：「妳應該上樓去看看妳朋友。」說完後，又再次飄走。葉西熙一下子沒反應過來：「嗯？」想了三秒鐘，才趕緊跑上樓去。

一看，才知道事態嚴重。徐如靜坐在床邊，整個人像泥雕木塑般，動也不動。葉西熙發了慌，忙走過去，一不留神踩到一張報紙，疑惑地撿起，仔細一讀，全身血液頓時凝固。

那是則小小的新聞，說上個星期在洪鳴山上發現了一對中年男女的屍體，屍身被找到時，已經被啃噬得殘破不堪。經過調查，證明兩人是夫妻，男的叫徐永志，女的叫李雅靜，警方猜測，兩人途經密林時遭到野狼的襲擊，不幸遇難。有位村民作證，說當天曾看見一隻右眼有傷疤的白狼在山林中出沒，警方正在洪鳴山上大肆搜索那隻狼的行蹤，提醒市民暫時別前往該處遊玩。

中年夫妻？丈夫姓徐？再加上徐如靜得知此事後的反應……葉西熙不得不相信，遇難的兩人，就是徐如靜的父母。而殺了他們、那隻右眼有傷疤的白狼，則是——游斯人！

葉西熙手足無措，不知該怎麼安慰徐如靜，她明白，在這種情況下，說什麼都是枉然。看著徐如靜蒼白著臉，一聲不響，葉西熙急得落下淚來，上前抱住她，輕聲道：「如靜，妳別忍著，哭出來吧……妳別忍著。」聞言，徐如靜先是靜靜的，隔了許久，終於全身顫抖起來，像一片秋風中的落葉。她忽然捂住臉，倒在葉西熙懷中痛哭，聲嘶力竭。

不知哭了多久，徐如靜精疲力盡，沉沉睡去。葉西熙爲她蓋好被子，悄悄退出房間。一走出去，便發現夏逢泉已在門口站立多時。葉西熙問：「你早就知道這件事了？」夏逢泉點點頭：「我原本想隔些時候再告訴她，沒想到她先發現了。」葉西熙疲倦地倚靠著牆，看著頭頂的燈，喃喃問道：「這種事，瞞不住的。怎麼會有游斯人這種男人？得不到她，寧願毀了她……太可怕了。」夏逢泉不出聲，微微低著頭，若有所思。

葉西熙問：「我們現在該怎麼辦？」夏逢泉道：「這幾天，妳就乖乖待在家裡好好照看她，別亂跑。」葉西熙反問：「我能跑到哪裡去！」說完，正想將一縷髮捋到耳後，但夏逢泉一句意味深長的話卻讓她停住動作：「也許過幾天，妳會跑去見游江南呢。畢竟，你們難得的相聚被我打斷了，可不是嗎？」

葉西熙正想發火，但深深吸口氣，又忽然鬆懈下來。今晚發生了太多事情，她已經沒有心情和夏逢泉拌嘴，便只無精打采地哼了一句：「無聊。」正準備轉身，夏逢泉卻拉住她：「我送妳回房。」葉西熙奇道：「你今晚怎麼這麼紳士？」夏逢泉悠悠說道：「因爲從今天晚上開始，妳就是我的未婚妻了。」葉西熙捏捏太陽穴，痛苦地歎口氣。

而在他們背後，徐如靜房間的門，悄無聲息地開了。

這個晚上，葉西熙有點心神不寧，總是睡不安穩，一直半夢半醒，頭昏沉沉的。不知過了多久，正睡得恍恍惚惚，突見床前有道人影，她一個激靈，馬上坐起身來。這才發現，原來是夏逢泉，便撫撫自己的胸口，責怪道：「你幹嘛？」夏逢泉臉色沉沉的，遞給她一張紙：「徐如靜走了。」

葉西熙大驚，奪來一看，紙上只有一行娟秀的小字——「請別再找我，對不起。」葉西熙著急：「她去找游斯人了？不行，會出事的！」說著便要起身去追，卻被夏逢泉攔住：「派去的人回報說，她已經進入了游斯人的府寓。」葉西熙將頭枕在膝蓋上，隔了一會兒，才緩緩說道：「她想去復仇，可是……她鬥不過游斯人的，如靜……會被殺掉。」夏逢泉以輕而清晰的聲音說道：「不會。他不會這麼做的。」

徐如靜慢慢地走過迴廊，左右亭軒洞壑，小橋流水，景色清雅。熟悉的一切。她在這裡生活了很久很久，久到她發誓如果有天能逃出去，寧死也不會回來。可是，她還是回來了。而這次，她再沒打算活著出去。

徐如靜推開門，走進屋子。游斯人正躺在床上，靜靜地、冷冷地看著她：「妳終於回來了，外面好玩嗎？」徐如靜沒有說話，眼中一片死寂。游斯人起身，一步步地走近她，聲音輕緩而危險：「我曾經警告過妳，別想逃走，永遠不要有那個念頭。可是，妳還是這麼做了。妳說，我該怎麼懲罰妳呢。」他在徐如靜跟前站定，伸手撫摸著她的頭髮、她的臉頰、她的唇，手指冰涼。

徐如靜眼中忽然燃起烈焰，沉聲道：「難道你想再殺死我父母一次嗎？」說完，倏地從腰間拿出一把手槍，準備射向游斯人的胸膛。但不待瞄準，游斯人便快速地在她右手腕上一擋，「咚」的一聲，槍被打落，摔在地上。徐如靜趕緊去撿，卻被游斯人一拉，頓時摔在床上。還沒反應過來，游斯人便一個欺身壓在她身上。徐如靜發了瘋似地拚命掙扎著，卻無法撼動他分毫。

游斯人擒住徐如靜的雙腕，固定在她的頭頂，一手伸入她的裙底，撫摸著那隱密之處，有技巧地挑弄著花蕊，直到那裡漸漸變得濕潤，潮熱。他一直盯著徐如靜，看著她白淨的臉頰慢慢染上紅色，如三月桃花，嬌嫩，柔豔。游斯人再也忍不住，忽然扯下徐如靜的底褲，分開她的雙腿，猛地讓自己的分身進入她的柔軟。

動作粗暴而狂野，帶著虐意，像一陣颶風，要將她蠶食殆盡。他狠狠地吻著她，猛烈地衝擊著，在她身上狂肆地進出，像要將這些日子她欠自己的全補回來。不知過了多久，隨著一聲粗喘的低哼，激情結束。但屋中彌漫的旖旎卻久久不散。

游斯人半撐著身子，一手在她赤裸的身體上緩慢地遊走，帶著眷念與慵懶：「妳眞以爲，妳能殺我？」徐如靜陳述道：「原來，你早就知道我會來殺你。」游斯人輕輕吻著她的手臂：「沒錯，我一直在等，我知道妳一定會回來……殺我。世上沒有人比我更瞭解妳，從身體到心。」

徐如靜起身，慢慢地將衣服一件件穿好：「所以，你殺了我爸媽，只是爲了逼我回來。」聲音非常平靜，平靜到不可思議。游斯人正要開口，卻忽然感到有絲異樣，渾身無力，四肢痲軟。電光石火之間，他省悟了過來。他盯著徐如靜，一字一句地說道：「妳給我下了藥。」

徐如靜不慌不忙地說：「這是夏虛元最新研發的迷藥，有微微的茉莉香氣，塗抹在女人的皮膚上，男人碰了之後，便會力氣盡失。」一邊走到牆角撿起那把手槍，嘴角露出一絲奇特的笑，「你忘了，我從來不擦香水，身上又怎麼會有茉莉香氣……你不了解我，一點也不。」

事情發展至此，游斯人眼中那絲訝異已全數消散，他鎭靜地問道：「妳要爲妳父母報仇，妳要用銀子彈射入我的心臟？」徐如靜沒有回答，只是拿槍對準游斯人的左胸，手有點顫抖。她喃喃說道：「你怎麼對我都可以，殺我、囚禁我一輩子，怎麼樣都可以……可是，爲什麼要對他們下手，爲什麼要對他們下手。」

游斯人重複問道：「妳要殺我嗎？」徐如靜沒有說話，只是看著他，隔了許久，她的手不再抖動，她的眼中寂若死灰，她的聲音沒有一點起伏：「我不能原諒你！」她扣動了扳機。游斯人的左胸出現一個窟窿，血靜謐地汩汩流出，濃稠，黏膩。

徐如靜站在原地，一動也不動。在她眼中，一切都變成蒼白、無聲的夢境。她似乎看見很多人衝了進來，急著搶救游斯人。「沒有用了，」她想，「銀子彈正中心臟，他沒有救了。」不知怎地，她回憶起那個雪夜，游斯人就昏倒在家裡的院子前，也是渾身浴血，但眉頭依舊倔強地、冷漠地緊鎖著。

恍恍惚惚之間，她被幾個人抓進了一個小密室。由於徐如靜身分特殊，那些人也不敢動她一根汗毛，只是牢牢地看守著她。這時，一名額前有縷白髮的男人走了進來，其他人馬上恭敬地問好：「成哥。」成風愛理不理地點點頭，指著徐如靜，道：「嗯。把她交給我吧。」

幾名手下有點爲難：「這……明哥吩咐，要我們必須寸步不離地看著她。」成風道：「這樣啊，那你們就好好看著她吧。」眼中閃過一絲陰沉，接著，誰也料想不到的事情發生了。

他猛地拿出手槍，快速扣動扳機，那幾個手下猝不及防，瞬間倒落地上，再也沒有睜開眼。殺了人，成風眼也不眨，直接來到雙眼無神的徐如靜面前冷冷一笑。然後手一抬，劈向她後頸……

葉西熙坐在窗臺上，彎著腿，雙手抱膝，惘惘地望向窗外。

夏日將盡，院中的花草看上去已有了明顯的疲意。偶爾一陣風吹入，涼涼的，襲遍全身。她不由得將身子縮緊一些，這時，耳邊忽然傳來一個聲音：「還在這兒吹風，不怕著涼嗎？」葉西熙沒有回頭也知道來人是夏逢泉，便輕聲問道：「如靜還是沒有消息嗎？」夏逢泉沒有出聲。葉西熙微微歎口氣。

實在想不到，短短幾天內會發生這麼多事——游斯人被刺身亡，徐如靜下落不明。葉西熙問：「你說，她安全逃走了嗎？」夏逢泉搖搖頭：「機率不大。游家守衛森嚴，她還沒有這個能力……我猜，她是被人擄走了。」說著，夏逢泉在她身邊的窗臺坐下，背靠著玻璃，兩條修長的腿閒閒地交疊著。他穿著一件黑襯衫，有點寬大，坐下來時，衣角恰好覆上了葉西熙的光腳丫。

葉西熙立即感到腳背有點癢，那種癢通過一根神經，直接傳到心底。她下意識地縮回了腳，繼續問道：「是誰擄走如靜的？」夏逢泉回答：「我猜，應該是游子緯幹的。」葉西熙不解：「游子緯？他為什麼要這麼做？」夏逢泉定定地看著她。

葉西熙恍悟，指著自己的鼻子：「他的目標是我？他要我幹什麼？」夏逢泉道：「和當初游斯人抓妳的目的一樣。不僅是他，還有其他狼人也在暗中覬覦妳，他們都想得到妳身體的祕密，讓自己刀槍不入。」葉西熙的背上起了層冷汗，卻又不免有點好奇：「那，為什麼你不想研究我？」夏逢泉斜覷她一眼，意味深長地說道：「別擔心，結婚以後我自然會慢慢研究妳的身體。」

葉西熙隔了半晌才反應過來他指的是什麼，雙頰一紅，順勢一腳向他踹去。可是夏逢泉眼明手快，抓住了她的腳。葉西熙見勢不妙，想趕緊抽回，但他抓得實在太緊，試了幾次都沒有用。葉西熙著急了，死命往後一抽。誰知夏逢泉恰好在此時放手，葉西熙用力過猛，猝不及防，整個人往後倒去，「咚」的一聲，摔在地上。

屁股痛得像跌成了四瓣，葉西熙怒道：「夏逢泉，你是不是男人啊！」夏逢泉眼中笑意濃厚，走過來想扶起她：「關於這個問題，結婚當晚，我會證明給妳看的。」可是葉西熙卻像看見蛇一般忽地跳起，跑到一邊站著，皺眉看著他。夏逢泉問：「妳幹嘛？」葉西熙一臉警戒：「怕你再打我！」夏逢泉揚起眉毛：「我可沒動妳一下，是妳自己摔下去的。」

葉西熙鼓著嘴，瞪了他幾眼，才把氣消下來，道：「不跟你扯了。說真的，假使如靜確實在游子緯的手中，她會不會有危險？」夏逢泉的聲音變得深沉：「暫時不會，畢竟她還有利用價值。不過，他可能很快就會來找妳。」葉西熙忙問：「那我該怎麼辦？」夏逢泉牢牢地看著她：「第一時間通知我。不論他說什麼，妳都不能單獨行動，聽清楚了嗎？」葉西熙忙乖乖地點頭。

夏逢泉接著說：「好了，下樓吃晚飯吧。」葉西熙答道：「不用了，我叫披薩吃。」聞言，夏逢泉怪異地看她一眼：「妳不知道，阿寬的規矩是，不准叫外賣？」葉西熙不以為然，拿起電話，打給速食店：「一次應該沒關係吧。喂，請送一份臘腸披薩到……」夏逢泉不慌不忙地說：「我記得上次虛元帶了一盒炸雞腿回來，之後便莫名其妙拉了一個星期的肚子。如果不信，妳就試試吧。」

葉西熙停頓了一下，鎮靜地對著電話那頭說道：「愚人節快樂。」而後掛上電話，怏怏地坐著。

夏逢泉笑著問：「怎麼，一定要今天吃嗎？」葉西熙攤攤手：「不知怎地，忽然很想吃。」夏逢泉道：「那我們出去吃吧。」葉西熙笑出聲來：「是啊，我們倆出去吃。」但笑著笑著，臉有點發僵，「這個……你不是說眞的吧。」夏逢泉反問：「爲什麼不呢？」看他的樣子不像在開玩笑，葉西熙心中咯噔一聲，馬上推辭道：「算了，我忽然間又不想吃了，還是下樓去嘗嘗阿寬的手藝吧。」說完，葉西熙轉身就跑，卻被夏逢泉拉住，將她像沙包一樣扛在肩上。

葉西熙大叫：「放開我，你想幹嘛！」一邊喊一邊捶打著他的背，雙腳也不停地蹬著。可是夏逢泉卻沒什麼反應，葉西熙急了，張口就去咬他的腰。誰知夏逢泉伸手往她屁股上重重一拍，葉西熙慘叫一聲，終於安靜下來。夏逢泉扛著她，面不改色地下了樓。

飯桌前的阿寬叫住他：「馬上就開飯了，你要把她抓到哪裡去？」夏逢泉直視前方：「約會！」說著腳步停也不停，直接越過阿寬，走出大門。阿寬搖搖頭，吃將起來：「扛著女朋友去約會？看來我們家出了個怪胎。」正將一勺魚子醬放入口中，卻發現對面的夏虛元正目不轉睛地看著自己。阿寬狐疑：「怎麼了？」夏虛元嘴角露出一絲神祕的笑：「沒什麼，我只是忽然想到這魚子醬，挺像今天上午我從病人腹腔取出的葡萄瘤。」聞言，阿寬放下勺子，臉上掛著兩行清淚：「爲什麼我們家的孩子都是些怪胎？」

晚餐時間，速食店裡座無虛席。從玻璃窗望出去，天色已有些黯淡，灰灰濛濛的，更顯裡面的世界明亮可人，透著熱鬧，讓人心情不由得好了起來。於是，葉西熙食慾大增，嘴一直沒停過。

無意間抬頭，卻發現夏逢泉一直看著自己，葉西熙納罕：「你怎麼不吃？」夏逢泉道：「我不太喜歡吃這個。」葉西熙擦擦嘴角：「我猜也是。你這種大少爺，一定不習慣吃這個。你喜歡吃什麼，我陪你去吃。」

夏逢泉輕輕瞟她一眼：「難道妳不知道？」葉西熙奇問：「我爲什麼會知道？」夏逢泉笑道：「我們住在一起這麼久了，天天一起吃飯，難道妳就沒注意過我喜歡吃什麼？」葉西熙反問：「我沒事幹嘛關心這個？」被她用話頂了回來，夏逢泉看上去也不在意，只是輕描淡寫地說道：「現在不知道沒關係，只是結婚之後妳可要注意點。畢竟，做丈夫喜歡吃的飯菜，也是妻子的責任之一……對了，差點忘記告訴妳，我們的婚禮訂在下個月初舉行。」

葉西熙被嗆得面紅耳赤，差點喘不過氣來：「咳咳咳……你剛才在說……誰的婚禮？」夏逢泉微笑著重複：「我和妳的。」葉西熙眼珠一轉，趕緊拚命找理由反對：「不行不行，時間這麼倉促，什麼都來不及準備。」夏逢泉一派悠然：「放心，一切都準備好了。請帖、酒席、場地……現在妳只需要選婚紗。」

葉西熙急道：「這個……研究所最近很忙，我爸下個月一定抽不出時間回來參加婚禮，還是改期好了。」夏逢泉接招：「我一個星期前就通知了表姑丈，他說，再怎麼樣也會抽出時間參加女兒的婚禮。」葉西熙掙扎：「可是，我怎麼想都覺得時間實在太趕。」

夏逢泉平靜問道：「那妳想什麼時候結婚？」葉西熙囁嚅：「不如，十年後再看看？」話沒說完，一記冷眼殺來。葉西熙縮縮脖子：「那……再過個四五年？」某人眼睛一瞇。葉西熙將椅子往後推了推：「這個，至少也要一兩年後吧。」夏逢泉雙手交疊胸前，不容置疑地說著：「總之，不論颳風下雨，火山爆發，還是颶風襲擊，婚禮就訂在下個月。」

葉西熙不服氣：「你以為我不會逃婚嗎？」夏逢泉輕輕說道：「妳以為我不會提早把妳給吃了嗎？」一滴冷汗從葉西熙的額角淌下。好狠毒的一招！這個夏逢泉，果然不是好惹的。

葉西熙不敢再爭論，只是低頭默默地吃著。夏逢泉問：「真有這麼好吃？」葉西熙心不在焉地點點頭。夏逢泉冷道：「以後想吃這個，或者在家裡待悶了，說一聲，我會帶妳出來——只要妳乖乖聽話。」「好的。」葉西熙嘴上答應著，心裡卻打定主意再也不單獨跟他出門。開玩笑，如果夏逢泉某天獸性大發，真的把自己給吃了，她豈不是虧大了。

吃完之後，天色已經差不多全黑，葉西熙摸摸肚子，催促夏逢泉快載她回家。可是夏逢泉卻認為她吃太多了，需要散步助消化。於是，兩人來到商場閒逛；說是閒逛，結果卻成為採購之旅。夏逢泉拉著葉西熙來到女裝部，親自挑選衣服，逼著她試穿。

葉西熙不滿：「爲什麼都是裙子？」夏逢泉瞇眼：「我喜歡看妳穿裙子。」葉西熙又問：「爲什麼？」夏逢泉微笑：「因爲妳的腿很美。」聽見稱讚，葉西熙心裡暗爽，但還是謙虛道：「哪有哪有。」夏逢泉一邊繼續挑選裙子，一邊用很平靜的語氣說道：「是眞的。我可是一直在等妳的雙腿纏上我腰的那天。」聞言，葉西熙的臉，瞬間紅成一顆熟透的番茄。

葉西熙瞪他一眼：「爲什麼你的腦袋裡總裝著這些亂七八糟的事？好了，我們快回去吧。」夏逢泉握住葉西熙的手，拉著她往前走：「等等，還有最重要的。」這個舉動由他做來非常自然，可是葉西熙卻很不習慣，想將手抽出來，努力半晌，只是徒勞。

再一抬頭，葉西熙窘得滿頭大汗，他居然把自己拖到了——內衣部！一名女店員熱情地招呼道：「請問有什麼能爲您服務的嗎？」夏逢泉指示：「請把那套取下來讓我看看。」順著夏逢泉手指的方向看去，葉西熙差點暈倒，那是套黑色蕾絲內衣，薄如蟬翼，性感而誘惑。店員問：「好的，請問您女友……」說著，瞥見了葉西熙左手上的戒指，忙改口：「您太太的胸圍是多少？」

葉西熙仍沉浸在被誤認爲是夏逢泉太太的打擊中，還沒回過神，耳邊又清晰地聽見他說：「三十四C。」店員得到訊息，立即去尋找：「請稍等。」待店員一走開，葉西熙憋不住，低聲質問：「你怎麼知道我的尺寸？」夏逢泉提醒：「妳忘記我看過妳的裸體了？」葉西熙：「……」

夏逢泉又四處走動，問：「妳還喜歡哪幾套？」葉西熙急道：「都不喜歡。我又不是沒有內衣！」夏逢泉冷笑：「妳原先的內衣款式太保守了。」葉西熙又驚又窘：「你怎麼會知道？」夏逢泉輕描淡寫：「看見妳裸體那次，一併看見的。」葉西熙深深吸口氣：「……好，我承認我內衣款式保守，但那跟你有什麼關係？」夏逢泉淺淺一笑：「以前也許沒關係，但以後，妳的內衣是穿給我看的，所以都必須由我來選，聽清楚了嗎？」葉西熙已經不知該做何反應，只能無力地垂下肩，長歎口氣。

買完了內衣，由於害怕夏逢泉會再把自己帶到什麼怪地方，葉西熙趕緊死命將他拽上車。回到家，正想直奔上樓，夏逢泉隨即將衣服袋子遞給她：「妳忘了這個。」葉西熙決定打死也不接，於是，腳步停也不停，直接越過他。夏逢泉看著她的背影，嘴角一彎，對著客廳裡的阿寬和夏虛元說：「知道我們今天買了什麼嗎？」夏虛元伸手去拿：「我看看。」誰知手都還沒碰到，葉西熙一陣風似地從樓上下來，奪過袋子，又一陣風似地衝到樓上。

如果被他們看見那些內衣，她豈不是連最後的顏面也丟光了？

跑回房間，葉西熙賭氣般地將袋子往地上一摜，然後把枕頭當做夏逢泉，使勁地捶捶捶，嘴裡還叫著：「打死你，扁死你，揍死你！」夏逢泉的聲音在門邊響起：「妳在幹嘛？」葉西熙收起一臉凶神惡煞樣，鎮定地回答：「打跳蚤，你有什麼事嗎？」夏逢泉不等邀請，自顧自地在床邊坐下：「沒什麼大事。」不知為何，葉西熙渾身皮膚縮緊；這種感覺太熟悉了，每次夏逢泉要對她做出慘絕人寰的事情之前，都會出現。

葉西熙防備地看著他：「我想睡了。既然沒什麼大事，可以麻煩你出去嗎？」夏逢泉說完竟真的站起來往外走：「這樣啊，那妳就好好休息吧。」葉西熙丈二金剛摸不著頭腦，但即便如此，心頭大石還是放了下來。

誰知夏逢泉走到門口，忽然轉過身，眉毛一揚：「對了，是有件『小事』。」果然來了，葉西熙頓時心跳停止，手指發涼。夏逢泉很自然地將門關上。金屬與金屬間的碰撞——「唠噠」，聲音不大，卻隱隱透著危險。夏逢泉撿起地上的袋子，取出那套內衣，用很平常的語氣說道：「把這個換上，讓我看看吧。」

葉西熙懵了，只能懷疑自己的耳朵：「你剛才說什麼？」夏逢泉耐心地重複道：「我說，把這套內衣換上，我看看適不適合妳。」葉西熙睜大眼睛，怔了許久，終於得出結論：「夏逢泉，你瘋了。」夏逢泉挑挑眼角：「妳不換？」葉西熙只覺得不可思議：「我怎麼可能換給你看！」夏逢泉反問：「爲什麼不可能？」葉西熙的手指在自己和他之間快速來回移動，卻說不出完整的句子：「我們……我們的關係……」

夏逢泉以自己的思維幫她補充：「我們是下個月就要結婚的未婚夫妻。所以，提前看一下，應該沒什麼不妥吧。」葉西熙氣得七竅生煙，一不小心將心裡的話說了出來：「有不妥，有很大的不妥！只是訂婚而已，計畫不如變化，訂了婚卻沒結成婚的人多得是，誰知道以後會發生什麼事！」

夏逢泉也不動怒，只是淡淡問道：「妳的意思是，妳不換？」葉西熙意志堅決：「當然不。」

夏逢泉看著她，漆黑的眼眸中一道精光閃過：「那就只好讓我來幫妳了。」說完，快步朝她走來。葉西熙著了慌，趕緊手忙腳亂地翻到床的另一側，想衝出房間。但夏逢泉的速度更快一籌，瞬間移動到她面前。葉西熙驚呼一聲，忙又爬回床上，想故技重施，再翻回去。

但這次她沒有成功——夏逢泉一把抓住她的小腿，只聽「嗖」的一聲，葉西熙被拖到了床邊。接著，葉西熙被翻轉過身，雙手被固定在耳畔，夏逢泉慢慢地、壓迫地俯下身子，牢牢地盯住她的眼睛，兩人的姿勢有說不出的曖昧。

夏逢泉的聲音很輕，卻透露著不容置疑：「別人怎麼樣，我不知道。但我和妳既然已經訂了婚，就一定會結成婚……誰也阻止不了。明白了嗎？」葉西熙瞪著他，怒道：「不明白的是你。如果我不願意，誰也不能勉強我和他結婚。」夏逢泉輕輕牽動嘴角，笑容有點冷冷的：「可惜，我並不這麼認爲。」說完，將葉西熙的雙手往上移，抓到頭頂，用他的一隻手禁錮，另一隻手則去解她胸前的鈕扣。

葉西熙當然也不是吃素的，她抬起脖子，張嘴就去咬那隻不安分的手。夏逢泉一避讓，葉西熙撲了個空，但腳也因此得以自由活動，於是找準時機，膝蓋一抬，頂向他的腹部。夏逢泉吃痛，悶哼一聲，同時放鬆了對她的桎梏。

葉西熙趕緊掙脫開來，起身朝門口跑去。但夏逢泉很快便恢復過來，一把拉住她的手臂。葉西熙一咬牙，回過身，揮舞著長長的指甲向他抓去，「刷」的一聲，某人脖子上出現了幾道鮮紅的抓痕。夏逢泉伸手一摸，有種黏濕的觸覺——手上有血跡。

他的眼睛很慢很慢地一瞇：「葉西熙，今天妳死定了。」葉西熙嚇得魂飛魄散，連忙逃命。夏逢泉則緊跟在後，窮追不捨。兩人在屋子裡你追我逃，不時發出乒乒乓乓的聲響。樓下客廳的阿寬抬起頭，疑惑地問道：「你說，他們倆在幹嘛呢？」一旁的夏虛元拿起咖啡，優雅地啜飲一口：「看來，今晚有隻狼開始變身了。」

而這時在樓上，夏逢泉終於再次抓住了葉西熙，從背後緊緊抱著她。葉西熙掙脫不開，只能做出安撫之舉：「其實你仔細想想，我之所以抓傷你，說到底，也是你的錯。」夏逢泉微微一笑：「其實妳仔細想想，我說這麼多，也不過是在找個脫妳衣服的藉口。」說完，伸出手，繼續往下解開她的鈕扣。

葉西熙叫天天不應，叫地地不靈，正當她瀕臨絕望之際，阿寬打開門：「逢泉，先暫停一下，西熙的電話。」

葉西熙感動得熱淚盈眶，打電話來的人絕對是她的再生父母。可是，當她聽見話筒另一端那人所說的話時，才明白自己錯得離譜：「葉小姐，如果妳希望妳的好朋友徐如靜活命，就在明天下午兩點鐘到麗臣商場來。記住，別告訴其他人，否則，後果自負。」說完，沒等葉西熙開口詢問，便掛斷了電話。

Chapter Four

第四章

葉西熙拿著電話，許久都沒回過神來。

夏逢泉從她的表情看出端倪：「怎麼了？」想起剛才那個神祕人警告她的話，葉西熙張張嘴，又閉上。夏逢泉眼睛一沉：「是不是有人以徐如靜的安危威脅妳？」葉西熙垂下眼，小聲否認：「不……是。」夏逢泉的聲音有點涼涼的：「葉西熙，妳忘記答應過我的事了？」

「第一時間通知我。不論他說什麼，妳都不能單獨行動。」——葉西熙想起夏逢泉之前的囑咐，猶豫片刻，終於點點頭說道：「那個人說，要我明天下午兩點鐘到麗臣商場，而且，不能告訴其他人。」夏逢泉沉吟：「游子緯果然採取行動了。」葉西熙急問：「我們現在究竟該怎麼辦？」夏逢泉沉吟著，隔了許久，終於說道：「照他說的做。」

第二天下午，葉西熙依約來到麗臣商場。

由於是星期天，商場裡熙熙攘攘，人頭攢動。葉西熙站在三樓，眼睛四下張望，覺得每個人都像是游子緯的手下。她緊緊攥住皮包帶子，心裡像打鼓似的。等待的時間越久，越緊張。

可是等了將近半個小時，也沒看見什麼動靜。終於，有個男人向她走來，葉西熙屏氣凝息，準備迎戰。誰知他一張口卻說道：「小姐，我看妳在這裡站了很久，難道被男朋友放了鴿子？唉，那種不體貼的男人，不要也罷。」葉西熙無奈地歎口氣，原來是來搭訕的。

那男人將手伸到她背後的欄杆上：「別氣了，我請妳喝咖啡，怎麼樣？」說著，一邊瀟灑地，或者自認瀟灑地拋來一個媚眼。葉西熙道：「我不是在等人，我是悄悄從醫院跑出來的。」那男的不解：「醫院？妳得了什麼病？」葉西熙故作神祕：「我沒得病，只是他們都說我有病。」男人疑惑：「既然妳沒病，爲什麼其他人要送妳去醫院？」

葉西熙一派平靜地說：「我只是捅了我男朋友一刀，其實應該不是太重，畢竟我還幫他把腸子塞了回去。之後法院就判我進醫院，今天好不容易才偷偷逃出來，他們現在一定在四處找我。」那男的還沒聽完，便落荒而逃。看著他的背影，葉西熙暗笑不已。

這時，背後忽然傳來一個低沉的聲音：「葉小姐。」葉西熙肩膀一僵。來了！轉身，卻發現來人是個樣貌普通的中年男子。她警覺地看著他：「你是游子緯派來的？」那人並不回答，只是用很快的語速說道：「門外有輛計程車，妳坐上去。」葉西熙剛想張口詢問，那中年男子便擠入人群中，瞬間消失。

葉西熙沒辦法，只得依照他的話來到商場門口，那裡果然有輛計程車在等候。葉西熙坐了進去，司機馬上發動油門，呼嘯著往前衝。車速非常快，在街上繞來繞去，葉西熙忍不住問道：「你究竟要把我帶到哪裡去？」司機從後視鏡中看她一眼：「別著急，葉小姐，妳很快就會見到想見的人……但首先，我們得把後面跟梢的人甩掉。」

葉西熙心中一涼，果然，阿寬他們的行蹤還是被發現了。

這名司機開車技術十分了得，在車流中穿來穿去，幾個轉彎，便將阿寬的車甩得老遠。再衝了十來分鐘，就再也沒看見阿寬他們的蹤跡。葉西熙的掌心滲出冷汗，這下子，自己成了俎上魚肉，只能任人宰割了。

車子漸漸遠離市區，朝人煙稀少的郊外駛去。看著周圍荒涼的景色，葉西熙的心也越見忐忑。終於，車在一片寂靜的樹林中停下。葉西熙下車，一眼看見一個男人，額前有縷白髮，雙手放在褲袋，正陰沉沉地看著自己。葉西熙驚疑——是成風！

成風摸摸後頸，咧嘴一笑：「葉小姐，我們又見面了。記得嗎？上次拜妳所賜，我重重地挨了游江南一掌。」葉西熙道：「是嗎？我只記得，上次見面時，你還是游斯人的手下；今天，卻又成了游子緯的人。」成風並不介意她話中的諷刺，只道：「其實，從頭至尾，我都是游子緯先生的人。」葉西熙恍悟：「你是游子緯派在游斯人身邊的臥底。」成風竟大方承認：「沒錯。」

葉西熙吸口氣：「我不管你們這些事情，我只想知道如靜在哪裡。還有，你們叫我來的目的是什麼？」成風言簡意賅地說道：「很簡單。一人換一人。」葉西熙追問：「妳是說，要我來換如靜？」成風笑道：「葉小姐果然是明白人。」

葉西熙爭取時間：「可是，我爲什麼要相信你們，如果你們騙我怎麼辦？」成風冷笑：「說到欺騙，葉小姐也挺擅長的，不是嗎？」葉西熙瞪視：「你什麼意思？」成風不疾不徐：「昨天我們便警告過妳，要妳不可以告訴其他人，但妳還是說了出去。」葉西熙不語。成風補充道：「不過，總算把跟著妳的人甩掉了。」

葉西熙轉移話題：「我問你，如靜呢？」成風回道：「就在那輛車裡。只要葉小姐願意跟我們走，我馬上放了她。畢竟，除掉了游斯人，還幫我們引來了妳，她也算是一大功臣，我們不會虧待她的。」葉西熙順著他手指的方向望去，果然有輛黑色的車靜靜停在那兒。

葉西熙急道：「我要先去看看她。」說著便要往前走。成風攔住她：「有必要嗎？現在夏逢泉他們也沒法趕來救妳，別掙扎了，還是乖乖跟我們走吧。」葉西熙眼中露出一絲意味深長的笑：「不一定吧。」聞言，成風立即感到不對勁，就在這時，忽然從樹林旁邊竄出一條全黑的狼，猛地將他撲倒在地，張口就把他肩上的一整塊肉咬了下來。成風慘叫一聲。

葉西熙發現那輛車見勢不對，已經悄悄發動，連忙告訴夏逢泉。夏逢泉放開成風，三兩步便跳到那輛車上，一爪打破擋風玻璃，衝了進去。

葉西熙正全神貫注地看著那輛車，卻聽見趴在地上的成風說道：「妳會後悔的。」葉西熙轉過頭來：「什麼？」成風嘴邊露出一絲詭異的笑：「妳不聽從我們的警告，把這件事告訴了其他人……知道嗎，徐如靜會因妳而受到懲罰。」一陣寒意襲上葉西熙的心頭。

恰在這時，只見那車原地打了幾個轉，最終「砰」的一聲撞在一棵樹上。葉西熙來不及管成風說什麼，趕緊跑去查看。誰知打開車門，發現徐如靜根本不在車上。再轉頭，地上只剩下一灘血跡，成風已然不見蹤跡。開車的人只是個小嘍囉，拷問了半天，也只是徒勞。

回到家，葉西熙什麼也沒說，直接回到自己的房間。

看著她鬱鬱的背影，阿寬小聲問道：「他們根本就沒把徐如靜帶來，對嗎？」夏逢泉點點頭。一旁的夏虛元開口：「你不覺得這件事很奇怪嗎？如果他們的目的只是爲了抓西熙，那麼在她上計程車的時候大可以把她迷暈，爲什麼還要費這麼大工夫把車開到樹林裡？」夏逢泉眼中掠過一抹深沉：「無論如何，他們馬上就會進行下一步了。」

葉西熙坐在桌前，拿著水晶球輕輕搖動，裡面的雪花飄飄揚揚，慢慢地降落。她就這麼無意義地搖動著這個小小世界，什麼也不想，或者，什麼也不敢想。但成風的話一直縈繞在她耳畔——「妳不聽從我們的警告，把這件事告訴了其他人……知道嗎，徐如靜會因妳而受到懲罰。」

沒抓到自己，游子緯會因此對如靜不利嗎？或者，她一開始就不該把這件事告訴夏逢泉他們。是她做錯了？夏逢泉走進來時，看見的正是她這副惶惶不安的樣子。

他走到葉西熙身邊，拿下她手上的水晶球，輕輕說道：「事情有了點變化，我們的婚禮提前到下個星期。」葉西熙不聲不響，只是靜靜端坐。夏逢泉把手放在她的肩上，重複道：「我說，我們的婚禮，提前到下個星期。」

話音剛落，葉西熙倏地站起，狠狠推開他的手。水晶球落在地上，碎了，雪花順著水流在地板上蜿蜒。葉西熙似乎還沒氣夠，又拿起一顆顆枕頭朝夏逢泉擲去。夏逢泉一開始還用手擋著，之後終於不耐煩了：「葉西熙，停下來。」

可是葉西熙置若罔聞，枕頭丟完了，又拿書砸他。夏逢泉身子一避，快速轉到葉西熙面前，擒住她的手，喝道：「葉西熙，妳幹什麼！」葉西熙掙脫不開，怒極罵道：「夏逢泉，你這個混蛋！現在如靜生死未卜，居然還談什麼結婚的事，你這個大混蛋！」

夏逢泉將她推抵在牆上，沉聲道：「別鬧了！我在妳心中就是這樣一個人嗎？」葉西熙狠狠瞪著他：「沒錯！你霸道，你自私，你低級，你色狼，你……」還沒等她形容完，嘴便被堵住，夏逢泉用力地吻上了她。兩唇相撞的瞬間，葉西熙的嘴唇痛到麻木，她渾身一顫，趕緊推打他的胸膛。夏逢泉毫不理會，只是捧著她的臉，使勁地吻著。

他的舌霸道地撬開她的貝齒，輕車熟路地找到她的丁香小舌，狂肆地吮吸著。他的身體緊緊壓著她，他的氣息牢牢縈繞著她，他的體溫灼灼燃燒著她。可是葉西熙感覺得到，這個吻裡頭只有懲罰，只有冷冰冰的怒火。

他在生氣。夏逢泉在生氣。葉西熙不由自主地停止了反抗。而夏逢泉，也慢慢地停了下來。兩人對視著，微微喘著氣。

夏逢泉直視葉西熙：「游子緯絕不會善罷甘休，他會用盡一切方法抓住妳。所以我們必須儘早舉行婚禮，向其他家族宣布妳已經是我的妻子。任何想傷害妳的人，都是在和夏家作對。」原來，夏逢泉是在爲自己著想。葉西熙恍悟，忽然想起剛才對他的誤解，有點赧顏，但還是嘴硬道：「除了結婚，就沒有其他的辦法了嗎？」

夏逢泉冷道：「有。」葉西熙眼睛一亮：「什麼辦法？」夏逢泉平靜地說：「妳自願被游子緯解剖。」葉西熙：「……」夏逢泉道：「現在不是妳耍小孩子脾氣的時候，明白了嗎？」葉西熙很不情願地點點頭：「那，如靜怎麼辦？」夏逢泉抬起她的下巴，牢牢鎖住她的眼睛：「婚禮過後，我會找游子緯談判。但在這段期間，妳絕對不能輕舉妄動。」

弄不懂怎麼回事，婚禮就這麼籌備起來了。

葉西熙一點也沒有即將做新娘的感覺，只是茫然，好像一切都與她無關。她什麼也不用操心，婚宴菜式、婚禮場地、宴客名單，所有的一切都有專人打理。她只需要選擇婚紗和婚戒，可是說到底，最終的決定權卻不在她身上。

一個娘氣的男聲說道：「這件婚紗怎麼樣？款式簡單大方，顏色又能襯她的皮膚。」上次請來幫忙的埃文，已被夏逢泉聘爲葉西熙的設計師，這次將包辦她的結婚造型。夏逢泉坐在一旁的沙發上，摸摸下巴，沉吟道：「這件不錯，但我還是比較欣賞那件帶披肩的婚紗。」

埃文快人快語：「我明白了，你不想讓老婆穿得太露。可是她的胸部很漂亮，不露出來太可惜了。」夏逢泉的手指在沙發扶手上輕輕敲打著，微微一笑：「沒關係。關於這一點，我一個人知道就行了。」

這邊廂，白柏清悄聲道：「妳發現沒有，明明妳才是新娘，可是卻沒人聽取妳的意見。」葉西熙垂下頭：「我知道。」白柏清又說：「他們根本沒把妳放在眼裡吧。」葉西熙的頭垂得更低：「我知道。」白柏清皺眉：「如果一開始就這樣，結婚後，妳一定會被吃得死死的。」葉西熙的頭就快垂到地板上：「我知道。」

白柏清百思不得其解：「妳平常不是很凶悍嗎？怎麼遇見夏逢泉，就變得這麼溫馴？」葉西熙抬起眼，幽幽地說道：「因爲，你根本就不知道夏逢泉的可怕。」白柏清一臉不敢置信：「有這麼恐怖？難道他會吃人？」葉西熙一字一句地說道：「他不會吃你，只會一口一口把你的肉撕咬下來，然後站在一旁，欣賞你生不如死的樣子……這就是夏逢泉。」

聞言，白柏清打個寒噤：「那妳可要想清楚了，眞的要嫁給這種人？」葉西熙緩緩地搖搖頭：「嫁不嫁，也不是我能決定的。」白柏清皺眉兼搖頭：「這下糟糕了。以後妳如果偷情被發現，下場絕對不只浸豬籠啊！」葉西熙狐疑：「偷情？跟誰偷情？」白柏清回答得理所當然：「游江南啊。」葉西熙重複了好友的話，用了疑問句：「我跟游江南偷情？」背後有人重複了葉西熙的話，用了肯定句：「妳跟游江南偷情。」而那人的聲音，屬於夏逢泉。

葉西熙緩緩轉過身，看見夏逢泉似笑非笑地看著自己：「妳打算跟游江南偷情？是我聽錯了，還是妳說錯了？」葉西熙深深吸口氣，將白柏清往前一推：「是他唆使我這麼做的！」然後頭也不回，飛奔到更衣室，將門一鎖，不再管白柏清的死活。

夏逢泉雙手放在胸前，淡淡地瞄了白柏清一眼：「她說的，是眞的？」雖然只是輕描淡寫的一眼，卻足以讓白柏清遍體生寒，在那瞬間，他似乎眞的看見一隻靜靜欣賞別人慘狀的狼。

和至強者作對是最愚蠢的行爲，白柏清連忙澄清立場：「我發誓，一定會幫你把葉西熙看得嚴嚴實實的。她想偷情，除非從我的屍首上踏過去！」夏逢泉淺淺一笑：「是嗎？那就麻煩你了。」白柏清忙迭聲說道：「不麻煩不麻煩，一點也不麻煩……那個，時間不早了，我就先回去了，婚禮那天再見啊，拜拜。」說完，逃命似地趕緊離開。

夏逢泉來到更衣室，敲了三下門：「出來吧。」葉西熙在裡面問道：「小白呢？」夏逢泉冷道：「他自稱有事，先回家了。」葉西熙小聲咒罵：「眞是物以類聚，跟我一樣沒義氣。」正不知該怎麼辦，卻聽見夏逢泉在外面輕聲威脅：「如果妳不想出來，那麼我就進去了……先說好，在那麼狹小的空間裡，我可能會因爲衝動而做出任何事情。」

話音未落，門「砰」的一聲打開。

葉西熙提著婚紗裙襬，故作鎮定地走了出來。夏逢泉問：「妳爲什麼要躲？」葉西熙的眼珠左右轉動著，就是不看他：「我沒有躲啊。」夏逢泉逼近一步：「讓我再問得明白點——爲什麼妳一聽見游江南的名字就躲？」葉西熙別無辦法，只得據實交代：「我怕你誤會。」夏逢泉瞇眼：「誤會什麼？」葉西熙停頓片刻，聲音小了下來：「誤會我和他之間……有什麼。」夏逢泉反問：「妳和他之間有什麼嗎？」爲了活命，葉西熙趕緊把頭搖得像撥浪鼓。

夏逢泉伸手拿起她腮邊的一縷鬈髮，放在鼻端，輕輕一嗅：「那就對了。記住，妳和他之間，什麼也沒有。」一股不容置疑的危險順著那縷髮傳來，令她渾身僵直。現在，葉西熙就算有一千個膽子，也不敢說個「不」字。

夏逢泉摟過葉西熙的腰，將她帶到外頭去：「該去選我們的婚戒了。」珠寶店的人已經將所有鑽戒排列整齊，一眼望去，晶瑩璀璨，耀眼奪目。但葉西熙實在沒有心情挑選，只是坐在一邊發愣。夏逢泉將她的表情盡收眼底，緩緩說道：「既然沒有相中的，那叫他們換下一批吧。」

葉西熙回過神來，忙道：「不用了，不用了……那個就很不錯。」說著，隨意指向其中一枚戒指，只想著要交差。夏逢泉自然明白她的心思，當下不動聲色，只道：「結婚戒指可是要戴一輩子的，妳可得想好了。」

一輩子？葉西熙頓時覺得毛骨悚然，背脊發涼。她呑口唾沫，小聲道：「那個……假如，我是說假如……」夏逢泉的雙手搭在沙發背上，懶懶地往後一仰：「嗯？假如什麼？」葉西熙一會兒弄弄頭髮，一會兒摸摸眼睛，猶豫了許久，終於說道：「我不太清楚你們的規矩。但是，狼人應該也和普通人一樣，結婚後可以離婚吧。」

夏逢泉輕輕吐出兩個字：「不行。」葉西熙睜大眼睛：「什麼！」夏逢泉補充說明：「狼人不能離婚。」葉西熙大驚失色：「爲什麼！」夏逢泉聳聳肩：「這是狼人的習俗，除非夫妻之中有一方死去，否則便必須永遠在一起。」

葉西熙急得抓耳撓腮：「那，那，那如果我生不出兒子呢？你應該可以休了我吧。」夏逢泉嘴角勾起一抹慵懶的笑容：「放心。結婚之後，我每晚都會努力的。」葉西熙徹底被打敗，癱倒在沙發上，臉色死灰。夏逢泉冷笑道：「好了，現在，妳該認眞選戒指了。」

時間就是這麼奇怪的東西，越是不希望它快，它偏偏眨眼就過去。

葉西熙還沒反應過來，婚禮便來臨了。這天一大早，葉西熙就被架到夏家名下的一家大酒店，一大群人圍著她穿婚紗、化妝、做造型。葉西熙只能像木偶般任由他們擺布。好不容易，大功告成，葉西熙站在全身鏡前，看著裡面差點認不出的自己，重重地歎息了一聲。

夏逢泉走進來：「怎麼了？」揮揮手，其他人便識相地退出房間。葉西熙微鎖眉頭：「我累了。到底還要多久才能休息？」夏逢泉看著鏡子中的葉西熙，意味深長地說道：「婚禮只要兩個小時便結束。至於休息……很抱歉，今晚，妳恐怕不能休息了。」

葉西熙本來已經昏昏欲睡，但聽見這話，猛地清醒過來。她一直忽略了最重要、最恐怖的事情。今晚，他們會○○××？夏逢泉從背後環住她的腰，慢慢地漾開笑意：「妳的臉色很差。別擔心，我會溫柔的。」聞言，葉西熙的面色更加蒼白。又不是沒被他壓過。他會溫柔？鬼才相信。

被夏逢泉抱得心驚膽顫，葉西熙藉口太悶，趁機掙脫他，走去打開窗戶。往下一看，草坪上已經整齊設置了一排排的白色餐桌，上面擺滿各式精緻菜肴，還有無數的百合花。一切全都準備妥當，賓客也陸續到來。

突然，葉西熙的心猛地停了一拍，她居然在人群中看見了游江南。疑心自己看錯，葉西熙使勁地眨眨眼。但，是眞的，確實是游江南沒錯。這時，游江南居然也抬起頭，看見了她。兩人目光交會，似乎看懂了對方眼中的一些東西，只是中間隔著太多的人事，一切都已變味。

葉西熙惘惘地呆站著。

一雙手忽然放在她肩膀上，重重一捏。糟糕，忘記背後有個撒旦！葉西熙見勢不妙，正想抽身離開，卻被撒旦按住。夏逢泉將她拉入懷中，低下頭，在她髮頂深深地、長長地一吻。在那瞬間，葉西熙看見游江南僵硬的肩膀，同時也明白了夏逢泉的用意。她身子一縮，掙脫夏逢泉的懷抱，快速離開窗前。

夏逢泉轉過身來，背著光，看不清他的臉色。他問：「妳在躲避什麼？」葉西熙定定神，反問道：「爲什麼他也來了？」夏逢泉揚揚眉毛：「他爲什麼不能來？」葉西熙囁嚅著：「你不是不喜歡我和他見面？」夏逢泉看著她，看得很深：「首先，他是游家的人，場面上的禮節應該做足。第二，也是最重要的一點……我希望他來了之後可以明白一些事情，或者應該說，你們倆都該明白一些事情。」葉西熙的目光有點游移：「我聽不懂。」夏逢泉淺淺一笑：「妳懂的。」兩人的對話像是一場遊戲，你追我藏，雖然沒有挑明，卻都明白對方的心思。

夏逢泉走到葉西熙身邊，俯下身，在她額頭吻了一下：「好了，妳在這兒休息。我先下去招呼客人。」葉西熙皺皺眉，下意識地想伸手去擦。但瞥見夏逢泉警告般的冷冽目光，趕緊改變路線，拿出粉撲，在他剛才親吻的那處皮膚補妝，一邊解釋道：「不好意思，人長得醜，不多補點粉，見不了人的。」

夏逢泉一下樓，立即被一群賓客團團圍住。做爲夏家的長輩，葉家和與夏鴻天也同樣脫不開身。而阿寬，也因爲擔任婚禮總指揮一職，忙得不可開交。

白柏清好不容易覷了個空檔，跑上前問：「西熙在哪兒？我去看看。」阿寬一邊發號施令，一邊抽空回答：「西熙啊，她在十二樓呢，不過你是上不去的……欸欸欸，這冰雕是怎麼雕的？我們要的是小天使，不是這個肥得像小乳豬一樣的孩子。」

白柏清不解：「爲什麼？」阿寬說明：「因爲逢泉怕人搗亂，也怕西熙逃婚，不僅把整個酒店都清空，還派了人守著西熙，不許任何人到她那兒去……喂，蛋糕上的新娘娃娃是誰做的？胸這麼平，一點也不寫實，我們家西熙可是有三十四C啊！」

白柏清別無他法，只能踱到一邊站著。這時入口處進來了一男一女，看清楚後，發現女的是夏徐媛。好不容易見到熟人，白柏清高興地上前打招呼：「大美女，好久沒見了。」話音未落，她旁邊那個戴著眼鏡的英俊男人，便彬彬有禮地朝他伸出手：「你好，我是徐媛的丈夫慕容品。」白柏清也忙伸出手，和他相握：「你好，我是……」

夏徐媛輕輕打斷了白柏清的話，並向他柔柔地拋個媚眼：「他是我的姦夫。」聞言，慕容品手下使力，似笑非笑地盯著白柏清：「你贊成我妻子剛才的話嗎？」白柏清的直覺告訴自己，如果他點頭，那麼下一秒鐘自己的右手便會廢掉。於是，他說了句大實話，避免此一慘劇發生：「我和你妻子的性取向是一樣的。」

果然，慕容品微笑著將他的手放開，轉身對夏徐媛說道：「妳喜歡看我生氣，是嗎？」夏徐媛媚媚地橫他一眼，慢條斯理地說道：「我不是喜歡看你生氣，而是希望你氣到極點，心臟病發，然後我就可以帶著你的大把遺產嫁給別人。」聽到這兒，白柏清恍然大悟：「難怪我們第一次見面時，妳就詛咒妳丈夫摔下山崖，跌成肉醬，原來打的是這個主意。」慕容品很慢很慢地笑了出來：「是嗎？摔下山崖，跌成肉醬。看來得找個地方，以便我好好『感謝』妳的祝福。」

夏徐媛嘴角顫抖了一下，但馬上恢復鎮靜，眼波流轉，媚態橫生：「這可是在婚禮上，你不會不給我們夏家面子吧。」慕容品勾勾嘴角：「沒關係，距離婚禮開始至少還有一個小時，足夠我們做兩個回合。只要找到一個有床的地方，不，或是能靠著背的地方就行了。」

白柏清清清嗓子：「插一下嘴，這間酒店除了十二樓，現在任何一個房間都是空著的。」夏徐媛狠很瞪他：「白柏清，我跟你有仇嗎？」一雙明豔的大眼瞪起人來依舊如籠如煙，媚態畢現，即便氣得噴火，也沒什麼殺傷力。白柏清聳聳肩：「抱歉，是妳自己先污衊我的。」

慕容品道了聲謝：「感謝提示。」便拖著妻子去尋找合適的地方解決問題。白柏清搖手相送：「別急啊，時間多得是。」

葉西熙一個人在房間，從臥室走到浴室，又從浴室走回臥室，就是靜不下心來。時間越逼近，心裡那面鼓敲得越響。再過幾十分鐘，她就要嫁給夏逢泉了。可是直到現在，她還是不確定這麼做是否正確。她覺得，從認識夏逢泉那天起就被他牽著鼻子走，回想起來，實在很不爽。可是他做的每件事情，追根究柢，也是爲了自己好。思來想去，葉西熙只覺得頭痛欲裂，乾脆坐下來，閉目休息。當無可奈何時，就悶頭大睡，這是她做人的原則。

誰知剛閉上眼，浴室就傳出一陣悉悉窣窣的聲音。葉西熙好奇，趕緊起身查看。打開浴室門，觀望一番，發現裡面靜悄悄的。葉西熙摸摸頭，疑心自己聽錯，正想轉身離開，忽然感覺背後有股勁風直襲她的後頸。

葉西熙連忙彎下身子躲開那一擊，與此同時，腳順勢抬起，踢中那人的腹部。之後趕緊衝向門口，想呼叫門外保鏢來增援。可是那個偷襲自己的人恰在這時說了句話：「難道妳願意，徐如靜再次因妳而受傷？」葉西熙心中一震，倏地停下腳步。轉身，這才看清，那是個身著黑色緊身皮衣的女人，長得很漂亮，卻冷若冰霜，讓人不敢接近。

葉西熙警覺地看著她：「妳說什麼？」那女人扔給她一個袋子：「妳先認認這個東西屬於誰。」葉西熙接住，只覺得觸手冰涼。她一邊小心提防著那女人，一邊將袋子打開。

當看清裡面的東西時，葉西熙只覺頭皮緊縮，如墜冰窟——袋子裡裝著碎冰，以及一根手指。女性的小指，白皙，纖細，齊根砍斷。上面，還有道一公分左右的刀疤。葉西熙記得，徐如靜的小指上也有道一模一樣的刀疤，是她離開夏家的前幾天，做飯時不小心割傷的。

是徐如靜的手指！葉西熙嘴唇顫抖著，厲聲道：「你們把她怎麼了？」那女人的眼睛像一塊冰，盯得葉西熙渾身血液凍結：「上次，妳不聽從警告，把我們找妳的事告訴了夏逢泉。於是，徐如靜就得到了這小小的懲罰。我知道門外有十幾個保鏢，只要妳一喊，他們就會衝進來把我碎屍萬段。可是，別怪沒提醒妳，如果到時我沒帶著妳回去，徐如靜失去的就不會只是一根手指了。」

葉西熙沉聲問道：「你們想怎麼樣？」那女人的聲音裡沒有任何情緒起伏：「很簡單，現在就跟我走……如果妳不希望徐如靜再受到傷害，這是唯一的辦法。」葉西熙低頭看著手中的冰袋，徐如靜僵硬的、死亡的小指靜靜躺在那裡，沒有任何血色。她終於下定決心：「好。」

於是，那女人帶著她來到浴室。葉西熙這才發現天花板上的通風口被打開，原來她就是從這裡進來的。在那女人的協助下，葉西熙也翻了上去，沿著狹窄低矮的通風管道一路爬行。爬行的過程中，葉西熙心中只有一個念頭——這次，夏逢泉鐵定會把自己給殺了。

同一時刻，在她們頭頂正上方的房間裡——

趴在床上的夏徐媛豎起耳朵：「慕容品，你聽見什麼聲音了嗎？」慕容品親吻著她赤裸的後背：「專心點。可是妳選擇要來這個房間的，別挑剔了。」夏徐媛不耐煩：「欸，夠了吧！已經做了將近一個小時了，再不去婚禮，會遲到的。」「放心，我已經給了櫃檯小姐豐厚的小費。觀禮時間到了，她自會來電通知。這麼一來，我們既不會遲到，也不會早到。」說完，慕容品繼續埋頭品嘗自己的「大餐」。

十五分鐘後，終於盼來了電話。夏徐媛淚盈於睫。

慕容品放下電話後，嘴角的笑容卻透露著那麼一股邪惡：「新娘失蹤，婚禮取消了，我們繼續吧。」說完，猛地向她撲了過來。

夏徐媛再次淚盈於睫：「葉西熙，我恨妳！」

又十五分鐘過去了……夏徐媛再也忍受不了，決定先服個軟，以免等會兒沒力氣走出去。夏徐媛主動靠在慕容品的胸膛上，聲音媚得讓人連骨頭都酥軟了：「品，我累了，今天就到這兒吧。」

但別忘了，慕容品不是普通人：「沒關係，反正都是我在運動，妳睡就好了，別管我。」夏徐媛：「……」夏徐媛深深吸了口冷氣，用一雙水汪汪的眼睛瞟著他：「可是，你在我身上這麼動著，我可睡不著。」慕容品說完，又準備開始新一輪的活塞運動：「那就別睡了，起身配合我吧。」可是夏徐媛將他攔住：「等等。」慕容品揚揚眉毛：「怎麼了？」

夏徐媛抬起頭，腮邊貼了一縷髮，將整張臉襯得更加柔媚：「這樣吧，我們來個交易。」慕容品撫摸著她的臉頰，輕聲問道：「妳整個人都在我手中，還能有什麼籌碼？」夏徐媛眼中露出貓一般狡黠的神情：「話不能這麼說。每次都用強迫的，豈不是很沒有意思，如果能有一次……我主動呢？」慕容品慢慢地閉了一下眼：「哦？我想我會因此付出很大的代價。」

夏徐媛柔若無骨的手，在他赤裸的胸膛曖昧遊走：「怎麼可能呢？我只是要你答應——三天之內不能碰我。」慕容品嘴角微微一勾：「一天。」夏徐媛討價還價：「兩天。」慕容品的眼中精光一閃，說著就準備壓住她：「那算了，強迫也有強迫的樂趣。」夏徐媛連忙妥協：「一天半，一天半總行了吧！」慕容品點點頭：「這還可以考慮……不過，得看妳怎麼個主動法了。」夏徐媛忽然將慕容品一推，翻身坐在他腰上。她低下頭，燈光下，長長的睫毛映在面頰上，一根一根帶著妖魅，聲音也充滿著妖魅：「如果是這樣呢？」

她俯下身子，親吻著他的胸膛，慢慢地滑動。還伸出小舌，時不時舔舐一下。她感覺得到，每當這時他的身體便會僵硬，像在努力忍耐著什麼。夏徐媛像條蛇，扭動著纖細的腰肢。她慢慢將臀部往下移動，靠近他的亢奮，有意無意地摩擦著。

慕容品咬牙，低低咒罵一聲：「妳眞是個妖孽。」大掌托住她的翹臀，猛地放在自己的堅挺上。夏徐媛移動了一下身子，讓自己的柔軟潮濕好好地包住他的堅挺，並慢慢律動起來：「不是說了，讓我主動嗎？」她抓住他的雙手，放在枕頭兩側。慕容品閉上眼，發出滿意的歎息。

就在同一時刻，夏徐媛眼睛一瞇，以迅雷不及掩耳之勢按下床頭的一個隱藏開關。枕邊忽然冒出兩個鐵環，「刷」的一聲將慕容品的雙手扣住。慕容品忙想掙脫，鐵環卻已牢牢勒住手腕，讓他動彈不得。

夏徐媛湊近他的耳邊，輕輕說道：「你說得沒錯——你確實會因此付出很大的代價。這個房間可是我專門爲那些有特殊癖好的客人設計的，只是沒想到今天會派上用場。」慕容品問：「妳想怎麼樣？」夏徐媛將頭髮捋到耳後，媚視著他：「當然是好好謝謝你了。」說完，她用手握住他的堅挺，來回地撫弄著：「你說，我這個做妻子的是不是很盡責呢？」

慕容品沉下眼睛：「徐媛，我警告妳，不要做會讓自己後悔的事。」夏徐媛微笑著，眉梢眼角更多了幾分媚意：「警告？慕容品，你還眞是不了解我的個性。」說完，彎起指頭，狠狠地在慕容品的灼熱上一彈。慕容品悶哼一聲，額上瞬間布滿冷汗，隔了許久，才一字一句地說道：「徐媛，妳在玩火。」夏徐媛不聽勸告：「錯，我在玩你家小慕容。」她在小慕容受傷的那處地方，再次使用了彈指神功，力量有增無減。慕容品的身體顫抖了一下。

夏徐媛本想再玩一次，這時卻忽地注意到慕容品的臉上已經沒有任何表情，只是牢牢地盯著自己，瞳孔慢慢地收縮。那種表情，要多恐怖，就有多恐怖。夏徐媛心裡咯噔一聲，這次確實玩過火了。她快速穿好衣服，對著床上一絲不掛的慕容品柔柔一笑：「親愛的，永別了。」說完後，趕緊奪門而逃，下樓瞭解情況。

一進新娘房，夏徐媛便發現裡面的氣壓有點低。夏逢泉坐在沙發上，一言不發。他微微低著頭，眼睛非常深沉，像湖底的黑寶石，只是，表面結了層薄冰。

她悄聲詢問身邊的夏虛元：「究竟怎麼回事？」夏虛元言簡意賅：「新娘逃婚了。」夏徐媛驚道：「爲什麼？」夏虛元覷她一眼：「想想看，妳爲什麼不願意嫁給慕容品。」夏徐媛深有同感地點點頭：「嗯，我完全理解西熙。」

夏虛元朝她背後瞄了一眼，便道：「看來，慕容品著了妳的道了。」夏徐媛用手指撐著下巴，嫣然一笑：「不愧是和我在同一個子宮待了九個月的弟弟。」夏虛元閒閒問道：「妳把他怎麼了？」夏徐媛悠悠回答：「也沒怎麼樣。他不是喜歡床嗎，那我就讓他和床好好地相處。對了，等會兒記得帶人去一三〇四號房，人越多越好。」夏虛元覷她一眼：「妳爲什麼認爲，我會幫妳？」夏徐媛笑道：「因爲你知道，按照我說的去做，就會看到一場無比精彩的好戲。」夏虛元微微一笑：「不愧是和我在同一個子宮待了九個月的妹妹。」

這時，酒店的保全經理滿頭大汗地走了進來，急急向夏逢泉彙報道：「夏先生，我們剛才看了監視錄影，發現葉小姐是和一個黑衣女人沿著通風管道離開的，時間大約是半小時之前，之後她們就沿著小路一直向東走……」

夏逢泉忽然打斷他的話：「她是被擄走的，還是自願走的？」保全經理吞吞吐吐地說：「這個……這個……」夏逢泉的聲線很低：「說實話。」保全經理顫抖地說：「……葉小姐，好像並沒有被脅迫。」說完後，膽顫心驚，這麼一來豈不講明了新娘是逃婚，老闆還能不火冒三丈？

果然！夏逢泉眼眸深處閃過一道暗光：「葉西熙，妳死定了。」

葉西熙揉揉鼻子，皺眉道：「哈啾！哈啾！哈啾！奇怪，是誰在罵我？」徐如靜問道：「妳沒事吧。」葉西熙看著徐如靜包紮著白紗布的右手，擔憂地問道：「我沒事。妳呢，傷口還疼嗎？」徐如靜露出一個蒼白的笑容：「我沒有關係的。西熙，妳不該來……我已經報了仇，我怎麼樣都無所謂的，是生是死都無所謂的。」葉西熙安慰道：「妳說什麼呀，既然已經報了仇，就該忘記過去，開始新生啊。」

徐如靜緩緩地搖了一下頭，眼睛看著前方，什麼也不再說。葉西熙只得無可奈何地退到一邊。

房間裡一片寂靜，牆、地板、天花板……一切的一切都被漆成白色，死寂的白。這裡只有兩張床，對了，還有頭頂的監視器。可是，對囚犯而言，這樣的房間已經算是天堂。所以，葉西熙很滿足。來這裡已經兩天了，但他們只是把自己和如靜關在一起，沒對她進行什麼實驗。但越是這麼平靜，葉西熙越感到不安。畢竟，他們絕不會只是把自己請來作客這麼簡單。

正想著，門忽地打開。一男一女走了進來。對葉西熙而言，兩位都不是生面孔——男的是成風，女的則是那個帶自己來到這裡的冷美人，也就是成風的妹妹，成餘。成餘對葉西熙冷冷地命令道：「跟我走，游先生要見妳。」

終於還是來了，葉西熙順從地站起，跟在她背後。剛要走出門，發現成風仍然站在原地，沒有跟她們一起走的意思。最令葉西熙擔心的是，他的眼神，他看著徐如靜的眼神帶著貪婪與垂涎。

葉西熙趕緊回過身，擋在徐如靜面前，道：「你爲什麼不走？」成風陰沉沉地一笑：「我要留下來，和徐小姐敘敘舊。」葉西熙沉下眼睛：「既然如此，那我也不走了。」成風回道：「妳認爲，這裡會有人尊重妳的意見嗎？」

說著，成風忽地一拳朝葉西熙臉上揮去。葉西熙反應敏捷，趕緊躲開，同時一腿朝他踢去。就這樣，兩人開始打鬥起來。本來論實力，他倆不相上下，但葉西熙卻忽略了那個成餘。成餘趁葉西熙不備，從後偷襲，制住了她。成風找準機會，一拳擊在葉西熙的腹部。葉西熙感到一陣劇痛，頓時渾身癱軟，只能硬生生地被成餘拉走。

門關上，成風緩緩走到徐如靜面前，伸出手來抬起她的下巴：「其實，我一直想嘗嘗，游斯人的女人究竟是什麼味道。」成風仔細地看著徐如靜。她的皮膚白得像瓷、像玉，無瑕，冰涼。徐如靜神色鈍鈍的，像是沒有聽見任何聲音，沒有看見任何人。

成風的嘴角露出一絲冷笑：「差點忘記，妳現在已經是半個死人了。上次把妳的小指剁下來時，也是叫也沒叫一聲……那麼，如果這樣呢。」說完，一把扯下徐如靜的衣服，她細嫩白皙的肌膚散發著玉的光澤，成風的眼中燃起一抹慾望。

他想看她掙扎，就像她無數次在游斯人懷中那樣掙扎。白淨的肌膚泛出紅暈，那眉間淡淡的哀求與抗拒，能引發男人最邪惡的慾望。他想看她掙扎。可是徐如靜依舊不聲不響，目光茫然而渙散。費了這麼大的力氣，他得到的依然是個影子，沒有魂的影子。

成風輕舔著她的耳垂，冷冷說道：「幫父母報了仇，已經生無可戀了，對嗎？如果我告訴妳，殺妳父母的眞凶依然逍遙法外呢？」徐如靜的睫毛眨動了一下。

成風笑得異常詭異：「其實，殺妳父母的人，並不是游斯人。一切都是游子緯策畫的，本來只是爲了替游斯人找點麻煩。只是沒想到，妳這麼厲害，眞的幫我們除去了他。」徐如靜的身子慢慢顫抖起來，嘴唇已經毫無血色。成風滿意地看著她：「很好，妳終於又活過來了。」說完，猛地將她撲倒在床上……

再下一秒鐘，一聲槍響——「砰」！

成風恐懼地看著眼前的人，太過吃驚，根本無暇顧及手臂上正汨汨流血的槍傷：「怎麼可能……怎麼可能？」這是他一生中第一次這麼驚惶，彷彿看見了最可怖的鬼怪。

回答他的，又是一道槍響。成風的右耳被子彈射穿，鮮血直湧。他忍耐不住，哀聲叫了起來。

游斯人從陰影中走了出來，手中的槍冒著煙：「除了她的手，她的耳……你還碰過哪裡？」他從頭到腳慢慢打量著成風，眼睛所到的每一處都結成了冰，「對了，還有你的嘴。」說完，成風的嘴便成了個血窟窿。

成風劇痛攻心，哀號一聲，在地上打了幾個滾。可是，他不甘心就這麼死去，他要做最後的掙扎。忍住痛，化身成狼，猛地一躍，飛速朝游斯人撲來。就在距離游斯人一公尺遠的地方，胸口忽然感到一陣窒悶的撞擊。然後，身子開始輕飄飄的，墜落在地，再沒有睜開眼。

游斯人踏過成風的屍體，來到徐如靜面前，脫下自己的衣服，將她緊緊裹住。他這麼問道：「看見我，妳有什麼要說的嗎？」

葉西熙幾乎是被拖到游子緯面前的。

游子緯微笑地看著她：「葉小姐，我們又見面了。」葉西熙大吼：「快放我回去！你們答應過我，保證不傷害如靜的！」游子緯依舊微笑著，那個微笑看不出任何含義：「我有這麼答應過嗎？」葉西熙靜默。和游子緯講道義，確實是傻了點。

游子緯從椅子上站起身。他保養得當，看上去不過四十歲出頭，年輕時也是位風華人物。即使是現在，不可否認，也有著獨特的魅力。

他嘴角的笑一直沒有褪去：「聽說葉小姐是不怕銀的。」葉西熙略帶諷刺地說道：「是嗎？我也這麼聽說過。」游子緯盯著她：「我看了游斯人那裡的資料，他們研究過，妳的血液確實對銀免疫。所以，理論上來說，只要其他狼人換上妳的血，自然能夠擁有妳的體質。」

葉西熙也盯著他：「你想換我的血，是吧！」游子緯反問：「誰都希望沒有弱點，不是嗎？」葉西熙冷笑：「既然如此，直接把我抓住抽血不就成了？何必費這麼大的力氣解釋給我聽。」游子緯的聲音竟異常溫和，像在商量一件最平常的事情：「如妳所知，狼人的致命傷在心臟。雖然妳不怕銀，但畢竟沒有銀子彈射入過妳的心臟吧。妳究竟會不會因此而喪命？現在，我們就來做個實驗吧。」說完，從背後拿出一把手槍，指著她。

葉西熙生生地打了個寒噤，正想躲避，可是游子緯遞個眼神，成餘迅速拿出一個白色小瓶，朝她臉上一噴。葉西熙只聞到一股刺鼻的味道，之後，突然渾身發軟，癱倒在地。

游子緯一步步走到她面前，輕聲道：「可能會有點痛，妳得忍耐一下。」葉西熙看著那黑洞洞的槍口，深得不見底。接著，她看見游子緯的手指按動了扳機……

「砰！」

槍聲響起的剎那，一道白色影子倏地從窗口衝進來，撞倒了游子緯。子彈打偏，深深嵌入葉西熙背後的牆上。她努力睜開眼，發現救自己的，是一條渾身雪白的狼。

游江南？確實是游江南，他緊緊壓住了游子緯，眼中有著冷冷的恨。游子緯被撞倒時，槍落在地上，葉西熙趕緊強撐著身子去撿，卻被成餘搶先一步，把槍拿在手上，準備射殺游江南。但兩人正牢牢糾纏在一起，成餘怕誤傷了主人，正著急間，卻聽見游子緯命令道：「向葉西熙開槍！」話音剛落，游江南連忙鬆開他，朝成餘撲去。可是慢了一步，槍聲已經響起。

葉西熙低下頭，發現自己的左胸正快速地滲著血。她覺得很奇怪，周圍應該是嘈雜的，但自己竟然聽得見血落在地板上的聲響。滴答……滴答……滴答。聲響清晰、龐大，漸漸將她淹沒在黑暗之中。她最後的意識是游江南的眼睛，那裡面有著極致的痛楚，一種強烈得令她無法承受的感情，游江南的感情。

她彷彿躺在一艘小船中，隨著波浪漂浮。她睜不開眼睛，只隱隱約約看見一絲白光。她就這麼追隨著，不知道那白光代表著什麼，只是追隨著，就彷彿心裡有了底。像過了一個世紀那麼久，眼前的白光漸漸擴大。她睜開了眼，第一眼便看見了游江南，他正溫柔地看著自己。

葉西熙張張嘴：「我還活著嗎？」游江南伸手幫她理順額前的髮，輕聲道：「沒錯，妳活著。」葉西熙本以爲自己身受重傷，誰知試著動了動，卻發現身體沒什麼不適，不由笑道：「看來，傳說是對的，我不會被銀子彈殺死。」游江南道：「取出子彈後，妳的傷口就自動癒合了，速度快得驚人。」

葉西熙忽然想到什麼，從床上一躍而起，急道：「糟糕，如靜還在成風那裡！」游江南按住她的肩膀：「別擔心，她沒事。斯人已經把她帶走了。」葉西熙驚疑：「游斯人？他不是已經死了嗎？」

游江南細細解釋著：「游斯人和常人不一樣，他的心臟長在右邊，所以，那顆子彈並沒有傷到要害。只是沒想到成風居然是內奸，還挾持了如靜，於是他將計就計，對外宣稱自己已經身亡，藉以消除游子緯的戒心。可是游子緯這人行事實在謹慎，我們一直沒能找到關押如靜的地方。直到那天，我去參加……婚禮，無意中看見妳和成餘從通風口出來，神色匆匆的，便起了疑心。一路跟蹤你們，終於查到那個地點。」

儘管竭力控制著，但游江南提到婚禮時，語氣極不自然。葉西熙忽然意識到這次自己逃婚，夏逢泉鐵定會把她給砍了。又想到婚禮當天，他們三人之間的照面，只得默然。

氣氛瞬間有點尷尬。

游江南端來一碗粥，想餵她喝下。葉西熙忙搶過碗，說要自己來。結果動作過大，把粥灑在床單上。游江南一邊拿紙巾擦拭著，一邊輕聲埋怨：「看看妳，還是和以前一樣笨手笨腳的。」那甚至不能算是埋怨，非常溫柔，像情人間的細語。葉西熙有點恍惚，隔了一會兒，問道：「這是哪裡？」游江南笑笑：「海邊的別墅。」

葉西熙從陽臺望出去，白沙綠樹，碧海藍天，說：「風景很好。我想，我該回去了。」游江南垂著眼，淡淡問道：「妳是指，回夏家？」葉西熙點頭：「現在，那裡就是我的家。」游江南輕聲問著：「爲什麼？」葉西熙下意識地說：「因爲那裡有我的家人。」游江南抬起頭，眼瞼上的痣閃了閃：「那夏逢泉呢？」葉西熙愣了一下，張張嘴，卻沒說話。

是啊，夏逢泉。他算是自己的什麼人呢？親人，朋友，未婚夫？似乎都是，又似乎都不是。葉西熙迷茫了，最後只是含糊地應道：「他就是他。」

房間裡頓時寂靜下來，外面傳來海浪有節奏的刷刷聲，盤旋海鷗的鳴叫，海風的流動。在這樣的安靜之中，游江南忽然問道：「妳願意留下來嗎？」葉西熙沉默了。留下來，又會怎麼樣，又能怎麼樣？游江南輕聲問：「只留五天，五天後再走，可以嗎？」

葉西熙不解：「五天？」又暗自算算日期，忽然省悟，五天後是游江南的生日。游江南解釋著：「我沒有別的意思。只是今年，特別怕寂寞，希望有人能在我生日時陪陪我。」嘴角那抹淡淡的、寂寥的笑，讓葉西熙心裡微微一痛。

只有五天嗎？只留五天。她答應了。可是晚上睡覺時，葉西熙躺在床上，聽著露臺外的陣陣海浪聲，心裡有點無著無落的。這麼做，正確嗎？她從來沒有這麼迷惘過，思緒像一團亂線，找不到頭。於是，只得悶頭大睡。

第二天清晨，睡得迷迷糊糊的，忽然覺得臉上很癢。她咕噥著睜開眼，居然發現一隻哈士奇正在舔她的臉頰。葉西熙大叫一聲！那隻哈士奇約莫兩個月大，見的世面少，聽她這麼一叫，頓時怔住，三秒鐘後，拔起四隻小短腿衝出房間。

葉西熙一路追著牠下了樓，這才看見游江南已在廚房中準備早餐。他身穿一件寬鬆的白色襯衫，一條淺色粗布褲——和葉西熙第一次見到他時一樣的裝扮，帶著閒適的高貴。那隻小小哈士奇來到游江南腳邊，尾巴不停地搖動著。游江南蹲下身，將香腸細心地弄成一小塊一小塊，餵牠吃。

葉西熙問：「牠是誰啊？」游江南回答：「哈士奇。」葉西熙繼續問：「哪裡來的？」游江南溫柔地答：「買來給妳的。」葉西熙指著自己的鼻子：「送我？」游江南抱起哈士奇，遞給她：「今天早上去超市時，經過寵物店，我怕妳無聊，就買了。取個名字吧。」葉西熙看著那隻小哈士奇，苦思之後，終於想出個好名字：「苦大仇深。」此話一出，游江南和哈士奇的嘴角同時一抖。

游江南清清嗓子：「那個，為什麼要叫這麼……特別的名字？」葉西熙認眞地說明著：「因為我總覺得，哈士奇每天都是一副苦大仇深的表情。怎麼，你不喜歡這個名字嗎？」

小哈士奇趕緊抬頭，用一雙亮晶晶的眼睛看著游江南，希望他能為自己主持公道。可惜牠低估了那位高音女在主人心目中的地位，游江南一句話便出賣了牠：「不會，隨妳喜歡。」

葉西熙高興地接過哈士奇，仔細一看，奇道：「苦大仇深怎麼無精打采的？」苦大仇深認為自己叫做苦大仇深就已經夠憋屈了，誰知接下來還有更多的折磨在等著牠。

由於住在海邊，最近天氣又好，葉西熙便帶牠去散步，順便將飛盤扔到海裡，要苦大仇深去撿。一開始，苦大仇深還對這個遊戲挺感興趣，但重複好幾次之後，開始耷拉起腦袋。葉西熙開始用食物誘惑：「再玩最後一次，等會兒回去就給你吃香腸。」苦大仇深一聽，趕緊飛奔到海中，叼住飛盤，往回游。誰知體力已經透支，竟被海浪阻隔，游不回來，只能划動四隻小短腿在海面上撲騰。幸虧游江南水性好，快速游去將牠救回，苦大仇深才不至於成為歷史上第一條被淹死的狗。

葉西熙內疚不已，回去後便餵牠吃香腸，以此做為補償。苦大仇深因為太累，狼吞虎嚥，暴飲暴食。葉西熙因為愧疚，也不敢加以阻止。於是當天晚上，肚子漲得像顆皮球的苦大仇深被送進了獸醫院。幸好沒什麼大礙，醫生餵了牠一些藥，感覺好點了，便帶牠回家。

游江南在前頭開車，葉西熙則抱著熟睡的苦大仇深坐在後座。本來都要到家了，誰知前面有輛車忽然停下，游江南只得急煞車，「嗖」的一聲，苦大仇深從葉西熙手中直接飛到擋風玻璃上……於是再次返回獸醫院，一檢查，右前腿輕微骨折。原本以為被一位長得像王子的帥哥帶回家會有幸福的日子可過，現在卻得戴著醜醜的伊莉莎白脖套，一瘸一拐地走路。苦大仇深欲哭無淚。

秋日的陽光，柔柔地灑在露臺上。

游江南輕輕地幫狗梳理著毛髮，動作很輕柔，苦大仇深感到無比舒適，已經昏昏欲睡，只是偶爾吸吸鼻子，像在嗅香腸的味道。葉西熙坐在旁邊，靜靜地看著這一切，覺得有點恍然。

這幾天，他們經常像這樣安靜地待著，有時半天也說不上一句話。每天上午他倆一起去逛超市，回來合力弄好飯。飯後，便帶著苦大仇深坐在露臺上曬太陽，看看書，喝點自己調的瑪格麗特，就這麼待一下午。兩人之間話很少，或者是，可以說的話很少。距約定要離開的日子越近，他們便越沉默。可是，有些話還是不得不問。

游江南：「妳後天一早就要走，是嗎？」葉西熙點點頭，動作很輕。游江南靜默了一會兒，沒有抬眼，繼續問道：「我送妳吧。」葉西熙垂下眼，低聲道：「不用了。」游江南堅持：「沒關係。我送妳。」

陽光似乎黯淡了些。葉西熙覺得心裡有點悶悶的，說不出的滋味。雖然沒講明，但她知道這麼一走，今後兩人可能再不會見面。

葉西熙搖搖頭，振作起精神，決定說些開心的事：「明天就是你的生日了，想怎麼過？」游江南瞇著眼：「和平時一樣吧。」葉西熙急道：「不行不行，好不容易過一次生日，一定得特別一點。」游江南笑道：「那妳決定好了。」葉西熙搔頭苦想：「嗯，我要替你做一個大蛋糕，還有，還有……」

游江南笑問：「妳做蛋糕，眞的行嗎？」葉西熙不服氣：「別小看我，上次的檸檬派，你不是覺得很好吃嗎？我保證，到時候連苦大仇深都會放棄牠的香腸。」游江南笑道：「眞的？」葉西熙自信滿滿：「那當然，明天不用替牠買香腸了。」睡夢中的苦大仇深，不由自主地打了個寒噤。

第二天，午飯過後，葉西熙便開始在廚房中忙碌起來。烤蛋糕，把奶油打發，擠花，忙得個天昏地暗，終於大功告成。滿臉麵粉的葉西熙興奮地捧著蛋糕出來，道：「好了，我現在去替你做大餐。」游江南清清嗓子：「西熙，已經八點了。」葉西熙不敢置信：「什麼！」轉頭看向窗外，果然，天色已經黑了下來。沒辦法，只得叫了外賣披薩當做生日晚餐。

游江南倒不在意，但苦大仇深卻一臉哀怨——沒有買香腸也就算了，現在居然還讓牠吃這個又硬又厚的披薩！

葉西熙在蛋糕上點了蠟燭，笑道：「許個願吧。」游江南依言照做，閉上眼，隔了一會兒，便將蠟燭吹滅。葉西熙好奇：「許了什麼願？」游江南笑笑，沒說出來。葉西熙突然想到，生日願望說出來就不靈驗了，便不再追問。

游江南切了塊蛋糕，嘗了嘗，不由誇讚：「嗯，確實不錯。」葉西熙得意地一笑：「我早說過的。」也切了塊蛋糕，端給苦大仇深吃，但苦大仇深看見盤中的蛋糕，居然嚇得後退幾步。葉西熙疑道：「咦，牠怎麼不吃？不會是生病了吧。」游江南輕道：「我來看看。」

游江南喚了苦大仇深過來自己身邊，將盤子遞在牠面前。苦大仇深這才勉爲其難地吃了起來。葉西熙深感疑惑：「爲什麼牠比較喜歡你？難道牠是母的？」便將苦大仇深翻轉過身子，仔細觀察了牠的生殖器官，奇道，「明明有小弟弟的啊，難道狗狗也有同性戀？」仍處於幼兒期的苦大仇深無端受辱，飯也不吃了，一瘸一拐地走到沙發後面，默默歎息。

葉西熙問：「吃完飯，晚上要做什麼？」游江南提議：「去海灘上散散步吧。」葉西熙贊成，當下兩人來到海灘上。

夜晚的海灘別有一番風情，滿天繁星，海浪嘩嘩，異常安寧。腳下是軟軟的沙，踩在上面，人會陡然往下一陷，有種不眞實的感覺。兩人並行走著，在海灘上留下深淺不一的腳印。

游江南輕輕說道：「可惜夏天過去了，不然還可以看得見螢火蟲。我們已經是第二次錯過了。」葉西熙不解：「第二次？」游江南提醒：「上次在旅館裡，我不是答應要帶妳去看螢火蟲嗎？」葉西熙點點頭：「對啊，那天發生了很多事情。」游江南喃喃重複著：「沒錯，那天發生了很多事情。」

他們繼續往前走，海水慢慢侵襲上沙灘，但碰到兩人的腳，便適可而止地退下，這樣周而復始，形成安靜的嘩嘩聲響。

游江南忽然坦白：「其實那天，我是想以看螢火蟲爲幌子，綁架妳。」葉西熙低著頭，只應了聲：「噢。」游江南續道：「如妳所知，從一開始，我的任務就是抓到妳；從一開始，我的所有舉動、對妳說的每一句話，都是有目的的。」

不知是游江南加快了速度，還是葉西熙減慢了腳步，兩人之間漸漸有了距離。游江南急切地說：「我不是一個好人。爲了對付游子緯、爲了報仇，我也殺過人，甚至是一些無辜的人。所以，對於欺騙妳這件事，剛開始我並沒怎麼放在心上。可是後來……後來，就不一樣了……」聲音漸漸低了下去。

葉西熙啞啞地笑了一聲：「說這些幹什麼呢，後來你還不是把我給放了！」游江南喃喃說道：「不一樣，很多事情都不一樣了。」

月色清冷，灑在海面上，波光粼粼。

葉西熙默然了一會兒，輕聲道：「你以後，還會一直復仇嗎？」游江南繼續走著，沒有回話。葉西熙繼續說：「其實那天，如果你沒有救我，應該是可以殺了游子緯的，你不該爲了我……」她沒再說下去，只是低頭看著沙灘上的腳印。游江南的腳印和自己的腳印重疊著，分不清晰。

忽然，走在前面的游江南停了下來，葉西熙詫異地抬頭，迎上他清亮的目光：「如果我說，我願意放棄復仇呢？」葉西熙一時回不過神：「你說……什麼？」游江南平靜地說：「西熙，如果妳點頭，我現在就拋棄一切，我們一起離開……如果妳點頭。」他的聲音像是從很遠的地方傳來，朦朧朧的，聽不眞切。葉西熙怔怔地看著他。

月光下，游江南的臉，白得近乎透明，細緻的五官，被風吹得微微拂動的碎髮，蒙著淡淡憂鬱的眼。他的手撫上她的臉，動作輕柔得不可思議。葉西熙看見他的臉慢慢朝自己靠近，漸漸地靠近。這天的景色很美，一切都是朦朧的，眼中的所有都被蒙上一層柔柔的白，能蠱惑人神志的白。

葉西熙想起了很多事情，像是他們的第一次見面，像是他們在樹林中的對話，像是他寂落地吻著自己的手……所有的所有，都歷歷在目。他的唇覆上了她的，輕輕地碰觸著，像在對待最珍貴的寶物。

就在雙唇完全接觸的瞬間，葉西熙茫然的眼睛忽然變得清明。毫無預警地，她低下了頭。游江南眼中閃過一絲黯然。葉西熙將額頭抵在他的胸膛上，什麼也不說，什麼也不做。可是，游江南還是明白了，他牽動嘴角，淡淡地、蒼涼地一笑：「還是不行，是嗎？」葉西熙一動也不動。

游江南開口：「我一直在想，那個時候，妳是有點喜歡我的，對嗎？如果那個時候我就放棄報仇，也許妳就不會遇上夏逢泉，也許……我們可以在一起。」葉西熙看著地面，眼睛漸漸模糊。一滴眼淚落在沙灘上，「撲」的一聲，一個小小的、淺淺的坑。如果他早點放棄復仇計畫，他們會怎樣呢，是否又是另一個故事？她不知道，永遠也不知道。

游江南振作了起來：「沒關係，至少我們可以一起看螢火蟲——等我們老的時候，妳兒孫滿堂的時候，我們一起去看螢火蟲。」葉西熙點點頭，撲進他懷中，痛痛快快地哭了許久。

游江南擁著葉西熙走回別墅。

海風吹得有些冷，他爲她披上自己的衣服：「明天早點起床，我送妳。」葉西熙點點頭，眼角還有些淚痕：「明天的早餐，我替你做檸檬派。」游江南故意逗她：「這次，應該是沒加料的吧。」葉西熙皺眉：「上次也不是我加的，好不好。」游江南笑道：「問題是，妳怎麼會這麼笨，拿在手上的東西都能被人下藥？」葉西熙抗議：「不是笨，是單純。」

兩人一邊說笑著，一邊打開門。但屋內的情景卻讓他們怔住。

有個男人正閒閒地靠坐在客廳沙發上，安靜地看著他們。

夏逢泉這麼說：「好久不見。」葉西熙微詫：「你怎麼來了？」夏逢泉意味深長地說道：「我擔心妳玩得忘了時間，特地來接妳。」葉西熙反駁：「我沒有玩。我是因爲受傷了……」夏逢泉打斷葉西熙的話：「游先生，這些日子，謝謝你幫我照顧她，不敢多擾，我們告辭了。」站起身，走到她身邊，將手伸出，「走吧。」

葉西熙看了看他的手，再抬頭看看游江南，有點猶疑。夏逢泉的聲音有點冷：「怎麼，捨不得這裡？」葉西熙咬咬唇，最終將手伸到他的掌心。夏逢泉一把將她拉到自己身邊，動作有點猛，葉西熙被撞得輕喊出聲。游江南下意識地想上前一步，但最終握緊拳頭，忍住了。

夏逢泉將葉西熙身上披的那件衣服脫下，還給游江南，貌似無意地說了句：「她穿我的就行了。」然後，攬過葉西熙的肩膀，帶她離開。

苦大仇深從沙發後面悄悄伸出頭來，雖然不明白發生了什麼，但牠知道那個高音女就要走了，心中竊喜。誰知就在那兩人要走出門時，游江南將牠抱了起來，叫住他們：「把牠也帶走吧。」苦大仇深差點昏厥。

葉西熙搖搖頭：「可是，牠比較喜歡你。」苦大仇深趕緊眨巴著兩隻大眼，以示同意。游江南將苦大仇深交到葉西熙手上：「牠本來就是我買來送妳的，帶牠走吧。」苦大仇深悲痛欲絕。夏逢泉催促道：「好了，我們走吧。」葉西熙最後看了游江南一眼，抱著苦大仇深，轉身離開。

游江南站在門前，久久地站立著，直到兩人的身影消失在視線中，才慢慢踱到廚房。屋裡沒有一絲聲響，靜得讓人窒息。他沒有開燈，就坐在餐桌前，安靜地、一口口地吃著剩下的蛋糕。

他的生日願望，沒能實現。

葉西熙跟著夏逢泉上了車，兩人一起坐在後座。剛開始，她還一直在找話說，後來見夏逢泉沒怎麼搭理，也沉默了下來。只是懷中的苦大仇深因爲擔心自己落在她手中會小命不保，一直哀哀地低聲叫著，聲音確實有點惱人。

終於，夏逢泉發話：「要牠別叫了。」葉西熙看得出他心情不爽，忙拍撫著苦大仇深：「乖啊，你別叫了。放心，以後有我照顧，你不會受苦的。」就是怕讓妳照顧啊！苦大仇深一聽，叫得更歡，聲音中帶著慘烈。

葉西熙正一籌莫展，夏逢泉卻一把抓起苦大仇深，將牠提到自己眼前，面無表情地說道：「再叫一聲，我就把你從車窗扔出去。」苦大仇深被嚇得四肢僵硬，動也不敢動，更別說叫了。見牠安靜下來，夏逢泉將牠丟回葉西熙的懷中。

葉西熙和苦大仇深同時打了個寒噤。好可怕的人！

車並沒有直接開回夏家，而是停在一個私人機場。

夏逢泉打開車門，拉著葉西熙來到一架直升機前。葉西熙問：「我們要去哪裡？」夏逢泉道：「夏家的私人度假小島。」葉西熙又問：「去那裡幹嘛？」夏逢泉沒有回答，直接將葉西熙抱上了直升機，綁上安全帶，戴上耳機。

就這樣，葉西熙帶著滿腹疑問，來到了夏家的私人島嶼上。直升機將他們載到這裡後，竟不做停留，馬上離開。

葉西熙摸摸被螺旋槳強大噪音震得嗡嗡響的耳朵，問道：「其他人也來了嗎？」夏逢泉冷道：

「沒有。」葉西熙又問：「剛才的直升機，是回去接他們的嗎？」夏逢泉平靜地說：「不是。」葉西熙再問：「那他們什麼時候來？」夏逢泉停下腳步，深深地看著她：「沒有人會來。」

葉西熙笑得很不自然：「難不成，這島上只有……我們兩個？」夏逢泉冷笑：「當然不是。」葉西熙鬆了口氣。但夏逢泉接著指向地上的苦大仇深：「還有牠。」

葉西熙靜靜地看著他，忽然轉身，拔腿就跑。她不知道要跑去哪裡，但只要是遠離這個撒旦的地方就好。苦大仇深在她和夏逢泉之間猶豫了一下，最後決定跟隨葉西熙。一人一狗在草地上不顧形象地飛奔著。但夏逢泉三步併兩步便追上了他們，一手拉住葉西熙的手臂，一手捏起苦大仇深的脖子，直接拖進別墅裡。

葉西熙大喊：「不要啊！」

苦大仇深大叫：「汪汪汪！」

人和狗的淒厲叫聲，在空中交相呼應。

Chapter Five

第五章

被拖進別墅後，葉西熙心裡怦怦直跳，大叫道：「你要把我們怎麼樣？」

夏逢泉打開冰箱，拿出一大堆香腸，丟在地上：「首先，給牠吃的。」苦大仇深欣喜若狂，差點把尾巴搖斷，趕緊衝上去大吃大嚼。

看共犯也沒受到懲罰，葉西熙稍稍安下心來，問道：「那我呢？」夏逢泉關上冰箱門，眼中精光一閃：「妳會被吃。」葉西熙二話不說，轉身便跑——這彷彿已經成爲她遇見夏逢泉時的習慣性動作。

但葉西熙同時也應該習慣的是，她每次都無法成功逃脫——夏逢泉將她拽回沙發上，雙手按住她的肩膀，牢牢鎖住她的眼睛，道：「葉西熙，妳膽子眞大。」葉西熙縮成一團：「我怎麼了？」夏逢泉的目光如刀鋒般銳利：「妳居然敢逃婚！」

葉西熙慌亂道：「我可以解釋的。是因爲他們居然砍下了如靜的一截小指，拿給我，威脅說如果不跟他們走，就會殺了如靜。我當時慌了，也來不及細想……我是被逼的！」夏逢泉又問：「那之後呢？爲什麼妳會和游江南在一起？」提到「游江南」三個字時，他目光如冰。

葉西熙：「我的心臟中了一槍，他救了我……」夏逢泉眼睛一瞇：「妳心臟中了一槍？我看看。」葉西熙連忙緊緊捂住胸口：「這個，還是別看了吧。」夏逢泉繼續逼問：「這幾天，你們都幹了什麼？」葉西熙躲避著他的眼睛：「沒什麼，就吃飯，看電視，聊天。」夏逢泉不相信：「就這些？」葉西熙小聲：「嗯。」夏逢泉冷道：「既然傷好了，爲什麼不回來？」葉西熙心虛：「我……」夏逢泉的口氣還是很冷：「爲什麼不給家裡報個信？」葉西熙說不出話：「這……」

夏逢泉慢慢靠近她，聲音中沒有半點情緒：「葉西熙，妳這次眞的惹火我了。」葉西熙的身子已經縮得像隻蝦米：「你想怎麼樣？」夏逢泉眼睛閃過一道光：「那得看妳的表現。」葉西熙吞口唾沫：「什麼表現？」夏逢泉很慢很慢地眨了一下眼：「床上的表現。」說完，猛地將葉西熙放倒在沙發上，翻身壓住她。

葉西熙急得大叫：「你這隻死色狼，你只會強迫女人……快起來，好重啊！」夏逢泉不慌不忙地回應：「習慣就好。」葉西熙咒罵著：「怎麼可能習慣。夏逢泉，你混蛋，你禽獸，你……唔唔……」咒罵聲被夏逢泉用嘴堵住。

她忙將頭轉向另一邊，不讓他得逞。夏逢泉伸手制住她的臉，繼續剛才的吻。如此一來，葉西熙的右手便自由了，她趕緊摸出褲袋中的口香噴霧劑，對準夏逢泉的雙眼一噴。夏逢泉不愼中招，悶哼一聲，捂住眼睛。

葉西熙趁機猛力推開他，從沙發上爬起，向門口衝去。可是夏逢泉搶先一步，擋在大門前。葉西熙趕緊轉身，跑到廚房，匆忙之中選了一把菜刀防身。這時，夏逢泉也追了過來，眼睛有點紅紅的，不知是液體的刺激，還是憤怒。

葉西熙把菜刀橫在胸前，威脅道：「你別過來，不然我就剁掉你的罪惡之源！」話是很狠，可惜沒什麼底氣。夏逢泉根本甩都不甩她，直接走上前來。葉西熙驚嚇之下，來不及細想，直接將菜刀飛過去。夏逢泉輕輕一避，菜刀呈拋物線飛過，插在門框上。夏逢泉冷哼一聲，繼續走過來抓她：「技術差了點。」

驚恐之下，葉西熙見身邊有什麼，就扔什麼。於是，鍋碗瓢盆，油鹽醬醋，在廚房中乒乒乓乓，到處亂飛。櫥櫃上的東西丟完了，便打開冰箱，扔出裡面的食物，蘋果，葡萄，雞蛋，麵包……最高興的莫過於苦大仇深，今天對牠而言簡直就像過年，天上憑空掉下來數不清的食物，只見牠撅著個小肥屁股，忙把東西拖回沙發後面。

東西丟完了，夏逢泉毫髮未傷，氣定神閒地問道：「好玩嗎？」葉西熙撐著櫥櫃，累得直喘氣，依舊嘴硬地道：「還不錯，你想試試嗎？」夏逢泉微微一笑：「不用，有妳就夠了。」說完，快步走來，一把將葉西熙橫抱起，往樓上走去。

在樓梯處，葉西熙抓住欄杆，像抓住了一根救命的稻草，死不鬆手。夏逢泉毫不費力地就將她的手指一根根扳了下來，接著上樓。葉西熙慌了神，趕緊亂抓亂打，但心裡明白夏逢泉根本就把自己的抓打當搔癢。

可是，瞎貓也有撞上死耗子的時候。

當她不小心碰到他的腰際時，竟感到夏逢泉的身子輕輕縮了一下。難道……葉西熙試探性地伸手捏了一下他的腰，夏逢泉馬上有了很大的反應。果然，他的弱點就在這裡！葉西熙竊喜，連忙快速攻擊他的腰，不停地捏了起來。夏逢泉忍受不住，手一軟，將她放在地上。

一落地，葉西熙飛也似地往前跑，但小腿被拉住，瞬間摔倒在樓梯上。見夏逢泉想故技重施又壓上來，葉西熙連忙張開兩條長腿，用力地往他胸口一踹。夏逢泉閃避了一下，葉西熙趕緊揮動四肢往樓梯上爬。但只爬了兩階，衣服便被抓住，「刷」的一聲，一塊布料被撕了下來。

葉西熙只覺後背一涼，立刻大驚失色：「你居然敢撕我衣服？」夏逢泉不甘示弱：「妳居然敢搔我癢！」並趁機將她往下拖，葉西熙順著樓梯「篤篤篤」滑了下來。還沒來得及慘叫，夏逢泉又從背後壓了上來，握住她的雙手。這次，就算有天大的本事，她也動不了了。

夏逢泉低頭，吻著她赤裸的背脊，不慌不忙地品嘗著。葉西熙只覺得又癢又熱，難受極了，只得大叫：「夏逢泉，你就不難受嗎？」夏逢泉邊親邊答：「不會。」葉西熙氣惱：「你有我做肉墊當然不難受，可是我的底下可是硬邦邦的臺階啊！」某人輕描淡寫地回答：「忍忍就好。」說完，繼續品嘗。葉西熙強烈抗議：「我沒辦法忍，你有沒有人性啊！」夏逢泉回答得理直氣壯：「我本來就是狼。」

葉西熙見硬的不行，決定來軟的，忙道：「我不要在這裡做，身心會有陰影的，拜託到床上去啦！」夏逢泉停下來，問道：「妳會乖乖聽話？」葉西熙點頭如搗蒜。夏逢泉站起身，迅疾拉起她，扛到臥室。忽然之間，血液全倒流在腦袋，葉西熙頭昏眼花，還來不及反抗，就被扔到一張軟綿綿的大床上。

葉西熙撐起身子，揉揉自己暈乎乎的頭，這才發現整個房間有著濃濃的歐洲宮廷風，垂著紫色帷幔的高大四柱床，花紋繁複、質地厚重的地毯，還有精緻華美的家具……到處散發著濃濃的奢靡和情慾。葉西熙暗叫一聲不好：「完了，這不是往這隻色狼的慾火上澆油嗎？」

果然，夏逢泉慢慢解開自己的襯衫扣子，上了床，雙手放在她的兩側，將葉西熙圈住：「現在，我們已經到床上了。」葉西熙乾笑著：「我知道。」夏逢泉眼中閃過某種異樣的神采：「那就好。我們開始吧。」說完，將手伸到葉西熙的領口，要脫她的衣服。葉西熙忙按住他的手。

夏逢泉輕聲威脅：「怎麼，還是想回樓梯那兒？」葉西熙低眉順眼，軟下聲音：「當然不是。我想先洗澡，不然太髒了。」夏逢泉答應得很爽快：「好。」葉西熙還沒來得及鬆口氣，便聽他繼續說道，「我們一起。」

葉西熙拒絕得斬釘截鐵：「不要！」夏逢泉嘴角起了個微微的弧度，帶著危險：「不要？」葉西熙眼睛一轉，解釋道：「如果現在一起洗，等會兒就沒有神祕感了，你說是吧！」說完，趕緊學苦大仇深，眨巴著一雙亮晶晶的眼睛，直瞅著他。

夏逢泉靜靜地看了她一眼，最終點頭：「好，不過……」他下了床，打開衣櫃，找出一件黑色蕾絲內衣，薄如蟬翼，性感而誘惑，煞是眼熟——不就是上次他爲自己買下的？她當然一次也沒穿過，只是沒想到，夏逢泉居然把這內衣帶到這裡。什麼人啊！

夏逢泉命令道：「等會兒洗完澡後，換上這個。」葉西熙慌忙擺手：「這個，也太……清涼了一點吧。」接著，夏逢泉出了一個類似喝砒霜、還是上吊的選擇題：「穿這個，或者跟我一起洗，妳自己選擇吧。」葉西熙深深吸口氣，直到肺部瀕臨漲破邊緣，才從牙齒縫中迸出兩個字：「我——穿！」說完，一把奪過那件蕾絲內衣，衝進浴室。

正準備關門，夏逢泉卻將門一擋：「不能關。」葉西熙瞪著他：「爲什麼？」夏逢泉背靠門框，雙手抱在胸前，斜斜看著她：「我怕妳鎖門。」葉西熙舉起三根手指，做發誓狀：「我眞的不會鎖門。」夏逢泉揚揚眉毛。葉西熙一臉受傷：「你怎麼能不相信我呢？」夏逢泉不爲所動：「我怎麼可能相信妳呢？」葉西熙說著便去推他：「我眞的不會鎖門，你出去吧！」夏逢泉卻像鐵塔般矗立在原地不動。

葉西熙賭氣道：「不讓我關門，我就不洗了！」夏逢泉將她手一抓，做勢要拖到床上○○××：「那也好，節省點時間，來幹正事吧。」葉西熙慌了神，忙求饒：「我洗，我洗，你快放手！」夏逢泉嘴角綻開一個不露痕跡的笑，鬆開了手。

葉西熙趕緊抱著衣服縮到角落，眼中滿是不甘與無奈。夏逢泉用下巴指指浴缸：「快去吧，我等著呢。」葉西熙的眉心打了個結：「好，我不關門，但你不能看！」夏逢泉答應得挺爽快：「好。現在看了，等會兒就沒驚喜了。」說完，將身子轉了過去。

葉西熙坐在浴缸邊上，不知所措。說洗澡，不過是權宜之計，但接下來怎麼辦？乖乖地被他吃？還不如殺了她；想辦法逃走？可是哪有辦法。

葉西熙正坐立不安，夏逢泉忽然問道：「爲什麼還不放水？」葉西熙氣鼓鼓地回了一句：「馬上！」夏逢泉不慌不忙地說道：「先說好。十分鐘之內，妳還沒洗好，我就進來幫妳。」聞言，葉西熙氣得牙癢癢，但人在屋簷下，不得不低頭，趕緊放水，戰戰兢兢地脫下衣服，泡到浴缸中。

夏逢泉喊著：「葉西熙。」葉西熙不耐：「什麼？」夏逢泉說：「妳右手邊有兩種沐浴露，用橘子香味的，知道嗎！」葉西熙不解：「爲什麼？」夏逢泉回道：「我喜歡妳身上有這種味道。」聞言，葉西熙奸笑一聲，拿起另一種堅果油香味的沐浴露，洗了起來。一分鐘後，夏逢泉再次問道：「妳用的是堅果油香味的，對吧！」

葉西熙停下動作，忽然省悟，又中計了，這隻死狼！葉西熙不滿：「夏逢泉，你太奸詐了。你把我當猴子耍嗎，你怎麼可以這麼變態，你……」夏逢泉閒閒打斷她的話：「提醒一下，還剩兩分鐘。」葉西熙低聲咒罵著，趕緊從浴缸爬起，擦乾身子。看著那件內衣，始終沒勇氣換上，於是拿起自己的衣服。正要穿，卻聽見夏逢泉冷冷的聲音傳來：「如果沒穿那件內衣，後果自負。」

葉西熙毫無辦法，只得咬咬牙豁了出去，將那件內衣穿上，外面再披條浴巾，確定春光未洩，才慢吞吞走了出去。夏逢泉問：「裹這麼嚴實幹嘛？」葉西熙隨便找了個藉口：「我……冷。」眼睛四下亂轉，找尋著可以逃生的路。但還沒找到，身上的浴巾便被一扯。這下子，春光乍現。

透明的黑色布料下，曼妙的曲線若隱若現。纖細的腰肢，讓人想伸手一握。一雙筆直修長的腿，暴露在空氣中，有種不自覺的性感。她的臉因熱氣而泛紅，一滴水珠從脖子落下，沿著豐滿而好看的胸慢慢滑下，形成誘惑的痕跡。

葉西熙顯然沒注意到自己的樣子有多誘人，她只看見，夏逢泉的眼神像要將自己生吞活剝似的。葉西熙心驚膽寒：「能不能別這樣看著我？」夏逢泉淺淺一笑：「好，我不看。我只做。」說完，倏地將葉西熙打橫抱起，轉了一圈，輕輕放在床上。

那張大床異常柔軟，葉西熙像陷在棉花堆中，心裡虛虛的，沒著沒落。她扯著被單的一角遮住前胸，戒備地看著他。夏逢泉跟著上了床，跪行著，慢慢向她靠近。葉西熙的身子一點一點往後挪，直到背緊貼床頭板。而這時，夏逢泉也已經來到她跟前，一把拉開被單。葉西熙趕緊蜷曲起雙腿，想擋住自己的前胸，但這樣一來，白嫩的大腿和性感的內褲，便完全暴露在他眼前。

夏逢泉眼中暗暗跳躍著一簇火苗。葉西熙最害怕的就是他那種眼神，忙道：「你別亂來啊！」夏逢泉微笑地睇起眼：「什麼叫亂來？是這樣？」他趨近身子，親吻著她光滑的頸脖，隨後來到她高聳的渾圓前，隔著薄紗輕輕咬住她的蓓蕾，「還是這樣？」

葉西熙渾身一顫，忙不迭地推開他，但夏逢泉反手緊緊摟住她，另一隻手擠入她緊閉的雙腿之間，隔著絲質內褲撫摸她最脆弱的柔軟。葉西熙覺得夏逢泉的手指彷彿帶有強烈電流，透過那處隱私傳遍她的四肢百骸。她咬著唇，難受地擺動著身子。那種感覺帶著恥辱，帶著一種陌生的刺激，讓她恐慌。

葉西熙奮力地掙扎著，但夏逢泉就是不甘休。她眼睛一轉，癟癟嘴，嚶嚶哭了起來：「不要碰我……求你……」如她所願，夏逢泉停下了動作。葉西熙竊喜，繼續哭泣著：「嗚嗚嗚嗚，你怎麼可以這麼對我，你好過分，你眞的好過分。」夏逢泉彎起手指，替她拭去臉上的淚珠，動作很輕柔，聲音也同樣輕柔：「葉西熙，妳眞以爲我會上當嗎？」

葉西熙心中一緊，趕緊抬起自己梨花帶雨的臉，想增加眞實性。可是夏逢泉抬起她的下巴，眼中帶著情慾：「難道妳不知道，這麼做反而會讓男人更想要妳？」葉西熙確實不知道，否則也不會自投羅網了。但說什麼都太遲了，夏逢泉抓住她的腿，猛地將她拉倒在床上。

葉西熙狂呼亂叫，雙腿不停地蹬蹬蹬，不讓夏逢泉靠近自己。但夏逢泉不急不躁，覷準空隙，抓住葉西熙的玉腿，分開，將身子擠進她的雙腿之間。這個動作極盡誘惑，葉西熙又急又羞，可是卻無可奈何。夏逢泉伸出狼爪，抓住葉西熙的底褲邊緣，一扯，那少得可憐的布料便結束了它短暫的生命。葉西熙只聽見「刷」的一聲，接著，底下一陣冰涼，她的臉也「刷」的一下全白了。

夏逢泉俯下身子，葉西熙身上散發著一股甜美濃郁的堅果油香味，令人產生一種想把她吞掉的慾望。她的胸膛急遽起伏著，美麗的渾圓在輕薄的黑紗下召喚著男人最深的慾念。紅潤的嘴唇，光滑的皮膚，殘留著淚水的迷濛雙眼。夏逢泉牢牢地看著她：「妳是逃不了的。」說完，手沿著她的大腿根部，來到毫無遮攔的幽深之地。

葉西熙的小宇宙瞬間爆發：「不要！」也不知從哪裡來的力氣，竟然推開了夏逢泉。她迅速起身，準備逃命。可是還來不及下床，夏逢泉一個惡狼撲食，再次將葉西熙從背後壓住。然後，他雙手握住內衣的裙角，一個動作，葉西熙僅剩的衣物便徹底報銷。

現在，床上的她，對夏逢泉而言，是個赤裸的尤物。他執起她的手，十指交握，牢牢禁錮住那雙小貓爪。一邊親吻著她光滑的背脊，從頸脖到肩胛、到腰，順著那條性感的弧度蜿蜒。最後來到那圓潤的小翹臀，張嘴一咬。

葉西熙慘叫一聲：「夏逢泉，你幹嘛咬我屁股？」夏逢泉回答得理所當然：「我留記號。」葉西熙哭笑不得：「你變態啊！」夏逢泉湊近她耳邊，輕輕說道：「妳會習慣的。」習慣習慣，她怎麼可能習慣！葉西熙張開嘴，大叫道：「快起來，你這隻死狼，好重啊，我的胸都要被你壓平了！」見關係到自己的切身利益，夏逢泉開恩，撐起身子，移開壓在她身體的重量。

葉西熙長吁口氣，可是還沒緩過勁來，夏逢泉的魔爪便從後侵入，罩住她胸前的柔軟，輕輕撫摸著，一邊用低沉而有磁性的聲音說道：「還好，完好無損。」葉西熙轉過頭，死死瞪著他：「快放開！」夏逢泉淺淺一笑：「妳認為可能嗎？」說完，低下頭，去吻她的唇。

葉西熙趕緊將臉埋在被單中，不讓他有可乘之機。可是夏逢泉畢竟是夏逢泉，當下將她身子一翻，葉西熙的嘴避無可避，瞬間被他輕薄了去。葉西熙的注意力，由於受到同時遇襲的敏感胸部分散，再加上前車之鑑，令她不怎麼敢反抗。於是，這個吻綿長，輕柔，絲毫沒有沾染周圍的緊張氣氛，甚至帶著點悠閒。

他先是在她小巧殷紅的唇上流連，描繪著她的唇形，之後才長驅直入，進入她的溫香軟唇，攫取著她的檀香小舌，糾纏著，吮吸著，盡情而緩慢地品嘗著。同時，他的手也罩上了她的豐盈，撚弄著蓓蕾，滿意地看著她們在自己手下變得傲立挺翹。這時，他的手掌忽然感覺到一個小小的凹凸，細細一看，發現葉西熙左胸心臟處有個圓圓的子彈傷疤，粉紅色的新肉留下了永久的痕跡。

夏逢泉俯下身子，用舌頭舔舐那個傷疤，聲音中有著徹骨的冷：「是游子緯傷的妳？我不會饒過他。」在他的愛撫之下，葉西熙的呼吸漸漸變得粗濁起來，身體像著了火，燙得嚇人，她含糊地說：「很高興你這麼疼惜我，但是……夏逢泉，現在傷害我的人可是你！」夏逢泉捧著她的臉，用大拇指摩挲著她的唇，眼神灼灼：「如果這叫傷害妳，那麼我也阻止不了自己。」他將手伸到葉西熙敏感的私處，輕輕一撫，手指上沾染了她晶亮的愛液。

夏逢泉嘴角微微一勾：「看來，妳已經準備好了。」說完，他釋放了自己的堅硬，將其抵在她的花蕊處。他堅挺的慾望緊緊抵著她，蓄勢待發。那陌生的灼熱，讓葉西熙頓時清醒過來：「不要！」夏逢泉的聲音中帶著慾望特有的粗戛，他俯下身子，黑玉般的眼眸中映著她的全部：「可惜，現在已經由不得妳……也由不得我了。」他要她的全部，他說，「妳逃不了了。」夏逢泉伸手扶住自己的堅挺，調準姿勢，準備進入她，要了她。

眼見慘劇一觸即發，葉西熙突然計上心頭，將手掙脫出來放在夏逢泉的腰上，不停地捏捏捏。頓時，小夏偃旗息鼓。夏逢泉深深地吸口氣，看著她，瞳孔漸漸緊縮。葉西熙一副事不關己的樣子，末了，再加一劑重藥：「是你自己不行的！看來你家小夏不夠強壯啊，回去練好了再出來應戰吧。」說完後，她哈哈乾笑了兩聲，便乖乖地閉上嘴。因為，夏逢泉的臉色很平靜，很平靜。他說：「葉西熙，妳慘了。」然後猛地將被單撕成一條條，抓過她的手腕，緊緊綁了起來。

束手就擒？葉西熙自然不幹，忙撲過去咬他的手。夏逢泉下意識一避，葉西熙用力過猛，竟就勢摔下了床。夏逢泉忙伸手去拉，但沒注意到自己也坐在床沿，著力不穩，反而被帶了下去，手肘不小心壓到了她的左胸。葉西熙頓時慘叫一聲，捂住胸口，一臉痛苦。

夏逢泉忙問：「怎麼了？」葉西熙蜷縮起身子，聲音虛弱了起來：「你的手，碰到了我的傷口，好痛！快去我的包包找一瓶白色的藥，是止痛用的，就在客廳沙發上……快拿來，我好痛！」夏逢泉著急，忙道：「妳等等。」關心則亂，他隨意披了件睡衣便衝出房間，但在樓梯口時，猛地省悟過來。

他居然被騙了！

馬上回到樓上臥室，但房門已被死死鎖上。聽得出，裡面那個垂死的傷者正在搬動家具，抵住房門。他看著那扇棕色的門，許久之後，嘴角揚起一朵輕笑，冷道：「葉西熙，我會等妳出來的。」葉西熙在裡面這麼吼著：「我死也不會出來的！」

「我死也不會出來的！」——當葉西熙說出這句話時，並沒有把餓死也算在死的方式之中。因此當肚子餓得咕咕叫時，她想，如果現在出去，應該不算沒種。截至目前爲止，她已經獨自待在房間裡三十六個小時了，也就是說，已經三十六個小時沒有進食。

胃袋像有隻貓在抓似的，難受極了。尤其是白天的時候，夏逢泉故意在廚房替苦大仇深煎香腸，葉西熙趴在門前，聞著香味，口水流了一地。實在是太餓了，葉西熙感覺自己的耳朵開始嗡嗡作響，眼前也一陣陣發黑，胃發出敲鼓一樣的巨響。

看看窗外漆黑的天，現在已經是深夜，按理說，夏逢泉應該睡著了。所以，她只需要悄悄地出去偷點食物，再悄悄地溜回來，應該不會被抓住。葉西熙再也忍不住，小心翼翼地搬開家具，趴在門上，仔細聽了一會兒門外的動靜，覺得安全了，才慢慢把門打開。

踮著腳尖走到樓下，她頓時吸了一口涼氣——夏逢泉正躺在沙發上，不過還好，已經睡熟了。她躡手躡腳地走到廚房，發現地上空無一物，忽然想起，一定是被苦大仇深搬去藏起來了，忙來到牠的窩前，果然，一大堆食物全在那兒。

葉西熙決定撿起一大袋麵包、一袋火腿腸就往回衝，但兩隻毛茸茸的爪子卻搭在火腿腸上。葉西熙抬眼，看見苦大仇深亮晶晶的眼睛。她惡狠狠地瞪牠一眼，做了個唇語：「放手！」苦大仇深只得不甘不願地、慢吞吞地、可憐兮兮地移開爪子。

葉西熙抓起食物，轉身，正準備跑，誰知沙發上的夏逢泉忽然翻了個身。葉西熙嚇得呆住，手一鬆，東西全落在地上。幸好，他接下來沒什麼動作，葉西熙鬆了口氣，想撿起食物。誰知彎下腰，卻發現地上的食物不翼而飛。眼角餘光掃射到一個小肥屁股正一甩一甩地悄悄逃離。居然敢搶她的食物，這隻狗不想活了！葉西熙衝上去，抓住苦大仇深口中的火腿腸塑膠袋，可是牠死死咬住，就是不放鬆。

一人一狗正爭奪得熱火朝天，葉西熙的頭頂忽然傳來一個聲音：「妳還是出來了。」葉西熙背上的冷汗像蛇一樣蠕動下來，她蹲在原地，不敢回頭。夏逢泉冷冷的聲音繼續響起：「妳以爲不回頭就沒事了？」接著，她像小雞一樣被提了起來。苦大仇深用崇拜的目光看了一眼夏逢泉，接著，咬起火腿腸快速離開案發現場。

夏逢泉轉過她的身子，漆黑的眼微微瞇著：「我還以爲，妳眞的不會出來了。」葉西熙已經沒有力氣掙扎，緩緩說道：「只要給我吃的東西，你想怎樣都行。」夏逢泉摩挲著她的臉，瞳中閃過一道微光：「這可是妳說的！」

這個夏逢泉，居然用布條緊緊綁住她的雙手。

葉西熙尖叫：「放開我！」夏逢泉沒有一點內疚之情：「是妳自己說，我想怎樣都行的。」葉西熙鼓起腮幫子：「我後悔了！」夏逢泉端起一盤葉西熙最愛吃的燉小牛肉，放在她面前轉了一圈，那濃郁的香味讓她的胃都融化了。葉西熙正努力吞著口水，卻聽夏逢泉緩緩說道：「既然妳後悔，那我只有把這個給倒了。」

太殘忍了！葉西熙都要哭出來了：「不要啊！」夏逢泉嘴角微微一揚：「妳想吃嗎？」葉西熙點頭如搗蒜。夏逢泉不動聲色地笑了：「想吃很簡單。妳知道我想要什麼。」葉西熙面容扭曲，心中正進行著天人交戰。她當然知道夏逢泉要什麼，但是……拋棄尊嚴答應，還是堅貞不屈拒絕，這是個大問題。

夏逢泉轉身喊道：「既然這麼為難，我也不勉強妳了。苦大仇深，來吃宵夜吧。」苦大仇深一聽，立刻伸著舌頭歡天喜地地飛奔過來。葉西熙又氣又急，終於脫口而出：「我答應！」夏逢泉深深地看著她：「答應什麼？」葉西熙餓得快哭了：「我答應……陪你睡覺。」實在想不到，自己居然為了一份牛肉，出賣玉女的貞潔清白。葉西熙淚盈於睫。

夏逢泉淺淺一笑：「很好。苦大仇深，回去吧。」苦大仇深垂著尾巴，無精打采地往回走。夏逢泉拿起小勺，一口口地餵著葉西熙。葉西熙餓慌了，不顧形象地狼吞虎嚥，恨不得將勺子也吞下去。很快地，一大盤牛肉瞬間被消滅得乾乾淨淨，葉西熙舒服地靠在椅子上，覺得世界真是美好。

誰知，撒旦卻在這時開口：「既然妳吃飽了，那，該換我吃了吧。」葉西熙裝傻：「吃什麼？」夏逢泉拿餐巾幫她拭去嘴角醬料，輕聲說道：「妳明白的。」葉西熙故意歎口氣，道：「好吧。那你先把我的手解開。」夏逢泉拒絕：「蒸大閘蟹時必須綁草繩，才能享受到完整的美味。」

葉西熙抗議：「我又不是大閘蟹！」夏逢泉忽然一把將她抱起：「都一樣。只要妳能動，就不會甘心被我吃掉。所以，妳就認命吧。」說完，抱著獵物往樓上走去。

轉了一個圈，又回到了臥室。葉西熙覺得無比憋屈。她的雙手被牢牢綁著，放在她的頭頂，而身子卻被夏逢泉平放在床上。夏逢泉慢條斯理地脫著她的衣服。

藍色T恤的下端被撩起，纖細的腰肢顯露出來，平坦的小腹沒有一絲贅肉。繼續向上，那白色的內衣純淨而性感，將完美的渾圓包裹得恰到好處。兩根細長的肩帶覆在肩膀上，讓人有股扯下的衝動。還有那細細窄窄的鎖骨，異常俏麗。緊接著，牛仔褲的扣子被解開，拉鏈滑下，褲子也慢慢地褪了下去。纖長結實的大腿，光滑筆直的小腿，看上去無比誘人。然後，內衣飛到空中，輕飄飄地降落在地板上。胸前的豐盈解除束縛，徹底暴露在空氣中，如凝脂一般。

葉西熙開始擺動著身子。夏逢泉這麼說道：「別白費力氣了，妳不可能從我手心裡逃出去的。」他的動作緩慢而悠閒，讓葉西熙有種凌遲的錯覺。然後，全身最後一塊布料也褪了下來，她的全部呈現在夏逢泉眼前。

夏逢泉開始脫自己的襯衫，扣子一顆顆被解開，接著，他赤裸的胸膛出現在葉西熙眼前。結實，壯碩，古銅色。健美的身材不亞於雜誌、電視上任何一位性感男星。可是，葉西熙現在沒有心情觀賞，因爲——夏逢泉已經在脫褲子了！

葉西熙大驚失色，像被條毒蛇咬了一樣彈起來。但夏逢泉立即將她按下，警告道：「我希望妳能乖一點，讓自己少吃點苦頭。」葉西熙惡聲惡氣地說道：「眞是謝謝閣下的『好心』提醒！」夏逢泉回答得平心靜氣：「別這麼氣鼓鼓的，多破壞氣氛。」葉西熙咬牙切齒：「那敢情我還得說聲對不起！」夏逢泉勾起嘴角，似笑非笑：「沒關係。」

葉西熙氣得腦袋發暈，但沒暈多久，又清醒過來——夏逢泉繼續脫著褲子！

葉西熙大叫：「夏逢泉，是男人你就停下來！」夏逢泉毫不理會：「葉西熙，這種時候，停下來的就不是男人。」葉西熙開始使用激將法：「有本事，你就努力讓我自動送上門啊。強迫女人，你要不要臉！」誰知夏逢泉刀槍不入：「我有沒有本事，等會兒妳就知道了。」

葉西熙氣歪了鼻子：「夏逢泉，我討厭你！」夏逢泉語調平靜：「我知道。」葉西熙爲之氣結：「我不愛你！」夏逢泉回答得氣定神閒：「我知道。」葉西熙怒極：「爲什麼你每次都要強迫我？」夏逢泉冷道：「因爲妳每次都不合作。」

簡直是強詞奪理！

葉西熙大喊：「你這麼做有什麼意義啊？」夏逢泉一派冷靜：「有沒有意義，要做了才知道。」葉西熙快瘋了：「你懂不懂紳士，懂不懂溫柔，你根本就不是男人！」夏逢泉忽然停下了動作：「這麼說，妳喜歡紳士溫柔的類型。」葉西熙以爲出現轉機，趕緊順著他的話往下說：「沒錯！」夏逢泉的聲音有點冷：「難怪妳會對游江南念念不忘。」葉西熙生怕惹得他獸性大發，趕緊否認：「沒有到念念不忘這種地步吧，我和他只是朋友。」

夏逢泉意味深長地說道：「是嗎？我看妳和他挺親密的，又是做蛋糕，又是逛沙灘。」葉西熙趕緊提議：「那我現在也替你做蛋糕，然後我們一起去逛沙灘好了。」夏逢泉的眼睛看不出情緒：「這些，都是妳和他做過的事。現在，我們來做些你們沒做過的事吧。」說完，小夏復甦，昂然挺立，時刻準備進攻。

葉西熙慌亂起來：「你不能因爲賭氣，就犧牲我啊！」夏逢泉回道：「賭氣？」葉西熙氣呼呼地道：「難道不是嗎？一開始，我的注意力就在游江南身上，這讓從來就是佼佼者的你非常不滿，所以你發誓要比他先得到我，這樣你就贏了！你根本就把我當成工具，你根本就是在利用我，你根本……」

葉西熙的話沒能說下去，因爲夏逢泉俯下身子直視著她，漆黑的眼睛如平靜幽深的湖泊，裡面暗藏著許多她看不明白的感情：「不是這樣的。」葉西熙驚訝：「嗯？」夏逢泉緩緩說道：「我說，事情跟妳的想像，不一樣。我不會因爲這種無聊的理由，而對妳做這種事。」葉西熙張張嘴：「那……你是爲了什麼？」

夏逢泉低下頭，親吻她的額頭：「爲了這個。」接著，他吻上她的唇：「還爲了這個。」然後，那張滾燙的唇印上她的胸：「更爲了……這個。」他的吻，一路向下，在她全身蔓延開來。她的皮膚吸收著他的溫度，一點一點，滲入她的細胞、血液，積聚成一團火焰，在她體內焚燒。他的雙手覆蓋上她胸前的柔軟，輕柔地、充滿愛意地撫摸著。而他的唇，越過她的小腹，繼續向下……

一陣陣顫抖與悸動向她襲來，在她體內激盪，雖然葉西熙緊咬住嘴唇，還是漾出了輕微的呻吟。

整個房間，只餘兩人輕輕的喘息，安靜而綺靡。

夏逢泉起身，脫去自己的束縛，聲音有點壓抑的嘶啞：「葉西熙，妳是我的。」葉西熙緩慢地張開眼，眼中並不是朦朧，而是一道精光，一道打破這旖旎魔障的精光：「很可惜，我並不這麼認爲。」隨著話音，葉西熙圓潤的膝蓋以平生最大的力氣向小夏衝擊而去。

只聽得夏逢泉一聲悶哼，多災多難的小夏再次中招。葉西熙飛快地裹了條被單，向門口衝去。可是夏逢泉卻站了起來，搶先一步，攔在她面前。有沒有搞錯，在這種災難性的打擊下，他居然沒事？葉西熙簡直佩服得五體投地。但仔細一觀察，夏逢泉額上布滿冷汗、臉色慘白，而眼睛，那雙盯著她的眼睛，像在焚燒。

不是慾火，是熊熊的怒火啊！

葉西熙吞口唾沫：「你還好吧。」夏逢泉的聲音像結冰一樣：「還可以。可是，妳就不大好了。」葉西熙乾笑兩聲：「呵呵，什麼意思？」夏逢泉冷道：「意思就是，這次，我會和妳在床上待滿一整個星期。」說完，大踏步朝她走來，渾身上下充滿冷冽之氣，途經之處都彷彿結了層冰。

葉西熙明白，這次是眞眞正正撞上了鐵板，她感到腳開始發軟。忙轉身跑進浴室，用顫抖的手將門死死鎖上。然後，她退到角落中，牢牢地盯著那扇門，安靜的門。很久很久，外面都沒有動靜，一陣異樣的死寂。葉西熙甚至能聽見自己驚恐的血液在體內遊走的聲響。實在是太安靜了，越是如此，越是詭異。

葉西熙覺得心裡被什麼東西重重地壓著，喘不過氣來，神經被繃成了一條細線。忽然，「砰」的一聲巨響，浴室門豎直地倒了下來，直接鋪在地板上。夏逢泉踏著門板走了進來。一聲最慘烈的尖叫在浴室中響起：「不要啊！」

葉西熙現在的姿勢有點尷尬——雙手雙腳被綁在床沿上，身體呈「大」字形張開。赤裸的大字。葉西熙再也顧不上爭意氣，慌忙求饒：「夏逢泉，我錯了，我再也不敢了，求求你放了我！」但夏逢泉沒理會她，只是倒了杯威士忌，不慌不忙地喝了一口，然後俯下身子，嘴對嘴將酒灌入她口中。

葉西熙差點被嗆住，那琥珀色的液體讓她昏昏然。臉開始發紅，頭也有點發暈。夏逢泉的唇下滑到她胸前，用舌頭舔舐著她的嬌紅，挑逗性地轉著圈。殷紅的蓓蕾在他的肆虐下挺立，不自覺地綻放，彷彿一種無聲的、帶著背叛的回應。接著，他的手來到她的花蕊處流連輾轉，緩慢地挑逗著。她的禁地流出了背叛的汁液，她身體的每一處都開始背叛自己的意志。夏逢泉將修長的手指探入她幽深緊窒的小徑，緩慢地進出著。突如其來的刺激，讓葉西熙狂亂地擺動起身子。

夏逢泉緊緊壓住她，輕聲警告道：「如果妳再反抗，我就變成狼——如果妳喜歡人獸的話。」

葉西熙像被一盆冷水劈頭蓋臉潑下，而整個身子又像被火燃燒，說不出的憋屈與難受，忙阻止道：「夏逢泉，你這是強暴。如果你這麼做了，我一輩子都不會原諒你！」夏逢泉的氣息中帶著淡淡的酒氣，和她口中的氣味如出一轍：「是嗎？」

他話語中的無所謂，讓葉西熙的心變得透涼。實在是氣到極點，接下來才會忍不住說了一句大實話。之後的日子，每當她回想起這句話，就會悲哀地發現當時的自己確實笨得可以——她說：「如果早知道你會做出這種事，我根本就不該傻傻地跟你回來！」夏逢泉渾身的滾燙，瞬間變爲僵硬的冰冷。

他的眼神變得異常陰鷙：「後悔了，想留在游江南身邊？可惜，妳沒有這個機會了。」話音剛落，葉西熙感到下身傳來一陣撕裂般的疼痛。毫無預警地，他進入了她。夏逢泉的聲音聽上去迷離而恍惚，彷彿在很遙遠的地方，卻如咒語般縈繞不散：「葉西熙，妳永遠都是我的，永遠都是，除非我死。」

豆大的淚珠從葉西熙眼角滑下。

她看著夏逢泉，嘴唇不斷顫抖著，半晌，才嗚咽道：「好……痛！」夏逢泉的動作輕柔了許多，但依舊繼續著。她緊窒潮濕的小徑，緊緊包裹住他的慾望。那種溫熱，那種甜美，那種無法言喻的快感，讓他亢奮，讓他迷失，讓他失去理智。夏逢泉只想牢牢地抱住她，只想將她揉進自己體內，永不放手。

那入侵的異物越來越堅挺炙熱，葉西熙只覺得下體被脹滿，身體像被分成了兩半。而夏逢泉仍不停親吻著她的臉頰、她的胸，那密如雨點般的吻觸及皮膚，癢入骨髓。那種難受，無法用言語表示。她忍耐不住，掙扎著扭動起身子。

夏逢泉深喘一口氣，用低啞的聲音說道：「別動。」葉西熙哭喊道：「夏逢泉，已經夠了，你快出去！好痛，你知不知道！」夏逢泉柔聲安慰著：「我知道。乖，再忍一會兒……一會兒就好。」葉西熙徹底爆發，飆出了髒話：「你知道個屁！他媽的，眞的好痛！」夏逢泉倏地捂住她的嘴，柔聲道：「痛的話，就咬住我。」說完，繼續著迷地在她身體裡進出著。

葉西熙也絲毫不客氣，張口便咬住他的肩膀，惡狠狠地咬著，把所有的怒氣都發洩在那一口上。很快地，嘴裡蔓延出一股甜腥的氣味。夏逢泉一聲都沒哼，只是任由她發洩著。葉西熙的意識漸漸模糊，她依稀聽見自己的嚶嚶哭泣，還有夏逢泉寵溺的安慰，以及他們之間那炙熱的溫度，遍及全身。

苦大仇深非常的鬱悶。

因爲，經過一段日子的大吃大喝，他的身形逐漸走樣。今天早上，牠的屁股被沙發背夾住，差點擠不出來。鬱悶了三分鐘之後，牠決定做些開心的事情，於是一口氣吃了四根火腿腸，創造了自己的紀錄。

吃飽後，牠開始思考一件奇怪的事——這幾天，屋子裡非常安靜，女主人許久都沒有現身。只有那個陰森男會偶爾走下來，做點大餐，然後端上樓去。並且，那個陰森男這幾天的心情很不錯，居然還對自己微笑！實在是可怕。

苦大仇深用自己的小腦袋思索良久，不得要領，終於決定上樓看看。牠拖著小肥屁股，一顛一顛地爬上樓。還好，臥室門是開著的，牠縮著腦袋正準備偷窺，卻驚見一個枕頭向門口這邊砸來，趕緊轉身，連滾帶爬地滑下樓梯。

而門裡面，葉西熙正破口大罵：「夏逢泉，你有完沒完，都已經連續做了一個星期了，你不煩我都煩了！」夏逢泉上身赤裸，半坐著靠在床頭，腰部以下被閒閒地掩住，依舊讓人想像得出被單下的性感。

他伸手攬過葉西熙的肩膀，將她拉入自己懷中，同時一雙大手罩上她的胸部，那嬌柔的豐盈在他掌中變換著形狀。他的嘴角勾起一個魅惑的笑，對她的抱怨置若罔聞。葉西熙忍無可忍，惡聲惡氣地詛咒道：「小心你精盡人亡！」夏逢泉淡淡回擊，威力不小：「謝謝妳的提醒。不過，大概到那個時候，妳也命不久矣了。」

葉西熙瞪著他，雙眼開始放毒箭。因爲這個色魔說得一點也沒錯，到時候，她應該早被他折騰得死去活來了。想到這兒，葉西熙氣不打一處來，用力拍開他的魔爪，怒道：「你這隻大色狼，還好意思說這種話，難道你沒有一點內疚的心情嗎？」夏逢泉的雙手枕在腦後，淺笑一聲：「爲什麼要內疚？我做了什麼嗎？」

葉西熙忿忿地數落著他的罪行：「你還裝蒜！這一個星期以來，只要我醒著，你就睜著那雙綠油油的眼睛，撲上來壓著我，不停地做做做……」夏逢泉輕輕打斷她的話：「妳說得不對。」葉西熙憤然：「哪裡不對，你還敢狡辯！」夏逢泉淡淡瞥她一眼：「我是指，就算妳沒清醒，我也在壓著妳，不停地做做做。」葉西熙：「……」

難怪每次醒來，骨頭都像散了架，原來是這隻禽獸幹的！葉西熙的肺差點氣炸，但極力忍耐下來，繼續道：「凡事都該有節制，你知不知道自己的這種行爲，造成了我極大的痛苦。」夏逢泉皺眉：「怎麼，那裡還痛嗎？」爲了引起他的重視，葉西熙做出痛苦的表情：「當然！」夏逢泉一臉關切：「快讓我看看。」葉西熙趕緊捂住被子：「不用了，不用了。」光天化日之下，被他看了去，那還不羞死！

夏逢泉說著就要掀開被子：「別害羞，讓我檢查一下，好給妳擦點藥。」在那裡擦藥？葉西熙慌了神，忙說出實話：「不痛苦，不痛苦，一點也不痛苦，是我騙你的。」夏逢泉眼睛眨了眨：「這樣啊。既然不痛，也就是說，我可以隨心所欲了。」居然被反將一軍，葉西熙有種被愚弄的感覺，什麼一臉關切，簡直就是天方夜譚！

葉西熙痛斥道：「夏逢泉，你太過分了，簡直就是把我當充氣娃娃，只要還剩一口氣，保持溫度就行！」夏逢泉道：「我知道妳累，所以連飯也端來床上餵妳吃，還抱妳去浴室幫妳洗澡，什麼也不讓妳動手。」葉西熙哭笑不得：「拜託，我吃完了飯，還沒歇息，你又撲上來吃我。還有，幫我洗澡的時候，你的手為什麼要摸那些不該摸的地方！」夏逢泉轉移話題，下了床：「妳提醒了我——洗澡水放好了。」

看見那一片春光，葉西熙趕緊捂住眼：「夏逢泉，拜託你披件衣服好不好？」夏逢泉揚起眉毛，戲謔地說道：「妳摸都摸了，怎麼還害羞，連看都不敢看？」葉西熙漲紅了臉：「那是被你強迫的！」夏逢泉鼓勵道：「以前的事就別再提了，重要的是現在。」葉西熙不解：「那現在要幹什麼？」夏逢泉眼中精光一閃：「現在，去浴室。」說完，在葉西熙的大叫聲中，夏逢泉將她抱進了浴室。

半圓形的按摩浴缸，很寬大，足夠兩個人在裡面折騰。夏逢泉靠在浴缸邊緣，將葉西熙囚禁在他的雙腿之間，低頭親吻著她的香肩。而一雙手也沒閒著，不停撫弄著她胸前的柔軟。在清澈的水下，她的渾圓在他的大掌中做著無謂的掙扎，一眼看去，有種純淨的情慾。

他的唇沿著她的肩，順著溫潤的曲線，慢慢地一直滑到手掌。他親吻著她的手心，親吻著那些神祕的紋路，帶著虔誠與愛憐。葉西熙的臉變得更加紅潤，因為熱氣，因為體內的悸動，她的呼吸有點急促：「夏逢泉。」夏逢泉的唇轉移到她的背脊，黑綢一般的髮貼在她光滑的皮膚上，讓人著迷：「嗯？」

葉西熙問：「你什麼時候才能……放了我？」夏逢泉答：「我並沒有關著妳，妳想走隨時都可以。」葉西熙氣惱：「怎麼走？這可是在孤島上，什麼交通工具都沒有，難不成你要我游回去？」

夏逢泉微笑：「既然如此，就讓我們倆好好待上一段日子吧。」葉西熙抱怨：「已經待了這麼久，整天就做一件事，你不膩嗎？」夏逢泉奸笑：「看來，妳還是沒有品嘗到這件事的甜美。不如，我來幫幫妳吧。」

夏逢泉環住葉西熙的腰，倏地一個轉身，兩人的位置對調——現在，葉西熙的背部緊緊貼著浴缸邊緣，無路可逃。夏逢泉分開她的雙腿，將身子擠入，姿勢異常曖昧。

葉西熙推打著他的胸膛：「你就不怕腎虧嗎？」夏逢泉湊近她耳邊，輕輕咬了咬她的耳垂：「關於這點，妳完全可以放心，狼人是沒有這方面顧慮的。也就是說……只要我們願意，就可以永無休止地做下去，而妳……也得永無休止地配合。」永無休止地配合！還不如殺了她算了。葉西熙如遭雷殛，呆愣在原地，腦子裡茫然一片。

可是沒恍神多久，下體傳來的異樣刺激，讓她回過神來。夏逢泉將手指伸入她狹小的甬道中，揉撚著，撥弄著她最敏感的花瓣。葉西熙嬌喘吁吁：「你……幹什麼？」夏逢泉輕咬上她嬌俏的鼻尖，聲音充滿著綺靡：「幫妳清洗。裡面，不是有我的東西嗎？」他瞇眼看著她。

整個她，皮膚被熱氣薰得透紅，粉嫩一片，讓他愛不釋手。那最美妙的小徑緊緊吸著他的手指，那種炙熱，那種潤滑，讓他不堪忍受。夏逢泉將自己早已昂然的慾望抵住她的柔嫩，緩緩地摩挲著，讓她體內升起一股羞於言語的慾念。

但與此同時，葉西熙的眼睛卻逐漸清明起來。如果坐以待斃，那麼今後鐵定會被他折磨死。她必須想辦法離開這個島，然後再找機會逃離這個色魔。

夏逢泉握住自己的堅挺，緩緩送入她的花蕊深處。那感覺一如既往地讓他瘋狂，但是，葉西熙這次並沒有像往常一樣反抗，她選擇了配合。修長的雙腿緊緊環住他的腰，纖細的玉臂也摟住了他的頸子，而那潔白整齊的貝齒也覆上他的耳垂，輕輕一咬。

夏逢泉頗有深意地問道：「葉西熙，妳很不對勁呢。」葉西熙微微一笑，然後向他的耳朵裡呼了一口氣：「怎麼了？這些不都是你教我的嗎？」夏逢泉只覺得渾身一緊，額上立刻布滿了隱忍的汗，用低啞的聲音說道：「這招……可不是我教妳的。」「我自學的。」葉西熙眼中閃過一絲得意，高中時偷偷摸摸看的A片終於在今天派上用場了，所以說，人要好學。

夏逢泉眼中精光一閃，猛地捏住她的下巴，沉聲道：「妳又有什麼陰謀。」居然被看穿了，葉西熙趕緊裝委屈，囁嚅道：「沒有啊，你怎麼可以說這種話，我好傷心好難過好無助好痛苦啊。」夏逢泉完全不吃這套，他一個挺身，將自己的亢奮送入她體內更深處。突如其來的刺激，讓葉西熙忍不住輕喚出聲。

夏逢泉冷眼看著她：「葉西熙，別讓我逼妳說出來。」葉西熙心中一千個一萬個不服氣，她最討厭的就是這一點。這個死夏逢泉，永遠只會命令她，永遠只會掠奪，永遠只會威脅。她多想扇他兩個耳光，再對準他的胯下用力地踹踹踹，讓他下輩子都不舉！可是，從這幾天的悲慘經歷看來，和他硬碰硬，只會死得很慘。

因此，她選擇坦白：「我想回家。」夏逢泉揚揚眉毛：「記住，妳是我的未婚妻，所以，夏家就是妳的家。」葉西熙故意垂下眼，濃密的睫毛上有著晶瑩的水珠，細聲細氣地說道：「我的意思是，我想見我爸……這些日子發生了這麼多事，他一定很擔心。」

夏逢泉的口氣軟了一點：「放心，我已經給表姑丈打了電話，告訴他，妳和我在一起。」葉西熙乘勝追擊：「但是，我已經很久沒見到我爸了，我想和他見一面。」夏逢泉臉上不動聲色。葉西熙放軟聲音，柔道：「拜託你，讓我們父女見一面啦。」夏逢泉看著她，微微一笑：「那，妳想怎麼感謝我呢？」

葉西熙臉上閃過一絲媚意，低下頭，蜻蜓點水般地吻著他強壯的胸膛。那柔軟的唇在堅硬的肌肉上遊走，兩相交融，以柔化剛。她覷準時機，伸出丁香小舌，有一下沒一下地輕舔著他的皮膚，極盡誘惑。

就在這一瞬間，夏逢泉渾身一緊，呼吸也變得急促起來。葉西熙明白，她成功了。夏逢泉抱住她的腰，開始狂野地在她體內衝刺，霸道地律動起來。葉西熙也緊緊環著他，感受著他的悸動，整個身體不由自主地隨著他的節奏舞動。翻滾的水花，濃郁的香氣，濛濛上升的霧氣，還有兩副糾纏的赤裸身體。男人的低吼，女人的嬌吟交織在一起，再也無法分清……

終於，夏逢泉履行承諾，第二天一早就叫來直升機，載他們離開小島，然後又坐上回家的車。

但是——

夏逢泉問：「怎麼不高興？」葉西熙鼓起腮，生悶氣：「你明明知道的，還問。」虧了，虧了，實在是太虧了！昨天在浴室居然要她配合整整三次，命都快沒了！這個夏逢泉，簡直不是人。

夏逢泉淺淺一笑：「是妳先誘惑我的。」葉西熙瞪著他，咕噥道：「可是你用得著這麼狠嗎，我差點暈過去了！就算是充氣娃娃，也會用壞的。」夏逢泉將她拉到自己懷裡：「好了，下次我會注意的。」還有下次？你做夢吧！葉西熙揚揚嘴角，只要一回家，這麼多人都在的情況下，夏逢泉就算有天大的本事，也不能為所欲為了，嘿嘿嘿嘿嘿。

夏逢泉問：「妳幹嘛傻笑？」葉西熙趕緊扯住嘴角：「有嗎？沒有吧。」夏逢泉意味深長地看著她：「葉西熙，不管妳有什麼詭計，結果都只會是失敗。」葉西熙移開眼睛，看向車窗外熟悉的景色，暗暗捏起拳頭，走著瞧！

終於，到家了。一下車，葉西熙便掙脫夏逢泉的手，衝進屋裡。

第一個來迎接她的，果然是圍著圍裙的阿寬。葉西熙撲上去抱住阿寬的腰，那種熟悉的、溫馨的感覺讓她淚盈於睫。而阿寬的第一句話是：「丫頭，妳怎麼二次發育了，居然有三十四D！」葉西熙額上滲出一顆豆大的冷汗。還沒來得及開口反駁，夏逢泉的聲音傳來：「是我的功勞。」葉西熙踉蹌了一下，勉力站穩。阿寬拍拍夏逢泉的肩膀，一臉讚賞：「哎呀，真不愧是我教出來的孩子，有前途！」

葉西熙再也承受不住，倒地不起。看來，指望阿寬是不可能的了。一個熟悉的聲音在她背後響起：「西熙？」葉西熙驚喜地回頭，果然是父親！她忙奔入父親懷中，激動得熱淚盈眶。哇哇哇，好委屈啊，差一點點，她就被夏逢泉吃得連骨頭都不剩，客死孤島了。

葉家和柔聲道：「西熙，逢泉已經把事情經過都告訴我了。雖然當時妳是爲了救朋友才這麼做，但實在是太魯莽了。還好逢泉找到了妳，否則還不知道會怎麼樣呢。以後無論做什麼事，都必須和大夥商量，萬萬不能輕舉妄動，明白了嗎？」

葉西熙很想大喊，就算是落入游子緯手中，也比落入夏逢泉手中好一百倍啊。可是最終沒這個膽子，只能點點頭：「我知道錯了。」夏鴻天趕緊打圓場：「好了，西熙才剛回來，也累了。讓她休息一會兒，等一下就開飯了。」

葉西熙眼睛一轉，悄聲對父親說道：「爸，我有話對你說。」葉家和不明白：「什麼？」葉西熙想低調些：「到我房間來說吧。」葉家和無奈地笑笑，被葉西熙拉上了樓：「這孩子，什麼事這麼神祕？」而這一切都被夏逢泉看在眼中，他臉上露出一種饒有興味的笑容。

這邊廂，阿寬抱起苦大仇深，問道：「這隻小母狗是從哪裡來的？」苦大仇深哀叫一聲。人家有小雞雞好不好！

夏虛元走過來，從阿寬懷中接過苦大仇深，輕輕地撫摸著牠的毛髮：「阿寬，牠是公的。看，毛茸茸的臉蛋，胖胖的小腿，肥肥的屁股，多可愛。」苦大仇深笑開懷。運氣不壞啊，居然遇上一個白衣飄飄、又喜愛小動物的帥哥。但快樂的時間沒維持多久，這位帥哥繼續摸著他的皮毛，嘴角露出一絲詭祕的笑：「尤其是這張皮，質感眞好，簡直讓人迫不及待想剝下來呢。」苦大仇深嚇得全身的毛都豎立起來。媽媽咪呀，要剝牠的皮？

夏徐媛將牠從夏虛元的懷中解救出來，嬌聲道：「別打牠的主意。乖，別理會這些怪人，跟姐姐去房間玩。」從鬼門關轉了一圈，苦大仇深感動得五體投地。這個家裡總算有正常人了，還是個大美女。好感動啊。於是，苦大仇深依偎在夏徐媛懷中上了樓。

看著他倆的背影，阿寬長歎口氣，夏虛元微微一笑。

一分鐘後——「汪！」隨著一道慘絕人寰的狗叫聲，苦大仇深從樓上屁滾尿流地狂奔下來，躲進了沙發後面，怎麼也拉不出來。樓梯上的夏徐媛，取下臉上戴著的猙獰可怕綠鬼面具，捲了捲腮邊的髮：「這隻狗的膽子還眞小，有必要逃得這麼快嗎？」

葉西熙拉著父親來到自己的房間。

葉家和好奇：「西熙，妳想跟我說什麼？」葉西熙猶豫了一下，問道：「爸，你什麼時候走？」葉家和逗趣道：「怎麼，嫌爸爸礙眼了？」葉西熙連忙否認：「怎麼可能！」葉家和寵溺地摸摸女兒的頭髮：「好了好了，跟妳說笑呢，看妳急得臉都紅了。」當然急了，到時候，夏逢泉肯定又會無法無天，把她往死裡蹂躪啊！

葉家和不再說笑：「我跟妳表舅商量了一下，覺得游子緯那邊最近動作太多，不太安全，所以妳和逢泉的婚禮還是延期舉行比較好。現在既然妳沒事，我就放心了，再加上研究所的事情也多，我打算明天就離開。」

葉西熙懇求道：「爸，讓我跟你一起走吧！」葉家和溫聲道：「西熙，別任性，妳現在已經是別人的未婚妻了。逢泉是個好孩子，穩重、有責任感，對妳也很好，要珍惜啊。」珍惜？葉西熙拉住父親的手，不停地搖著：「爸，你不要丟下我，我和夏逢泉沒有感情。」嗯……只有姦情。

葉西熙開始曉之以情：「爸，你想看我嫁給一個我不愛的人嗎？當初你和媽媽都敢於私奔，追求愛情，難不成現在要我遵從媒妁之言，父母之命？」葉家和看著女兒，嚴肅地問道：「西熙，妳是不是喜歡上別人了？」葉西熙愣了一下，腦海中閃過一個白色的寂寥身影，但很快地，那身影便消失不見。她搖搖頭：「沒有，不關其他人的事。」

葉家和不解：「那妳爲什麼這麼堅持要離開？」葉西熙咬牙切齒地數落夏逢泉的不是：「因爲夏逢泉啊。他太過分，整天就知道罵我笨蛋，沒事就對我拳打腳踢。還有，非常不尊重小動物，經常對我的小狗橫眉豎目，大呼小喝的。也不想想，他自己也是犬科動物好不好！」葉家和難以相信：「他對妳拳打腳踢？」葉西熙咬咬下唇：「這個……稍稍誇張了一點，但也差不多吧。」她胸前、背上的唇印，看上去不就像拳打腳踢留下的痕跡嗎？

葉西熙哀求：「爸，我現在也沒辦法去上學了，整天待在這裡又算什麼呢？你就讓我跟你去研究所學點東西嘛，將來好繼承你的衣缽，好不好？你總不希望我將來成爲一隻米蟲吧？」葉家和有點動搖：「這個……」

葉西熙繼續遊說：「爸，你就答應吧。塞弗研究所地址隱密，游子緯的勢力不可能伸到那麼遠的，所以，我在那裡也是一樣安全啊。而且，距離產生美感，我和夏逢泉分開一陣子，說不定會看他順眼些呢！」葉西熙沒有說出口的是，他們彼此會看順眼的機率，近似於零。

葉家和思索良久，覺得女兒的話也有一定的道理，便點頭答應：「好吧。」葉西熙高興得跳起來。葉家和囑咐道：「不過，妳必須好好跟逢泉解釋清楚，別讓他誤會。」葉西熙打著哈哈：「會的會的！」

飯菜弄好，一家人坐在餐桌前，吃了起來。

葉西熙覺得很奇怪，今天，苦大仇深似乎特別黏她，一直躲在她的腳下。葉西熙疑惑：「咦，這隻狗是怎麼了，難道生病了，怎麼一直在發抖？」阿寬、夏徐媛、夏虛元露出一個意味深長的微笑，異口同聲道：「誰知道？」

明明就是這三個害的，居然還裝無辜。苦大仇深氣得差點吐血。現在看來，屋子裡唯一正常一些的，依然是這個高音女。幾害相權，取其輕。苦大仇深決定從此投靠葉西熙。

這一天，葉西熙寸步不離地待在父親身邊，一直躲著夏逢泉。直到晚飯過後，父親去書房和舅舅談話，才落了單，獨自一人坐在游泳池邊。

天氣已有了深深的涼意，葉西熙把腳浸在水中，頓時感到一種酣暢淋漓的快感。但這種快樂沒能維持多久——水面倒映出了夏逢泉的影子。葉西熙心中咯噔一聲，忙頓頓神，轉身裝沒事：「咦，你來了。」夏逢泉揚揚眉毛：「怎麼，不想見到我？」被猜中了，但爲了表面和平，葉西熙只得微笑：「你在說什麼啊？」

夏逢泉雙手抱在胸前：「不是嗎？今天一整天，妳都在躲我。」葉西熙開始裝無辜：「躲你？有嗎？沒有吧。對了，一定是和我爸久別重逢，太激動，就忽略了你。」不是她孬種，只是還沒成功出逃之前，她可不想讓夏逢泉看出自己的打算，否則後果堪憂啊。

夏逢泉平靜地笑笑：「原來是這樣。那麼，妳要和表姑丈一起去塞弗研究所，又是怎麼一回事？」葉西熙倒吸一口冷氣。果然，還是被他知道了，但還是繼續裝蒜吧：「啊，塞弗研究所？呵呵，我怎麼會去那裡呢？」夏逢泉蹲下身子，直視著她：「那麼，妳願意現在去表姑丈面前，說妳下午講的那番話，都是假的嗎？」

葉西熙氣憤：「你居然偷聽？」夏逢泉反擊：「妳居然想偷逃？」葉西熙眨眨眼：「不是偷逃。我是想，既然我們一時半刻也結不成婚，不如我先去研究所歷練一下，做點對社會有貢獻的事情。等到要舉辦婚禮時，我再回來，這樣不是很好嗎？」夏逢泉冷笑：「到時候妳還會回來嗎？」葉西熙乾笑：「怎麼會不回來呢？」

夏逢泉眼睛一瞇，倏地將她拉入自己懷中，很近很近地望著她：「記住，妳已經是我的人了。

妳身體的每一處，我都知道得一清二楚；同樣地，妳腦子裡的想法，我也知道得一清二楚。」葉西熙被他的態度激怒，回瞪著他：「上一兩次床而已，有什麼大不了的？」夏逢泉貼近她，氣息在她的臉邊縈繞：「不只一兩次吧。而且，如果妳認爲上床沒什麼了不起，爲什麼還這麼抗拒呢？」提起這個，葉西熙就雙目冒火：「因爲那關係著自尊！」

夏逢泉的聲音也冷了下來：「那麼，妳是一定要去了？」葉西熙挑釁：「如果我說是，你要怎樣？」夏逢泉猛地抓住她的手腕，眼睛一沉：「葉西熙，妳別惹我。」葉西熙微微一笑：「抱歉，這可不是在那座孤島上了。」說完，大聲對著書房叫道：「舅舅，夏逢泉欺負我！」

話音剛落，夏鴻天便打開窗戶，探出身子，皺眉道：「逢泉，你幹嘛欺負西熙？」夏逢泉放開葉西熙的手，抬頭解釋道：「沒什麼，爸，我們在鬧著玩呢。」夏鴻天叮囑完畢，又關上窗子：「對西熙好一點，人家明天就要走了。」

這時，葉西熙早已跑到距離夏逢泉三公尺遠的地方，眼中閃爍著小小的得意。夏逢泉搖搖頭：「葉西熙，妳還眞幼稚，居然打小報告。」葉西熙向他吐吐舌頭：「你還不是吃這套？」夏逢泉看著她，忽然很慢很慢地閉了一下眼：「很好，我們之間的遊戲又開始了。」

狠話雖然撂下了，但葉西熙依舊忐忑不安。如果就這麼算了，那麼夏逢泉也不會叫夏逢泉了。這個晚上，葉西熙做足了準備，將窗戶鎖得死死的，門也關得牢牢的，還把手機拿在手邊，預備一有風吹草動就向人求救。

一切準備就緒，她灌下一大壺咖啡，讓自己保持絕對的清醒，等待著惡魔的襲擊，不，是色魔。但一個晚上過去，居然太平無事。好不容易熬到早上，葉西熙搖搖晃晃、睡眼朦朧地拖著行李箱下樓，卻發現所有的人都已洗漱完畢，坐在餐桌前。而夏逢泉，居然閒閒地讀著報紙，看也不看自己一眼。葉西熙頓感謝天謝地。

葉家和仔細看了看女兒，擔憂地皺皺眉：「西熙，妳臉色很差呢。」葉西熙走上前去拉起父親：「沒關係。爸，我們快走吧！」夏鴻天笑道：「欸，別慌。時間來得及，先把早飯吃了，我送你們去機場。」阿寬也道：「對啊，西熙，我煮了妳最愛吃的蓮子羹呢。」實在是盛情難卻，再加上葉西熙喝了一整夜的咖啡，肚子也餓了，於是坐下用最快的速度把蓮子羹嗑完。

現在的她，就像隻被囚禁了一輩子的鳥，籠子門已經大開，就等著一飛沖天了。葉西熙神色激動，迫不及待，手腳冰涼，眼睛發紅。待葉家和放下筷子，馬上拉著他往外衝，頭也不回地說道：「各位再見，電話、網路視訊聯絡。」夏逢泉靜靜地坐著，眼睛也不抬。

還沒走出家門，葉西熙忽然停住，肩膀逐漸變得僵硬。接著，沒等眾人回過神來，她竟以百米衝刺的速度奔進洗手間。沒多久，裡面傳出一陣驚天動地的嘔吐聲。苦大仇深從睡夢中驚醒，伸出小腦袋，四下張望。

夏徐媛放下筷子，看著夏虛元：「這是唯一一件比你吃噴血的牛肉還要噁心的事。」夏虛元聳聳肩，繼續切著盤中那塊血淋淋的牛肉。阿寬面向牆壁，一臉內疚。而夏逢泉——他的嘴角揚起了一個靜謐的笑。
一分鐘後，葉西熙若無其事，或是裝作若無其事地走出來：「沒事，吃太多了。」說完，繼續拉著父親走。但僅僅走了幾步，她又猛地捂住嘴，奔到洗手間去，大嘔特嘔起來。
葉家和與夏鴻天面面相覷，兩人同時轉向夏逢泉，狐疑地問道：「逢泉？」夏逢泉放下餐巾，揚揚眉毛：「嗯？」夏鴻天試探性地問：「你和西熙……」夏逢泉肯定地回答：「沒錯。」夏鴻天吃驚地問：「什麼時候？」夏逢泉冷靜地答：「大約……兩個月前開始的。」夏鴻天驚喜加上猶疑：「這麼說……難道？」某人裝蒜：「難道什麼？」夏鴻天笑得合不攏嘴：「傻孩子，你要做爸爸了！」某人繼續假裝恍然大悟：「爸，你是指，西熙懷孕了？難怪最近她總想吃酸的，而且情緒起伏這麼大，跟我吵了一架後就非鬧著去美國。」
葉家和與夏鴻天對視一眼，得出共識——葉西熙必須留在這裡。葉西熙從洗手間出來，卻沒發現外面的局勢已經產生翻天覆地的變化。
葉西熙迫不及待地催促道：「爸，我們走吧。」葉家和呵呵一笑：「噢，是要走。不過，是分開走——我去機場，妳去醫院。」葉西熙趕緊擺手：「我沒事的，只是吃多了而已。」夏鴻天笑著搖搖頭：「傻孩子，妳哪裡是吃多了，妳呀，是要爲我們夏家添長孫了。」葉西熙驚得眼睛都快掉出來了：「什麼？」
她用微微顫抖的手摸了摸小腹——平坦無比。腦子裡忽然一片清明，自己和夏逢泉發生關係不過是在一週以前，就算不幸中招，怎麼可能這麼快就有反應？

葉西熙忙否認：「沒有沒有，我怎麼可能懷孕？」夏鴻天與葉家和一臉心知肚明：「妳和逢泉的事，我們已經知道了。」葉西熙欲言又止：「可是，我們……」葉家和問：「你們什麼？」葉西熙急得跳腳：「我們……我們……」我們一週前才開始上的床，但這句話怎麼也說不出口。就在此時，夏逢泉走到她背後，緩慢地問道：「對啊，我們怎麼？」葉西熙深深吸口氣，張大嘴，又閉上，最終挫敗地長歎口氣：「我們……」當著父親和舅舅的面說出這種話，不如殺了她算了。

於是，葉西熙只能無力地重申：「我發誓，我沒有懷孕。」葉家和低頭看了看手錶，道：「有沒有懷孕，得去醫院檢查才知道。西熙，我已經和研究所的人約好了，現在得走了。妳記住，乖乖去醫院檢查，有了好消息，我會儘快抽空回來看妳的！」

葉西熙正想上前拖住父親的手，夏逢泉卻從背後抱住她，雙手緊緊箍住她的腰，還將下巴枕在她肩上。外人看來，這不過是情侶間的親暱動作，但只有葉西熙知道夏逢泉暗中使的力有多大，就算真有了小孩，也被他給擠出來了。

葉西熙喊道：「不要啊，爸！」夏鴻天安慰著：「西熙，別擔心，我送妳爸爸去機場。」葉西熙苦情地喊：「不要啊，舅舅！」但葉家和與夏鴻天兩人沉浸在即將做外公爺爺的喜悅中，對耳邊的哀號完全不加理會，相攜著走出了大門。

葉西熙頓時覺得世界一片冰天雪地，凍得牙齒直顫。夏逢泉冷冷的聲音在她頭頂響起：「葉西熙，遊戲結束了。」葉西熙四下張望了一番，覺得屋子裡人挺多的，便壯了壯膽子，道：「光天化日之下，你想做甚？」夏逢泉勾起嘴角：「等會兒妳就知道了。」

葉西熙哼了一聲：「你以爲現在只有我們兩個人嗎？他們都會幫我的。對不對，阿寬？」阿寬摸摸耳朵：「哎呀，耳朵怎麼忽然聽不見了，眞是奇怪。我還是去廚房看看吧。」

葉西熙氣結，趕緊向夏徐媛發出求救信號。夏徐媛嬌慵地伸個懶腰，道：「昨晚沒睡好，眼睛都腫了，什麼也看不清楚。算了，還是去睡個回籠覺吧。」

又一個叛徒！葉西熙不死心，將目光投向最後一個人。夏虛元繼續切著那盤帶血的牛肉，沒有抬頭，輕輕說道：「西熙，我可是夏虛元。」

葉西熙徹底絕望。

色魔的聲音在她耳邊迴響著：「現在，妳還想依靠誰呢？」葉西熙眼中透出一股決絕：「靠我自己！」說完，狠狠踩了夏逢泉一腳，趁他鬆手之際一溜煙往樓上自己的房間跑去。

耳邊有著呼呼風聲，心臟像要從嘴裡蹦出來，葉西熙狂奔著衝進房間，轉身去關門。只要一個動作，只要一個響聲，她就安全了。可是——門被抵住，夏逢泉把門抵住了。葉西熙如被一盆冷水迎頭澆下，全身涼透。哪裡敵得過他的力氣？門被撞了開來。

夏逢泉，一步步向她走來。夏逢泉不慌不忙地問道：「還有什麼招式？哭，鬧，踢，咬，求饒……還有什麼是妳沒玩過的？」臉上有閒適，有自得，就像……一隻貓。一隻玩弄著爪下奄奄一息老鼠的貓。

看著他的逼近，葉西熙慌了神，忙爬上窗臺，威脅道：「你別過來，不然我就跳下去了！」夏逢泉揚揚眉毛：「葉西熙，妳是不是電視劇看多了？」葉西熙皺眉：「你不相信？」夏逢泉停下腳步，倚著床柱，閒閒說道：「別怪我沒警告妳。這裡雖然只是二樓，但底下可是水泥地面，比妳的骨頭硬得多。如果妳是屁股著地，弄不好會下半身癱瘓，躺在床上，不能動彈。那時候，我想做什麼，做多少次都可以。」葉西熙：「……」什麼人啊，她都癱瘓了，居然還想著要○○××！

趁著葉西熙失神，夏逢泉忽然快速奔上前去，想抓住她。但葉西熙省悟得快，倏地站到窗臺上，大聲道：「夏逢泉，你別逼我！」這招果然有效，夏逢泉停下了動作。兩人，就這麼大眼瞪小眼地僵持著。

而樓下，正在設賭局。阿寬拿出鈔票，壓在桌子上：「我坐莊，賭他們這對冤家沒有兩個小時，不會下來。」夏徐媛用藕色指甲劃了劃下巴：「那麼……我也跟著吧。」夏虛元淡淡一笑：「你們這麼相信逢泉？我賭他們很快就會下來。」阿寬一臉自豪：「我當然相信他，逢泉可是我這個情聖一手調教出來的。」夏徐媛看了阿寬三秒鐘，果斷地將錢拿回來：「我還是跟著虛元押好了。」阿寬：「……」

而樓上的兩人，繼續僵持著。站久了，葉西熙的小腿有點痠，便用一隻腳撐起身體，另一隻腳彎曲著。這樣的姿勢看起來很危險。夏逢泉眼睛一瞇：「葉西熙，妳快給我過來。」葉西熙不服氣：「夏逢泉，你快給我出去。」兩人依舊在原地踏步。

葉西熙瞪著他：「剛才我會吐，是你聯合阿寬搞的鬼，對不對？」夏逢泉道：「還有虛元。是他給的藥。」葉西熙氣惱：「你太過分了！」夏逢泉反問：「妳不過分嗎？」葉西熙激動起來：「夏逢泉，不准你惡人先告狀，一切都是你搞出來的！從認識你的第一天起，你就是這個樣子。看不起我，欺負我，把我當成玩具，沒事就拿來逗弄一下。我又不是你的奴隸，爲什麼不能反抗，你又有什麼好生氣的？」

話說出來，果然舒服多了。

可是夏逢泉的臉色有點不對勁，他靜靜地看著她，緩緩說道：「因爲妳要離開。」葉西熙一時沒反應過來：「什麼？」夏逢泉重複道：「我之所以生氣，是因爲妳要離開。」葉西熙頓了一下，半晌才問：「爲什麼你不希望我走……是因爲一時半刻找不到女人？」夏逢泉的下頜緊了緊：「葉西熙，別逼我打妳。」

葉西熙縮縮脖子：「那是爲了什麼？」夏逢泉看著她，看得很深：「一個男人不想讓一個女人走，原因不是很簡單嗎？」葉西熙不敢置信：「你，該不會是，喜歡我？」夏逢泉以問代答：「不然妳以爲，我爲什麼要跟妳上床？」葉西熙回答得理所當然：「因爲，你是色狼啊。我以爲，你不會放過身邊任何一個女人。」夏逢泉：「……」

葉西熙正正經經地問道：「夏逢泉，你是不是眞的喜歡我？」夏逢泉的聲音低沉，帶著磁性：

「如果……我說是呢。」葉西熙深深吸口氣：「那你就不要再強迫我。」夏逢泉淺淺一笑：「不可能。」葉西熙炸起來：「爲什麼不可能？」夏逢泉淡淡說道：「因爲那樣妳就會走遠。」葉西熙威脅：「可是，你再這麼強迫我，我會走得更遠。」夏逢泉不慌不忙地說道：「女人的身體在哪裡，她的心也不會飛得太遠。」

葉西熙跟他卯上了：「很可惜，我不是普通女人。」夏逢泉靜靜反擊：「沒關係，我也不是普通男人。」葉西熙撐不住了：「你究竟想怎樣？如果你是眞的喜歡我，爲什麼我們不能像普通情侶那樣，安安靜靜地談場戀愛？你讓我一步，我讓你一步，不就好了？」

夏逢泉的嘴角上揚，但這一次，絕不是嘲笑。

他說：「因爲我是夏逢泉，而妳，則是葉西熙。」葉西熙愣住，許久之後，也會心地笑了。沒錯，因爲他是夏逢泉，霸道的夏逢泉。因爲她是葉西熙，被寵壞的葉西熙。她不要他的強勢，他拒絕她的反抗。所以，他依舊會強迫……而她，依舊會逃離。除非其中一人會退讓，可惜，他們身上流淌的都是夏家不服輸的血液。

葉西熙問：「那現在我們該怎麼辦？」夏逢泉開出條件：「如果妳肯以實際行動認錯，我就不追究了。」葉西熙自然明白他指的是什麼，一口回絕：「不可能。」夏逢泉問：「那麼，妳想在窗臺上待多久？」葉西熙說：「直到你離開我房間爲止。」

夏逢泉閒閒道：「妳知道，我什麼時候才會離開妳的房間？」葉西熙問：「什麼時候？」夏逢泉答：「懲罰了妳之後。」葉西熙聳聳肩：「那麼，我們只能這麼繼續站下去了。」夏逢泉點點頭：「好。」

兩人再次對峙。

時間一分一秒過去。葉西熙有點熬不住了。偷眼往下望了望，雖然只是二樓，卻高得讓人發暈。而地面光溜溜的，確實硬得可以。

她深深吸口氣，道：「夏逢泉。」夏逢泉好整以暇地回應：「嗯？」葉西熙咬咬唇：「如果我答應你再也不會逃跑，這次可不可以就這麼算了？」夏逢泉輕輕勾起嘴角：「我能夠相信妳嗎？」葉西熙舉起三根手指：「我發誓。」夏逢泉看著她，隔了許久，終於說道：「好，如果下次妳再敢動逃跑的念頭，我會對妳重溫在島上做過的事。」葉西熙放下心來：「一言爲定。」夏逢泉走近，把手伸給她：「下來吧。」

葉西熙正準備蹲下身，忽然覺得背後有陣翅膀扇動聲，轉頭一看，不知從哪裡飛來一隻白鴿，正直直地朝她衝來！葉西熙尖叫一聲，身子一避，腳下一個踩空，頓時跌了下去——「咚」的一聲，墜落在後花園中，降落地點正對著樓下客廳。夏虛元和夏徐媛微笑著伸出手：「阿寬，你輸了。」阿寬心疼得直掉淚：「逢泉，我白教你了！」

葉西熙沒死，但並非沒事——左小腿骨折。現在，她只能躺在床上，吊著左腳，痛苦萬狀。夏逢泉將湯勺送到她嘴邊：「喝點豬骨湯，這是阿寬特地爲妳熬的。」葉西熙緊緊閉著嘴：「不喝。」夏逢泉揚揚眉：「爲什麼？」

葉西熙總結了兩點原因：「第一，這是對你害我墜樓的無聲抗議。第二，這湯味道太怪。」夏逢泉推翻了她的兩個理由：「第一，是妳自己爬上窗臺，自己摔下去的。第二，湯的功能是補身體，不是零食，就算味道怪，也是理所當然。」但葉西熙還是死死抿著嘴。

夏逢泉把湯放下，閒閒說道：「不吃算了。妳的腿越晚恢復，就有越多時間待在床上，而我就越能爲所欲爲。」話音剛落，葉西熙連忙搶過碗，捏著鼻子，咕嚕咕嚕喝了個碗底朝天。夏逢泉道：「速度挺快的。」葉西熙將空碗遞給他：「您太抬舉了。」可是夏逢泉沒有要離開的意思，依舊坐在床邊。

葉西熙輕咳一聲：「我要睡覺了。」夏逢泉問：「妳的意思是，要我陪妳睡嗎？」葉西熙眉頭抽搐了一下：「我不是這個意思好不好！」夏逢泉問：「那幹嘛說這種讓人誤會的話？」葉西熙：「……」夏逢泉起身：「我去洗澡。」葉西熙舉雙手贊成：「慢走不送。」夏逢泉看她一眼：「爲什麼要送？我就在這裡洗。」葉西熙：「……」

浴室中不斷傳來水的嘩嘩聲。葉西熙盯著天花板，心裡七上八下的。現在的她，就像隻被拴住手腳的大閘蟹，任人宰割。夏逢泉會放過她嗎？不過，念在她都傷成這樣了，他應該不會再逼她做劇烈運動了吧。

正在忐忑，浴室門開了。夏逢泉走了出來。他身穿黑色絲綢睡衣，閃爍著暗暗的流光，與肌膚異常貼合，清晰地勾勒出他誘人的身體輪廓。

葉西熙縮了縮身子：「你想幹什麼？」夏逢泉不說話，逕直朝她走來。葉西熙心中一陣絕望，決定不再做無謂的反抗，於是張開雙臂，道：「你奪得走我的身體，卻奪不走我的心。」房間裡先是一陣沉默，隔了一會兒，夏逢泉平靜的聲音傳來：「葉西熙，我只是想在這張床上睡覺。」葉西熙睜眼，發現夏逢泉躺在她身邊，眼中帶著戲謔地看著她。

被耍了！但，只要不被吃就好。葉西熙安下心來，猶疑地問道：「你幹嘛在這裡睡？」夏逢泉一手攬過她的肩膀，讓她睡在自己懷中：「我喜歡。」擔心他陰沉氣發作，葉西熙不敢反抗。

葉西熙的臉貼著他的胸膛，被一個硬物弄得很不舒服，仔細一看，發現是那顆牙齒項鍊。葉西熙好奇：「這牙齒是誰的？爲什麼你總是戴在身上？」夏逢泉也低頭看去：「這是我小時候掉的第一顆牙。」葉西熙笑道：「你好念舊，我掉的牙齒都扔了。」夏逢泉淡淡說道：「這顆牙齒，是個提醒。它是被人打下來的。」葉西熙笑得合不攏嘴：「你也有被人欺負的時候？哈哈哈哈哈。」夏逢泉冷冷瞄她一眼，葉西熙頓時噤聲。

隔了一會兒，好奇心使然，葉西熙忍不住問道：「那你後來怎麼報復他？」夏逢泉道：「我不能報復。她是我的長輩。」葉西熙試探性地問道：「但你不會就此罷手吧。」夏逢泉點點頭：「沒錯，我發誓以後一定會把她孩子的牙齒打下來一顆。」葉西熙問：「那，打下來了嗎？」夏逢泉看了她一眼：「沒有。」葉西熙不解：「爲什麼？」夏逢泉瞇起眼：「因爲她生的是個女兒。」葉西熙頓時對他刮目相看：「原來你也懂憐香惜玉？」夏逢泉深深地看著她：「很可惜，她女兒不是香，也不是玉。」葉西熙漸漸覺得有點不對勁：「這個女兒現在在哪裡？」夏逢泉沒有作聲，只是看著她，一直看著她。葉西熙乾笑兩聲：「你該不會想說，那個人是我吧。」夏逢泉點點頭。

葉西熙呆住，隔了好一會兒，才回過神來，情不自禁地鼓起掌：「我太佩服我媽了。」夏逢泉問：「妳只有這句話想說嗎？」葉西熙想了想，眼神變得疑惑起來：「你強迫我，就是爲了報復？」夏逢泉淡淡否認：「如果我想報復一個女人，我會另外找方法。」葉西熙不解：「例如？」夏逢泉冷道：「例如，我把徐媛嫁給了慕容品。」葉西熙好奇：「徐媛怎麼惹到你了？」夏逢泉眼裡閃過一道光：「她到處發放我小時候的裸照。」葉西熙睜大眼：「你居然拍裸照！」夏逢泉補充：「是妳媽媽，我的姑姑強迫拍的。」葉西熙大笑之餘，再次對母親肅然起敬。

夏逢泉的聲音不惱不火，讓人猜不透他的心思：「笑夠了嗎？」葉西熙再次噤聲。夏逢泉繼續說道：「不過，我不得不承認，妳媽媽確實是很厲害的一個人……居然能讓花花公子改邪歸正。」葉西熙激動起來：「花花公子？誰誰誰？」夏逢泉給出提示：「他就住在我們家。」葉西熙彈了彈手指：「住在這裡……舅舅！」夏逢泉「嘖」了一聲：「妳果然很沒想像力。」

葉西熙困惑：「不對嗎？難道是……虛元？」夏逢泉耐著性子：「妳媽媽離開家裡時，他還沒出生。」葉西熙想了想，恍然大悟：「不是舅舅，也不是虛元，是你！」夏逢泉警告：「葉西熙，想保住妳另一條腿，就別亂說話。」葉西熙撓撓頭，遲疑地問道：「你不要告訴我，那個人是……阿寬？」夏逢泉靜靜說道：「很抱歉，正是阿寬。」

葉西熙像被一道雷擊中，瞬間烤焦：「阿寬？阿寬？阿寬？」夏逢泉一字一句地說道：「我只想回答一遍，就是他。」葉西熙覺得不可思議：「這怎麼可能呢？」夏逢泉緩緩說道：「阿寬並不是我們家的傭人。他其實是我媽媽的幼弟，也就是我的小舅舅。」又得知一個驚悚的消息，葉西熙已經連話都忘記該怎麼說了。夏逢泉總結道：「總之，我想說的就是，妳媽媽確實是個很厲害的女人。」然後熄掉檯燈，低聲說道，「睡吧……晚上要喝水、要上廁所，就叫我一聲。」

房間陷入了黑暗，葉西熙被夏逢泉牢牢地抱在懷中，聽著他沉穩規律的心跳聲，瞬間明白了。原來，他是爲了方便就近照顧她，才來和她一起睡的。葉西熙心中有種陌生的異樣，似乎有點溫暖。但幾分鐘後，那種感覺瞬間消失無蹤——

夏逢泉喊道：「葉西熙。」葉西熙出聲：「嗯？」夏逢泉閒閒地說：「妳的胸部最近好像縮水了。」葉西熙：「……」

而此刻，在他們隔壁的房間中，夏徐媛正坐在浴室馬桶上，有生以來第一次這麼失魂落魄。而罪魁禍首則是她手中的驗孕棒——上面有兩條紅線。她，懷，孕，了。

Side Story

番外 遙想姑姑、阿寬與逢泉的二三事

話說逢泉一個月大時。

姑姑：「阿寬，阿寬，快來看逢泉啊！」阿寬：「來了，來了。小聲點，別把他吵醒了。」

姑姑：「妳看他，鼻子好挺。」阿寬：「嗯。」

姑姑：「眼睛好亮。」阿寬：「嗯。」

姑姑：「嘴巴好紅。」阿寬：「嗯。」

姑姑：「簡直長得和我一模一樣啊！」

阿寬：「……妳是想誇自己吧。」

姑姑：「你再看看他的腿，胖胖短短的，你也來捏一捏。」阿寬：「我看看，咦，好軟啊，真好玩。」

姑姑：「還可以隨便扳成各種形狀唷。」阿寬：「眞的耶，呵呵，逢泉好厲害。」
姑姑：「對啊，對啊。看，先變成直角，再變成直線，還可以變成……」
啰嚓——
阿寬：「茉心。」姑姑：「……嗯。」
阿寬：「妳，有沒有聽見什麼聲音？」姑姑：「好像有耶，是『啰嚓』的聲音。這聽起來，好像是骨折的聲音。」
阿寬：「難道是……逢泉？」姑姑：「……他的腿被我扳斷了？」
阿寬：「沒錯，該怎麼辦，他哭得這麼凶，一定很痛。」姑姑：「那個……沒關係啦。他是狼人，癒合能力很強的。我們走吧，別讓人發現了！」
阿寬：「茉心，等我！」
剛滿月的逢泉：「哇哇哇哇哇哇！」

話說逢泉一歲時。

阿寬：「茉心，妳看，逢泉會變身了，好可愛，像隻小狗……欸，妳怎麼悶悶不樂的？」姑姑：「凱莉生的小寶貝夭折了，牠最近都一直趴著，好沒精神。」
阿寬：「凱莉？就是妳養的那隻狗？眞可憐，別難過了。」姑姑：「眞想從哪裡弄一隻小狗給牠養……欸，你剛才說，逢泉像小狗？」
阿寬：「妳該不會想……」姑姑：「嘿嘿，還是你瞭解我。」
變身成功的小逢泉，睜著一雙無害的眼睛，看著姑姑和小舅舅把自己抱到後院。
姑姑：「莉利，我把寶寶送來給妳了……欸，凱莉，妳幹嘛，妳的毛為什麼要豎起來，妳別齜牙啊。不要跑過來，啊，救命啊！」
兩人氣喘吁吁地跑回屋裡去。
阿寬：「還好沒事，早就警告過妳不行的。逢泉身上沒有凱莉的氣味，牠當然會把他當成仇敵啊。」姑姑：「我錯了。」
阿寬：「咦，逢泉呢？」姑姑：「我以為你抱著他的。」
阿寬：「不是一直是妳抱著的嗎？」姑姑：「難道……」
此時，後院的狗窩中，一歲的小逢泉：「哇哇哇哇哇！」

話說逢泉五歲時。
姑姑：「阿寬，阿寬，我下午沒課，一起出去玩怎麼樣！」阿寬：「不行，我姊姊要我們陪逢泉去拔牙。」
姑姑：「啊，他的牙怎麼了？」阿寬：「逢泉新的門牙冒出來了，但舊的還紋絲不動，所以已經預約了醫生，下午去拔。」

姑姑：「那好吧……逢泉！」

五歲的、有點叛逆的逢泉，冷冷地問：「你們兩個，又想幹什麼？」阿寬、姑姑大怒道：「你這孩子太沒有禮貌了，怎麼可以這樣對我們說話，我們可是你的長輩！你……」

五歲的、有點叛逆的逢泉，緩慢地說：「弄斷我的腿，把我放進狗窩，做飯時燒掉我的頭髮，玩飛刀時捅穿我的手……」阿寬、姑姑的氣焰立即消滅，垂下頭：「我們不是故意的。」

五歲的、有點叛逆的逢泉，冷哼一聲：「你們叫我幹什麼？」阿寬：「你媽媽叫我們陪你去醫院拔牙。」

五歲的、有點叛逆的逢泉，抵死不從：「我不要你們陪我去！」姑姑：「不准走！」

五歲的、有點叛逆的逢泉，反抗著：「放開我！」

姑姪二人在樓梯口拉扯著。

阿寬：「小心腳下！」

突然──「咚」的一聲。

阿寬、姑姑內疚地從樓梯上伸出頭往下看：「逢泉，你沒事吧，有沒有摔傷？」

五歲的、剛剛跌落了人生中第一顆牙齒的逢泉：「……」

Side Story

番外　妖女與惡狼

哈佛大學圖書館中。

一名金髮女郎正目不轉睛地看著前面的東方男子。忽然，肩膀上被一拍，她嚇得尖叫一聲。眾人側目，讓她窘迫異常。回頭才發現，惡作劇之人是自己的好友，不由埋怨道：「妳幹嘛？」褐髮女郎小聲道：「我還問妳幹嘛呢！不看書，只顧著看人。別怪我沒提醒妳，下週就要考試了，過不了，沃維克教授可是會讓妳好看的。」

金髮女郎趕緊將好友拉到身邊坐下，指著前面，悄聲說道：「別管什麼考試了，快來看，看那個男的。」

順著她手指的方向，褐髮女郎看見前面桌子坐著一名年輕的東方男子。文質彬彬，英俊挺秀，臉龐在淡藍色燈罩的襯映下，顯得書卷氣十足。黑色的髮微微垂在額邊，在西方人眼中，更增添一股神祕與古典。只是，很少有人發現，他那薄薄的鏡片後隱隱藏著一股冷傲。

褐髮女郎認出了他：「那不是法學院的高材生慕容品嗎？」金髮女郎忙催促：「他是妳的朋友？快介紹我們倆認識。」褐髮女郎道：「我也跟他沒說過話，怎麼介紹？他是法學院公認最有前途的學生，每一科都得Ａ，就連最嚴苛的強納森教授也對他讚不絕口。他的個性很溫和，跟周圍同學相處得十分融洽，人緣也很好。而且，聽小道消息說，他是中國皇族的後裔。」

金髮女郎驚喜，又急忙問道：「那不就是王子？他有女朋友嗎？」褐髮女郎續道：「暫時沒有。不過，聽說塞麗娜對他有好感，一直在追求他。」金髮女郎追問：「那個千金小姐塞麗娜？哈里曼家族的塞麗娜？」接著，褐髮女郎以一句話作結：「沒錯，王子總是會娶公主的，正好配一對，我們這種凡夫俗子還是別攪和了。」而此時慕容品也做完了功課，收拾好東西，在眾人的默默注視中離去。

走出圖書館，慕容品來到停車場。當看見自己的車時，他停下了腳步——車身、車窗玻璃上用口紅畫滿了叉，整輛車像有無數道流血的傷口，放眼望去，煞是恐怖。而其他的車，絲毫無損。慕容品的同學兼好友埃布爾走了過來，看見這種情景，嚇一大跳：「慕容，你的車，太勁爆了吧。」慕容品問道：「你知道是誰幹的嗎？」埃布爾想了許久，也不得其解：「沒見你跟誰有仇啊。」有個聲音在他們背後響起：「是夏徐媛。」兩人回頭一看，發現說話的是一個清秀漂亮的男人，薄薄的雙眼皮，高挺俊秀的鼻梁，嘴角抿著一絲不清晰的笑。

慕容品問：「夏徐媛？我和她根本不認識，為什麼她要這麼做？」男子回答：「不清楚，可

能是你占用了她的停車位吧。」慕容品道：「這停車場是公用的。」男子微笑：「但她可不這麼

想。」慕容品生疑：「那你是怎麼知道的？」男子遞給他幾張照片：「看看這個吧。」慕容品一

看，上面是一個嫵媚高眺的女人，正拿著口紅隨意畫著自己的車。

證據確鑿。

慕容品再抬頭時，那男子已經不見。埃布爾記了起來：「夏徐媛，好像之前的確有人看過她拿口紅塗別人的車。」慕容品問：「夏徐媛究竟是什麼人？」埃布爾用手肘碰碰好友，眨眨眼：「她啊，是今年的新生，長得漂亮，身材也辣，只是玩得很瘋。聽說，經常有不同男人在她家過夜。只是她爲什麼要來惹你呢，是不是看上你了，想引起你注意？」慕容品搖搖頭：「我猜，她是被剛才那個人陷害的。」埃布爾疑惑：「剛才那人？」

慕容品分析著：「誰會這麼閒拍下別人的犯罪行爲，然後等著受害者出現，把證據拿給他呢？」埃布爾點點頭：「欸，還是你明理。不然，報復錯了人可就不好了。」慕容品冷然：「不會報復錯對象的。」埃布爾不解：「什麼意思？」慕容品：「不論是否被人陷害，夏徐媛弄花了我的車，這的確是事實。」埃布爾小聲問道：「所以呢？」慕容品眼睛微微一瞇：「所以，她要小心了。」

第二天，上完課，夏徐媛來到停車場，當看見自己的車時，停住了腳步，手中的鑰匙掉在地上。她的車，她的黑色藍寶基尼，被漆成了——粉紅色，華麗麗的粉紅色跑車。空氣中飄盪著新鮮

的油漆味。有個聲音在她背後響起：「想知道是誰做的嗎？」不用回頭，夏徐媛也知道來人就是和自己鬥了十八年氣的雙胞胎弟弟——夏虛元。

夏徐媛深深吸了口氣，稍稍平復一下心情，才轉身問道：「是誰？」夏虛元遞給她一疊照片：「慕容品。」夏徐媛仔細一看，上面是一個英俊的男人，正動作優雅地爲她的愛車塗油漆，粉紅色的油漆。夏徐媛輕輕問道：「我和他無冤無仇，爲什麼他要這麼做？」夏虛元提醒：「並非無冤無仇，忘了嗎，妳替他的車塗了口紅。」夏徐媛恍然大悟：「我塗的明明是你的……是你搞的鬼？」夏虛元說明：「沒錯，很不巧，他的車和我的車一模一樣。」夏徐媛喊道：「但是車牌……」夏虛元淺淺一笑：「我提前換了，等妳畫完，再換回來。」

夏徐媛搖搖頭：「夏虛元，你不覺得自己太過分了嗎！我之所以會畫花你的車，全怪你在我粉底液裡面加料，害我的臉過敏。」夏虛元反擊：「而我之所以這麼做，是因爲妳殺了我最愛的寵物。」夏徐媛揉揉太陽穴：「誰知道那隻蟑螂會是你的寵物啊！」夏虛元靜靜控訴著：「所以妳就一個鍋鏟下去，把牠給殺死。牠黑色的身體被拍扁，白色的體液被擠壓出來，六隻細小的腳還不斷地痙攣著，妳知道我看見時是什麼心情嗎？」

夏徐媛輕撫胸口，忍住噁心，岔開話題：「那個和蟑螂一樣噁心的慕容品，究竟是什麼人？」夏虛元道：「很厲害的人。怎麼，妳想報復他？」夏徐媛撫摸著精緻的下巴，柔媚地一笑：「沒錯，雖然是你搞的鬼，但直接罪犯是他。慕容品，你要小心了。」

白髮蒼蒼的強納森教授口氣嚴厲：「慕容品，你太令我失望了。最近你究竟是怎麼了？三天前被人看見在酒吧和人打架，兩天前被人看見在商店偷東西；昨天更過分，居然做出侮辱沃維克教授的舉動。」慕容品解釋：「教授，我已經說過很多遍了。這些事情發生時，我一直在家，根本沒有外出。」強納森教授厲道：「如果前幾天的事是有人造謠，那麼昨天呢？沃維克教授總不可能隨便污衊你吧。」慕容品不再作聲，他明白，拿不出證據，再辯解也沒用。

面對自己的愛徒，強納森教授口氣軟了下來：「慕容，我明白做為學校少數幾個最優秀的學生，你的壓力很大，積聚到一定程度，爲了發洩，的確可能做出一些不當行爲。這是我熟識的一名心理醫生的名片，你去找他，他應該能幫助你。另外，學校方面我已經幫你求了情，念在你一向表現優異，這次的事情就算了。」事已至此，慕容品只能吃下這個啞巴虧，他起身向教授道謝，然後走了出去。

一出門，埃布爾忙上來問道：「怎麼樣？」慕容品靜靜說道：「要我去看心理醫生。」埃布爾遲疑地問道：「唉，慕容，你該不會眞的患了心理疾病，才會忘記自己做過那些事吧。」慕容品搖搖頭，面上波瀾不驚，看不出他在想什麼。埃布爾皺眉：「不是我懷疑你，只是那些目擊者都發誓自己看見的確實是你。難不成，世上眞有和你長得一模一樣的人，而且還故意來這裡整你？」

聞言，慕容品心中一動，問道：「你之前告訴過我，經常有人看見不同的男人從夏徐媛的屋子走出來，那麼，那些人是否見過這些男人進去呢？」埃布爾回憶了一下：「這個……好像沒有。但既然出來了，必定得先走進去吧……欸，你問這個幹什麼？」慕容品不動聲色地一笑：「沒事，沒什麼。」

夜深人靜。月亮躲在雲層後，到處都是黝黯的。

一幢獨立洋房的二樓窗邊，有個人正拿著望眼鏡觀察對街鄰居的一舉一動。

埃布爾清清嗓子：「那個……慕容，你買下夏徐媛對面的房子，搬進來，就是為了偷窺她。你不覺得……這樣很像變態嗎？」慕容品保持監視姿勢，道：「不會。我倒覺得，那個被我觀察的女人更像變態。」埃布爾不解：「什麼意思？」慕容品道：「我覺得她有變裝癖，甚至還有變性癖。」埃布爾驚疑：「啊？」

慕容品眼睛一瞇：「我看，其他人平時看見的不同男人，都是她假扮的。同樣地，那個和我長得一模一樣壞事做盡的人，也是她。」埃布爾感到不可思議：「怎麼可能？怎麼可能有這麼神奇的技術？」慕容品輕聲說道：「在這個世界上，還有許多你不明白的事情。」兩人正說著話，對街的大門忽然打開。

慕容品機靈地躲在窗簾後，清楚看見從屋裡出來一個熟悉的身影。無比熟悉。他每次照鏡子時都會看見的。那是他，另一個慕容品，由夏徐媛假扮的慕容品。

夏徐媛來到城裡最熱鬧的酒吧。前幾天幹了不少壞事，把那個慕容品耍得夠嗆，雖然開心，但玩遊戲也要適可而止，因此她決定今天是最後一次冒充他。既然是最後一次，就要玩得大一點，她決定把慕容品塑造成色情狂。想到這兒，她將襯衫扣子解開兩顆，露出以特殊塑膠製成的胸肌，逼眞而有彈性。

來到舞池中央，看準一個性感女郎，夏徐媛將手悄悄伸入她的裙中，在她屁股上一捏。那性感女郎帶著一臉憤怒與厭惡回頭。夏徐媛暗喜，期待著她打慕容品耳光，罵慕容品色狼；反正她戴著面具，打到也不痛。但性感女郎看清她，或說看清慕容品的外貌之後，馬上換了副表情，媚眼水汪汪地拋過來，同時手也像蛇一般纏上她的肩膀。性感女郎問：「你家，還是我家？」夏徐媛忙掙脫開，來到吧檯邊，要了杯酒壓驚。平靜一會兒心情後，決定繼續遊戲，又進入舞池猥褻美女。

這天晚上，吧檯酒保傑克感到很奇怪。他實在不明白，爲什麼這個男人每次從舞池回來，臉色就更加不好。而夏徐媛更不明白，無論她猥褻哪個美女，最終都會被自動投懷送抱。這個男人的皮相有這麼好？簡直不可思議。她喝下今晚的第七杯酒，但還是不認輸，眼睛四下觀望著，找尋獵物。功夫不負有心人，終於讓她尋到了。

吧檯另一端，有個強壯高大的男人正和女友卿卿我我。夏徐媛嘴角露出一絲奸笑，隨後起身來到那對情侶身邊，手朝那女的胸部摸去。這樣一來，她男友肯定火冒三丈，讓慕容品吃不了兜著走。但剛伸出的手，卻被另一隻手牢牢抓住，懸在半空中。她抬頭，看見來人，眼睛一下睜得老大，如遇鬼魅。旁邊那個差點慘遭毒手的女孩看著兩人，不由歎道：「好相像的雙胞胎啊！」

沒錯，來人就是慕容品。

夏徐媛覺得，今晚的運氣還眞壞，不僅陷害人不成，還被抓個正著。她認爲現在應該趕快逃，手卻被緊緊抓住，掙脫不開。慕容品微微一笑：「弟弟，跟我來一趟吧。」就這樣，夏徐媛被他拽進了男廁所。慕容品將她推進一個隔間裡，將門緊緊一鎖。小小的隔間裝著兩個身材差不多的大男人，頓時變得擁擠起來。

夏徐媛認爲既然被抓住，也不能透露身分，否則下場更慘。可是慕容品看著她，開門見山地說道：「夏徐媛，我終於抓到妳了。」

夏徐媛還認爲，如果被看出身分，那麼必須咬緊牙關，打死也不承認。但慕容品眼睛中露出一絲冷冽的光：「不說話嗎？那麼，得罪了。」

夏徐媛最後認爲，這個男人雖然討厭，但至少外表看來還是個翩翩君子。結果，慕容品一把將她的襯衫撕開，一排鈕扣就這麼落在地上，發出叮叮的聲響。接著，他撫上她的胸，探究地摩挲著：「看來肌肉都是塑膠製成的。那麼，身高呢？」他脫下她的鞋子，發現那是特製的，穿上便能立即增高十公分。當然，現在脫下之後，她就矮了他一大截。

最後，他捧起她的臉，找到耳背後的黏口，一扯，將整個面具頭套撕了下來。夏徐媛那俏麗明豔的臉頰呈現在他眼前。眼角眉梢都透著嫵媚，臉部的每個線條都顯示著嬌柔，呼出的每一口氣都能勾去人的魂魄。她朝他嬌媚地一笑，一雙眼氤氳著風情，慕容品竟有片刻的失神。不是不知道她長得什麼模樣，只是忽然間這麼近距離地看，不由得讓他驚豔。但，有的驚豔是致命的。

夏徐媛問：「摸完了，是嗎？」聲音嬌嬌軟軟的，讓人感覺異常舒服。慕容品還沒回過神來，便感覺到自己的重要部位被偷襲了，招式是那種前無古人後無來者式的毒辣。常人通常使用猴子摘桃，而這招全名叫做九陰白骨爪毀屍滅跡式取桃，目的和功效是讓人斷子絕孫。一向鎮靜自若的慕容品蹲下身子，臉色一會兒紅，一會兒白，一會兒青，一會兒紫。那種痛苦已經超出了言語所能形容的範疇。

但千萬別以爲言語是無用的，它可以用於精神上的凌遲，例如——「哎呀，眞是不好意思，海綿體捏壞了嗎？血管萎縮，血液不能流通了嗎？從此只能維持如棉花般柔軟的狀態了嗎？」夏徐媛輕蹙黛眉，無比惋惜，或者裝作無比惋惜地說道，「怎麼辦？如果一個男人的下面沒用了，那不是比死還難受？」

眾所周知，慕容品的口才極好，「口若懸河」這個成語根本就是爲他發明的。可是現在，他心中縱有千言萬語也說不出來。於是，只能任由夏徐媛繼續說道：「那麼，你就慢慢在這裡休息吧，我先走了。」說完，跨過他，走了出去。

看著漸漸遠去的窈窕身影，慕容品明白，他倆結下的梁子，這輩子是解不開了。看著蹲在地上的慕容品那冷冽的眼神，夏徐媛也明白他絕不會善罷甘休。

因此，這些日子她都小心地留意著。可是過了一個星期，慕容品依舊沒什麼動靜，甚至有次兩人擦肩而過，他竟對她視若無睹。難道果真像別人說的，男人的小頭影響大頭，現在小慕容受挫，大慕容也喪失了鬥志？想到這兒，夏徐媛無比懊悔——當初下手應該狠一點的。但效果也不差，至少得了幾天清靜日子。

夏徐媛嬌慵地伸個懶腰，拿出小粉鏡照了照，發現口紅掉了不少，便將手伸入風衣口袋，準備掏出唇彩補妝。但是，她伸入口袋中的手卻碰觸到幾個小小的、滑滑的、有著許多條腿的東西。她瞬間渾身冰涼。那些東西順著夏徐媛的手背慢慢爬了出來，展現在她眼前。亮油油的殼，六條腿，一對觸鬚，就像她不久前曾一鍋鏟打死的夏虛元的寵物。學名叫蜚蠊，俗稱蟑螂，暱稱小強，那生存了三點二億年居然還沒滅絕的生物。

夏徐媛沒有尖叫。可是她背後的女生尖叫了：「啊！小姐，妳的帽子裡面……好多蟑螂啊！」沒錯，她的帽子、口袋全都裝滿了蟑螂卵，時間一到，便孵化了出來。夏徐媛看著身上不斷爬出的小蟑螂，非常平靜地笑了笑。然後，雙眼一閉，暈了過去。

夏虛元回家時，天色已晚。

今天醫學院接到通知，有兩具屍體無人認領，於是柳無盡連忙興奮地帶領著更加興奮的他，跑去把屍體拖回來，然後激動地解剖了一整個下午。打開門，發現屋裡沒開燈，一片黝黯。他也懶得動，直接在桌邊坐下。桌上有盤點心，是加了巧克力碎粒的蛋糕，正好肚子餓了，便吃將起來。這時，屋子忽然大亮，夏徐媛站在廚房門口，幽幽地看著他。

夏徐媛說：「今天在餐廳吃飯時，許多隻蟑螂從我身上爬了出來。」夏虛元微笑：「我知道，這是本年度學校最大的新聞。」夏徐媛繼續說：「我從醫院醒來後，回到家，卻發現衣櫃裡到處都是蟑螂卵。」夏虛元繼續微笑：「我知道，是我看著慕容品放的。」夏徐媛還說：「於是，我把蟑螂打死，切成碎粒，撒在你剛才吃下去的蛋糕裡。」夏虛元微笑依舊：「妳終於厲害了一次。」說完，他走進自己的房間，嘔吐去了。夏徐媛輕撫著自己長長的指甲，嫣紅的嘴角彎出一個很美很美的笑容：「慕容品，下次，就換你了。」

名義上是將功折罪，實際上是爲了看好戲，不管怎麼樣，夏虛元給了夏徐媛一瓶紫色的粉末。夏徐媛問：「這是什麼？」夏虛元道：「衣料腐蝕劑。」夏徐媛忙護住自己嬌嫩的手：「腐蝕劑？」夏虛元將粉末灑在自己的衣袖上：「放心，它只會腐蝕衣料。」被粉末沾到的衣料漸漸變薄，變得透明，最終消失無蹤。夏徐媛輕輕鼓起掌：「好東西。」

夏虛元將粉末遞給她：「今晚，學校將舉行化妝舞會，許多上流人士都會到。妳只要找機會把這個撒在他的衣服上，到時候，所有的人都會欣賞到一場別開生面的脫衣秀了。」夏徐媛接過，仍有點狐疑：「你今天怎麼這麼好心呢？」夏虛元微笑著說道：「因爲，妳把慕容品整得越慘，他反擊得越厲害，不斷地冤冤相報之下，妳就會被整得越慘。」夏徐媛吁出一口氣：「果然是你的性格。」夏虛元微笑，只是微笑，沒有說話。

準備就緒，兩人來到舞會上。

天花板垂掛著水晶吊燈，大廳牆壁掛著復古油畫，地板光可鑑人，音樂悅耳高雅。每個人都穿著禮服，戴著面具。形形色色的人，形形色色的面具。有些人選擇與自己平日形象截然相反的，如夏虛元，他戴著一張貓面具——溫順無害的貓。有些人選擇與自己平日形象相符的，如夏徐媛，她戴著一張妖女面具——惡毒而性感的妖女。有些人採取了折衷選擇，如慕容品，他戴著一張王子面具，卻是黑色的——分不清邪惡還是善良；而他的女伴，則是一位戴著公主面具的嫻雅高貴女子。

當夏徐媛看見那女人的手挽著慕容品手臂時，身子忽然顫抖了一下。一般說來，黃金八點檔出現這種情節，都是女主角意識到原來自己對男主角是有感覺的。但夏徐媛之所以如此失態，是因為——「那，那個女的居然……居然戴著莉莉．周設計的限量手鏈，全世界只有三條啊！」

夏虛元把情報工作做得非常好：「她是塞麗娜．哈里曼，父親是政府要員，母親是著名服裝設計師。總之，外表美麗，身分顯赫；最重要的是，她在追求慕容品。」夏徐媛仔細看了看兩人，終於得出結論：「眞是蘿蔔青菜，各有所愛。」她用藕色的指甲緩緩劃過下巴，「不過沒關係，今晚之後，她會意識到過去的自己有多麼愚蠢。」

話雖如此，但計畫眞正要實施，卻有點困難。兩個平日裡水火不容的人，怎麼可能心平氣和地一起跳舞？由於害怕慕容品起疑，夏徐媛絲毫不敢輕舉妄動。直到舞會進行了一半，他倆最接近彼此的距離依然是三公尺。

夏徐媛坐在一旁，無聊地喝著酒。說出來很難讓人相信，那就是，每次的舞會她都是坐冷板凳。但這是眞的。她的朋友曾一語道破原因——她太妖了。一看就是位大妖女。男人雖然渴望，但認爲自己玩不過她，自然退避三舍，少找打擊。

而另一邊，夏虛元被四五個學姐圍住，她們全都撫著臉，向左四十五度微傾著頭，著迷地看著他——開玩笑，學醫，又長得帥，簡直是百年難遇。夏虛元微微一笑：「我去替各位拿點酒。」全體換了個方向：「不用不用，我們不渴。」再度撫著臉，向右四十五度微傾著頭，繼續著迷地看著他——居然這麼紳士，簡直是千年難遇。

一個學姐問：「夏，說說你平時的興趣吧。」夏虛元靜靜說道：「解剖屍體。」全體微傾的頭立即擺正。另一個學姐問：「那，你喜歡吃什麼？」夏虛元的聲音不鹹不淡：「內臟。」粉絲團人數少了一半。又有一個不怕死的學姐弱弱問道：「那，那……你喜歡什麼樣的女生？」夏虛元嘴角依舊彎著：「不動的，不說話的。當然，最好是沒有呼吸的。」此話一出，粉絲團徹底解散。原來這個千年難遇的男人竟是個戀屍癖！

看著她們逃離的背影，夏虛元嘴角的弧度上揚了半分，他拿起酒杯，輕輕地晃動著。隔著迷離的酒杯，他看見有個人朝夏徐媛走去。一個男人，不，不是慕容品。慕容品正在舞池中帶著塞麗娜翩翩起舞，兩人配合得無懈可擊，丰采迷人。（每次在大場景描寫中，總會出現那種具有人肉背景作用的群眾演員，只聞A女對B女歎道：「好般配的一對，果眞是王子與公主啊！」）

走向夏徐媛的那個男人有著一頭柔順的金髮，在燈光下閃爍著溫潤的光澤，臉龐如雕塑般完美。他來到她面前，伸出手，態度謙遜，姿態優雅：「夏小姐，請問有這個榮幸請妳跳舞嗎？」（此時，人肉背景A女和B女發揮了第二個作用——介紹新出場的人物：「啊，那個不是塞麗娜的親哥哥布萊德利．哈里曼嗎？難不成他看上夏徐媛了？」）

面對這個金髮男子，夏徐媛正想說些什麼，背後卻傳來一個熟悉的、低沉的、有磁性的、屬於死對頭的聲音：「抱歉，她的這支舞是屬於我的。」這次，才是慕容品。無論他邀她跳舞的理由是什麼，都讓夏徐媛想起一個成語——「自投羅網」。於是，她將柔荑遞到他手上，嫣然一笑：「沒錯，我和慕容先生早就約好了。」

舞曲開始，兩人步入了舞池。眾人的目光全集中在他們身上——妖女與王子，多麼怪異的組合。華爾滋的音樂，悠揚飄逸。

慕容品握住夏徐媛的腰，定定地看著她，夏徐媛並不迴避。她問：「爲什麼要請我跳舞？」他反問：「妳說呢？」她笑：「如果我不了解你，我會認爲你在吃醋。」他也笑：「妳是指，妳很瞭解我？」她自信地說：「『最瞭解你的人，正是你的敵人』這句話，你該不會沒聽說過吧！」她連續兩個旋轉，紅色的裙邊舞出一朵雲霧，妖豔。他自信地問：「那麼妳呢，爲什麼要答應我的邀舞？」他摟住她，止住她的旋轉，他向前，她向後，同時一彎腰。十足曖昧的姿勢。

兩人眼神交會，如金石相撞，發出激烈聲響。但看在他人眼中，卻是情意綿綿。一旁的哈里曼兄妹則默默站著，不發一言。（人肉背景A女和B女此時發揮了第三個作用——展現群眾們的普遍看法，突出男女主角有多麼不般配。而且百分之九十九的情況底下，會拉抬男主角，貶低女主角，這次也不例外——「有沒有搞錯，爲什麼慕容品會跟夏徐媛這麼親密，妖女怎麼能配王子？」）

夏徐媛眨眨眼：「我爲什麼會答應你的邀舞？難道你就這麼不相信自己的魅力？」慕容品眼中閃過一道光：「如果妳是因爲這個而答應，我希望妳不會後悔。」夏徐媛眼中也閃過一道光，同樣的光：「會後悔的人，應該是你吧。」說完，兩人之間的氣氛變得沉重，以及……怪異。不對勁，很不對勁。兩人都從對方眼中找到了報復過後的愜意。難道……周圍響起了一陣訝異聲。（人肉背景A女和B女發揮了她們的最後一個作用：「他們，他們的衣服……不見了！」）

當晚，參加舞會的每一個人都看見慕容品和夏徐媛的衣服，漸漸變薄，慢慢變透明，最後，消失。在眾目睽睽之下，他們的晚禮服不翼而飛，他們站在舞池中——只穿著內衣褲。那一幕，確實慘烈。

大廳角落，夏虛元端著酒杯，微微一笑：「這樣，就好玩多了。」

第二天一早，兩人首次拋開舊恨，一起去找夏虛元算帳。夏虛元卻安靜地站在實驗室手術檯邊，寸步不移。某兩人怒氣沖沖地吼：「夏虛元，有本事就給我出來！」某人氣定神閒地答：「有本事，你們就進來。」某兩人雙目冒火：「你是不是男人啊！」某人平心靜氣：「這個問題，連我自己都不太關心。」某兩人勃然大怒：「爲什麼要這樣整我們？」某人不慌不忙地反問：「你們不覺得，這樣很好玩嗎？」某兩人青筋暴起：「不覺得！」某人回答得不鹹不淡：「是嗎？那眞可惜。」某兩人：「……」

一向冷靜的兩人已然瀕臨瘋狂邊緣。

夏徐媛轉轉眼睛，催促慕容品：「你是男人，你進去揍他！」慕容品看向裡面的夏虛元——他低著頭，正在解剖屍體，眼鏡鏡片上清楚反射出屍體腹腔內花花白白的一片混沌。慕容品輕輕閉了一下眼，轉向夏徐媛：「妳是他姐姐，妳進去管教他。」夏徐媛瞄了眼夏虛元——他低著頭，正從屍體內取出一顆血淋淋的心臟。

夏徐媛輕輕吸口氣，決定採取激將法：「慕容品，沒想到你是個欺軟怕硬的人，只會欺負我一個弱女子。」慕容品不吃這套：「妳太自謙了，妳這樣的『弱女子』，可沒幾個人敢惹。」夏徐媛似笑非笑：「怎麼，你還對那次的『取桃』事件耿耿於懷？」慕容品還以顏色：「那次成爲『蟑螂人』的經歷，妳也應該記憶猶新吧。」

夏徐媛眼角彎彎：「昨晚只剩一條小內褲站在舞池中央的情景，恐怕會成爲閣下一輩子的噩夢吧。」慕容品揚揚眉毛，提醒道：「妳也全都露了的。」夏徐媛澄清：「我有穿隱形胸衣。」慕容品不以爲然：「我看也沒遮到多少。」夏徐媛嗤之以鼻：「你不問自看，下流。」慕容品反擊：「妳不問自給我看，更下流。」兩人又開始一場唇槍舌劍，只見刀光劍影，口沫橫飛。

實驗室裡的夏虛元，從沾血的手術刀上看見了自己微彎的嘴角：「事情，越來越好玩了。」

這一回合，兩敗俱傷，夏徐媛和慕容品暫時休兵，兩人平靜了下來。他們不急，有人卻急了。這幾天，一直有不明人士在暗中偷襲夏徐媛。比如，她上樓梯時，會有人從樓上扔下一大勺霜淇淋。比如，她吃飯時，湯裡加的鹽能鹹死一隻貓。再比如，她上課時，座位上會被黏口香糖。不過這對夏徐媛影響不大。

因為——當霜淇淋即將落在頭髮上時，她便準確地用書接住，然後跑上樓乾淨俐落地扔在惡作劇者臉上。吃飯時，她「不小心」把那碗鹹得死貓的熱湯，倒在惡作劇者頭上。即將坐上黏有口香糖的椅子時，她迅速將身邊那個偷笑的惡作劇者抓起來，按在那張椅子上。

夏徐媛發現一件事，所有的惡作劇之人都是女的。而女人為難女人，百分之九十的原因是因為男人。而她身邊的男人，只有夏虛元和慕容品。夏虛元是絕對不可能的——這樣一個變態男人，愛上他可是自殺式行為，應該不會有女人敢以身犯險。那麼剩下的只有慕容品了，仔細想想，這個男人的桃花緣還不賴。尤其是，他身邊可是有一朵有能力指使其他女生來對付自己的大桃花。沒錯，就是他惹的禍。

夏徐媛正想到這兒，新的惡作劇又來了。這次的料有點猛——有人在學校論壇上貼了她的裸照。照片中，她身無寸縷，和一個猛男摟抱著，是經過技術處理的假照片。而且，瀏覽量很大。是可忍，孰不可忍。夏徐媛拿著列印出的照片直接衝到塞麗娜‧哈里曼家中。不愧是大家族，屋子大，排場大，架子更大，夏徐媛在樓下客廳足足等了十多分鐘，塞麗娜才翩翩而來。

塞麗娜雙手環腰，居高臨下地看著她：「看來妳都知道了。」夏徐媛問道：「妳知道，妳這種行爲是不對的嗎？」塞麗娜笑得有點得意：「怎麼，害妳被人指指點點了？害妳沒辦法在這所學校待下去了？害妳顏面盡失了？」夏徐媛柔柔地擺擺手：「噢，那些倒不重要啦。」塞麗娜笑容停滯：「那妳來找我幹嘛？」

夏徐媛將照片擺在她面前，道：「重點在於，妳怎麼可以把我的頭接在這個女的身上？她的腿比我短這麼多，我很虧的。」塞麗娜眼角抽搐。夏徐媛嫣然一笑：「另外，我討厭這種類型的猛男，讓我想起我家那個叫逢泉的專制傢伙，很亂倫啊。所以……請重新做一張。」塞麗娜額角開始冒青筋。

夏徐媛揮手道別：「做好了先給我看一下，讓我提修改意見。那麼就這樣吧，我先走了。」塞麗娜叫住她：「妳不問我，爲什麼要這樣整妳嗎？」夏徐媛轉身，嘴唇上淡淡的粉色閃過一道光澤：「是因爲慕容品吧。」塞麗娜幽幽地看著她：「沒錯。我警告妳，別想打慕容的主意。」夏徐媛長長的睫毛微微一眨：「放心。我不會喜歡那麼差勁的男人的。」

塞麗娜爲自己心儀的男人抱不平：「我不許妳這麼說！」夏徐媛偏偏頭：「妳是指，我必須喜歡他？」塞麗娜氣得肺痛：「我是說，他一點也不差勁！」夏徐媛若有所思：「原來他不差勁啊？那我還是喜歡他吧。」塞麗娜急忙說道：「沒有沒有，他很差勁，妳不可以喜歡他！」夏徐媛輕蹙黛眉，嬌俏地說道：「那不就是我剛才的意思嗎？妳說話怎麼顚三倒四的，眞奇怪。」塞麗娜氣得跌進沙發中，再也說不出話來。

這時，從她們背後傳來一陣輕笑聲。夏徐媛回頭，看見一個優雅的金髮男人。他靠在牆邊，眼中含笑地望著她：「又見面了，夏小姐。」夏徐媛覺得這個人有點面熟：「你，你是……」布萊德利・哈里曼閒閒地站著，等待她說出自己的名字。

夏徐媛漸漸想了起來：「難道你是……」布萊德利・哈里曼嘴角笑容更甚。但他等到的卻是這樣一句話：「難道你是肥皂劇《她的連衣裙》的男配角？」

布萊德利的肩膀僵硬了一下，深深吸口氣，道：「我是那晚邀請妳跳舞的人。」夏徐媛聲音中有著不確定：「噢。」

布萊德利繼續提醒：「那時妳的衣服……消失後，走上前，爲妳披上西裝外套的人。」聽得出夏徐媛還在努力回憶：「噢。」

布萊德利終於使出殺手鐗：「後來送妳回家，但被妳關門時夾到手指的人。」夏徐媛終於記了起來：「噢，沒錯，就是你。」

布萊德利道：「看來我妹妹對妳做了很不好的事情。夏小姐，眞是抱歉，都怪我把她寵壞了，我會好好懲罰她的。」塞麗娜瞬間復活：「懲罰？布萊德利！你什麼意思？」布萊德利宣布：「妳這次實在太過分了，必須禁足兩個星期。」塞麗娜大聲反抗：「我不要！」布萊德利道：「那我只好把這件事報告父母大人了。」塞麗娜氣得噎住：「你敢！」兄妹之間的氣氛頓時緊張起來。

夏徐媛輕輕一笑：「別這樣，禁足兩個星期實在太嚴厲了。不如，就讓我介紹她去做做公益活動吧，怎麼樣？」布萊德利點頭贊同：「還是妳想得周到。」塞麗娜也提不出什麼反對意見，只覺得，夏徐媛嘴角的笑是那麼的詭異。

實驗室中。

夏虛元從剛死去的病人體內取出心臟，放進旁邊的特製容器。而面無人色的塞麗娜正端著那個容器，顫抖地問道：「夏徐媛……明明……說的是……要我做……公益活動。爲什麼……要我來……幫你……解剖……屍體？」夏虛元嘴角的笑容，和夏徐媛一模一樣：「遺體捐贈，造福社會，這是更高尚的公益活動。」然後，雙手又從屍體裡捧出了一個血淋淋的肝臟。塞麗娜再也忍不住，得償所願地暈了過去。

一條爆炸性新聞在校園中炸開了鍋——夏徐媛和布萊德利在交往。

兩人經常相約上下學，吃飯，寫功課，基本上一整天大部分的時間都膩在一起。布萊德利也算是名副其實的白馬王子，外表俊朗，家世良好，前途一片光明。很多人始終想不通，爲什麼慕容品和布萊德利會先後落入夏徐媛的魔掌。難道最近流行王子配妖女？於是，其他女生開始有意無意地走夏徐媛的路線。

一時間，妖女成群。

布萊德利停好車，先行下車為夏徐媛開門。紳士而優雅，足夠讓女人為之癡迷。夏徐媛嫣然一笑，在他臉頰上輕輕一吻：「謝謝。明天見。」布萊德利摸著她嘴唇碰觸到的地方，那裡留下的點點唇印，像誘惑的圈漸漸在他心上蔓延，讓他為之沉醉。

看著夏徐媛的窈窕背影，他忽然記起一件事，忙叫住她：「徐媛，等等。」夏徐媛轉過身來：「什麼？」布萊德利試探地問道：「差點忘了，我父親明天想請妳吃飯，可以嗎？」夏徐媛爽快答應：「好啊。」布萊德利放下一顆心：「太好了。妳不用緊張，到時候做妳自己就行了。」夏徐媛眨眨眼做了個手勢：「沒問題。」布萊德利笑道：「好，明晚七點我來接妳，拜拜。」上車，發動油門，揚長而去。

夏徐媛心情大好。但一打開門，當看見沙發上坐著的人時，笑容頓時凝結。

慕容品眼睛盯著電視，閒閒問道：「看起來，心情不錯啊。」夏徐媛在他身邊坐下，拿出工具磨起了手指甲，同樣不去看慕容品：「慕容先生，這裡好像是我家。」慕容品淡淡解釋：「是夏虛元請我來的。」

夏徐媛問：「噢，什麼時候你和他變成好朋友了？」慕容品回答：「當妳和我成了仇人的時候。」夏徐媛吹了吹指甲：「仇人？你不提我都忘記了。不過，最近太忙，不想和你鬥了。」慕容品問：「忙著和布萊德利談戀愛，是嗎？」夏徐媛瞄了他一眼：「沒想到你也這麼八卦。」長而濃的睫毛像刷在人的心上，有種微癢的悸動。

慕容品問：「妳覺得你們倆合適嗎？」夏徐媛停下動作：「這個問題，和你有什麼關係？」慕容品的眼睛從電視上移開，將左手搭在沙發背上，轉過身面對她，淺淺一笑：「我只是好心提醒妳。」夏徐媛也將右手搭在沙發背上，轉過身看著他，嬌嬌一笑：「你剛才不是還說我們是仇人嗎？對我應該是除之而後快啊，怎麼現在又會好心地來『提醒』呢？」

慕容品伸手抬起她的下巴：「因為我發覺沒有妳這個對手，日子還挺無聊的。」夏徐媛拍掉他的手，起身道：「你知道嗎？女人對競賽的興趣遠不及男人濃厚，所以……我們之間的遊戲結束了。我要去敷面膜了，慕容先生，你就慢慢看電視吧。」說完，提起包包，嬝嬝婷婷地走上樓去。

慕容品忽然叫住她：「夏徐媛。」夏徐媛將身子斜靠在扶梯上，看著他：「還有什麼吩咐？」慕容品口氣很平靜：「妳和布萊德利，不是一類人。」他的口吻沒有戲謔，沒有諷刺，只是在陳述一件事實。夏徐媛聳聳肩：「妖女和王子，是這個意思嗎？可是現實生活中，又有多少人是般配的？」慕容品說：「我不是指這個。」從夏徐媛的角度往下看，慕容品的眼睛微微被頭髮遮住，看不清裡面的神色。她沒再說什麼，逕直上了樓。

夏虛元從地下室走了出來，問道：「你又惹她了？」慕容品否認：「沒，我只是以朋友的身分提醒她。」夏虛元淡淡瞥了他一眼：「沒想到，你會把她當朋友。」慕容品重新將目光投到電視機：「我也沒想到。」

七點整，布萊德利準時來接她。

當看見夏徐媛時，他不由得在心底發出一聲讚歎。好美。她穿著一襲腰間有著別致皺褶的紅色裙子，露出筆直纖細的小腿，身材凹凸有致。大紅之於她，豔而不俗，將她烘托得更加迷人。無論哪個男人，都會被這個尤物迷住。可是，卻不包括他的父親。

當約翰．哈里曼見到夏徐媛時，眼中閃過一道不滿的光，但畢竟在政界浸染了幾十年，面上絲毫不留痕跡。稍稍談了一會兒，傭人請他們移駕用晚餐，三人便朝飯廳走去。飯廳中，早已坐了兩個人。一位當然是塞麗娜，而另一位則是……慕容品！

夏徐媛深深吸口氣。這個男人，眞是陰魂不散。慕容品向她揚揚眉毛，夏徐媛回以敷衍的笑，塞麗娜射出鋒利的眼刀，布萊德利心懷疑惑……約翰則暗自打量幾人。每個人都心懷鬼胎，一頓飯吃得夠累。

終於，約翰打破沉默，問道：「夏小姐的父親是從事什麼行業？」夏徐媛回答：「是醫院院長。」慕容品插話：「虛元好像說，妳家姨丈是走私軍火的？」夏徐媛眼角抽搐了一下：「有嗎？你記錯了吧。」

約翰微微點點頭，再問：「夏小姐平時的興趣是什麼？鋼琴？聽歌劇？」慕容品再次插話：

「吃喝玩樂。」約翰揚揚眉毛。夏徐媛緩緩說道：「還有，購物。」

約翰還問：「夏小姐這個假期有什麼打算嗎？聽說學校舉辦了一場慈善之旅，要幫助非洲兒童，妳應該也報名了吧。」慕容品依舊插嘴：「虛元說她擔心曬黑皮膚，沒去。」約翰看向夏徐媛，眼中有絲不以爲然：「夏小姐，是這個原因嗎？」夏徐媛反駁：「當然不是，我只是擔心那邊缺水不能洗澡。」約翰：「……」

約翰不再詢問。

晚飯之後，約翰將布萊德利叫到書房，直接命令道：「等會兒送她回去時，馬上跟她提分手。」布萊德利大驚：「爲什麼？」約翰說：「你是我唯一的兒子，我們哈里曼家族會全力支持你入主白宮，所以你將來的妻子一定要是位高貴嫻雅的名門後代，而不是那個女孩。」布萊德利眼神堅定：「但是我喜歡她，我希望今後的妻子會是她。」約翰氣得不輕：「你！」

布萊德利堅持：「爸，我的職業已經被你安排了，我絕不會讓我的婚姻再由你擺布。」說完，轉身走了出去。約翰坐在椅子上，看著兒子堅持的背影，眼睛一沉。拿起電話，撥了一個號碼：「喂，替我辦一件事。」

回家的路上，布萊德利一直沉默著。夏徐媛也察覺出來了，忍不住問道：「怎麼和你爸爸談話之後，臉色就不好？是不是他不滿意我？」布萊德利沒說話，隔了許久，終於歎口氣：「沒錯。」夏徐媛搖搖頭：「果然。」布萊德利握住她的手：「妳別擔心，就算我爸不同意，也絲毫不會影響我們的感情，也不用怕他斷絕經濟來源的招數，我自己可以爭取獎學金，明年畢業之後就出去工作，之後便可以建立家庭。」

夏徐媛問：「建立家庭？你是說，生孩子嗎？」布萊德利笑問：「是啊，我喜歡小孩。以後我們多生幾個，妳說好不好？」夏徐媛將手從他手中掙脫了出來：「我不喜歡小孩。」布萊德利訝異：「爲什麼？」夏徐媛垂下眼簾：「因爲……身材會變形。」布萊德利哈哈一笑，並不在意：「果然是妳會說出的理由。到時候，妳就不會在意這些了。」夏徐媛看向窗外，臉上那種遊戲人間的神情消失無蹤，說：「布萊德利，我們分手吧。」

車子猛地刹住。

布萊德利不可置信：「爲什麼？」夏徐媛說出事實：「因爲我們不適合。」布萊德利急道：「是因爲我爸嗎？我說過不用管他的，我們自己……」夏徐媛打斷他的話：「問題正是出在我們自己。我和你，不是一類人。」布萊德利不解：「什麼意思？」夏徐媛轉過頭來，臉上又出現那種嫵媚的表情：「和你在一起，要經過這麼多挫折，實在是太累了。我呢，現在只想談場輕鬆的戀愛，你明白嗎？」布萊德利看著她，眼神漸漸變得黯淡。

布萊德利確實是王子，被她甩了，還是能保持紳士風度，護送她回家。

夏徐媛躺在床上，閉上眼，長長地歎口氣。妖女和王子，果然無法在一起。因爲，王子是人類，妖女是……狼人，他們永遠不可能有小孩。這對布萊德利來說，太不公平了。因此趁著感情還不深，及時斷了，對大家都好。只是，這可是她的初戀啊！夏徐媛將臉埋在枕頭中，傷心地哇哇大哭起來。

正哭得酣暢淋漓，手機鈴聲響起。她抹去眼淚，平靜一下情緒，按下通話鍵：「喂，我是徐媛……」話筒那端傳來慕容品的聲音：「妳的哭聲還眞難聽。」夏徐媛忽然站起身，跑到窗前：「你怎麼知道……」果然，對面那幢屋子的二樓窗前，就站著慕容品。

夏徐媛皺眉：「慕容先生，請問你怎麼還住在這裡？我說過，不想再和你爭鬥下去了。」慕容品冷笑道：「如果不住在這裡，怎麼會知道，原來妖女也會傷心呢？」夜色沉沉，夏徐媛看不清對街慕容品的表情，卻從他的話音聽出了一絲笑意。夏徐媛也笑著一字一句說完了下面的話：「慕容先生，你眞是個王八蛋。」

慕容品毫不介意她罵人：「怎麼，失戀了？」夏徐媛白他一眼：「拜你所賜。」慕容品說：「不是我，是妳自己想通了。」夏徐媛不解：「你什麼意思？」慕容品靜靜的聲音從話筒中傳來：「我的意思是，妳很明白，就算沒有這些障礙，妳也不可能和布萊德利在一起。」夏徐媛忽然覺得有點異樣，倏地關上窗子。慕容品的聲音繼續從話筒中傳來：「沒想到，妖女也是膽小鬼。」

夏徐媛關上了手機。她隱隱約約覺得，這個慕容品似乎知道了什麼。難道是虛元告訴他的？不可能啊，這種事情，虛元怎麼可能告訴外人。那麼，是她多心了？夏徐媛躺在床上，一會兒想起布萊德利，一會兒又想起慕容品，腦子像煮了一鍋粥，又熱又痛。實在撐不住，便找出安眠藥，吞了兩粒，再蓋上被子，呼呼大睡起來。

正睡得昏昏沉沉，忽然聞到一股濃烈的煙味。她睜眼，發現窗簾外一片火光。夏徐媛支起身子，想下樓，但一碰到門把，手卻被燙得縮回。是樓下著火了！滾滾濃煙正從門縫中竄入。

此時，藥效發作，夏徐媛昏昏欲睡，慢慢蹲在地上。怎麼辦？恰巧今晚虛元又不知死哪裡去了，不在家。報警吧，可是現在連睜眼的力氣都沒了。難道，眞的要死在這兒？濃煙越來越多，夏徐媛不停地嗆咳著，神志也越來越不清晰。果眞要死了嗎？眞沒想到，才活了十多年，老天就要收她回去了。

她胸中忽然升起一陣後悔，先前爲什麼要花這麼多時間跟慕容品鬥氣呢？……一刀砍了他不就好了。悔著悔著，忽然聽見「哐啷」一聲，好像有什麼東西撞碎了窗玻璃。努力地睜開眼，在濃煙之中，她竟然看見……一隻狼！沒錯，是狼。而且，不是夏虛元。她以爲是自己的錯覺，但那隻狼三步併兩步地跑到她面前，頭一低，身子一挺，乾淨俐落地將她甩在自己背上。

夏徐媛來不及多想，下意識抓緊了牠的脖子。這時，她的手摸到了滑膩的液體。是血，她看見了，狼脖子有道被玻璃劃破的傷口，正汩汩往外冒血。可是那隻狼絲毫不在意，揹著她轉身，後退幾步，猛地一躍，從窗口跳了出去。

夏徐媛閉上眼，聽著耳邊呼呼的風聲，兩三秒鐘後，狼帶著她輕輕站在地上。在那瞬間，一股安全感重重地包覆著她，夏徐媛神經一鬆，徹底昏睡過去。

當再次睜眼時，夏徐媛竟發現自己待在一張陌生的床上。她忽地撐起身子，雙手按著太陽穴，努力回憶昨晚的事情。是了，家裡著了火……她吃了安眠藥……一隻狼……湧血的傷口……正在這時，有個熟悉的聲音打斷了她的回憶：「妳醒了？」

夏徐媛轉頭，看見慕容品走進房間，他的脖子上包著一塊紗布。傷口……狼。她看著他，靜靜地陳述：「你也是狼人。」慕容品在床邊坐下，微微一笑：「沒錯，我是妳的同類。」原來如此。夏徐媛向他伸出手：「謝謝你救了我。」慕容品握住她的手：「妳想怎麼感謝我？」夏徐媛問：「你說呢？」

慕容品眼中精光一閃，猛地將夏徐媛拉入自己懷中，用一種從未有過的眼神凝望著她：「以身相許怎麼樣？」夏徐媛看著他，靜靜地看著他，然後忽然伸手重重地拍打他的臉：「慕容品，你看清楚，我是夏徐媛啊！」慕容品抓住她的手，深深吸了口氣，按捺下想揍她的衝動，道：「沒錯，就是妳。」

這下輪到夏徐媛深深吸口氣：「你是昨晚吸進太多二氧化碳，腦子薰壞了嗎？」慕容品低頭親吻她的手：「妳不覺得，我們很般配嗎？」夏徐媛張了張水潤豐盈的唇：「抱歉，我和布萊德利的例子證明，妖女和王子是不可能有好結果的。」慕容品唇邊上揚成一個魅惑的弧度：「但，我不是王子，我是惡狼。」

夏徐媛神遊了片刻，黑瞳瞳的眼睛露出旖旎的風情：「我明白了，你還想繼續我們之間的遊戲，對嗎？」慕容品的語氣很靜，很認真：「跟遊戲無關。我想，我真的喜歡上妳了。」聞言，夏徐媛從床上彈起，靠在角落中，驚魂未定地看著他：「你，你，你……什麼時候開始的？」

慕容品娓娓道出自己的心情，清晰而有條理：「從妳放棄爭鬥開始，我便覺得日子挺無聊的。然後妳又天天和那個布萊德利在一起，我看了心情很不爽。再然後，就是昨天，我看見妳在哭，沒想到妖女也會有這麼可愛的時候……所以，就喜歡上妳了。」

夏徐媛倚著牆壁，手按在胸口，許久之後終於說道：「我盡力了，剛才心裡真的沒有感動的感覺，連心跳頻率都是正常的，所以，抱歉。」慕容品雙手撐在背後，閒閒地看著她：「我並沒有要妳現在就答應。」夏徐媛攤開手，聳聳肩：「慕容先生，我很感激你的救命之恩，但是以身相許，這麼老套的情節還是算了吧。」

慕容品走到窗邊，將簾子一拉：「關於這個問題，以後時間還很多，不急。我們現在來談論一下，誰想殺妳。」順著他的動作，夏徐媛看清了對街自己的家已經燒成一片焦黑，成了廢墟。夏徐媛不禁打個寒噤，昨晚若不是慕容品相救，自己已經成了塊黑炭吧。

慕容品眼睛一沉：「警方經過調查，發現是有人潛入樓下，放了火。也就是說，有人想殺妳。」夏徐媛問：「誰？」慕容品答：「不想讓他兒子因爲妳而影響前途的人。」夏徐媛皺眉：「約翰・哈里曼？」慕容品問道：「我查過，就是他。接下來，妳想怎麼做，我可以幫妳。」

夏徐媛看著面目全非的屋子，隔了許久，才吁出一口氣：「算了，反正我也沒什麼大礙。」慕容品瞥她一眼：「是因爲布萊德利的緣故？」夏徐媛瞇眼：「怎麼，吃醋了？」毫不在意地輕笑一聲，但慕容品接下來的回答卻讓她非常不自在：「如果我說是呢？」夏徐媛退後一步，站定後，長歎口氣：「你現在，眞是越來越無趣了。」

就在縱火事件發生兩個月之後，約翰・哈里曼被一神祕人士告發了收受賄賂情事，還有罪證確鑿的影片流出。無奈之下只能辭職，從此消沉，諸事不理。而布萊德利則放棄即將到手的律師執照，重新攻讀自己最喜歡的動物學。塞麗娜外出散心，旅途中遇到一名富商，兩人一見鍾情，迅速結婚生子。

所有事情都告一段落。

夏徐媛知道，那位神祕人士自然就是慕容品。雖然很感激他所做的一切，但心中卻越來越覺得這個人不好惹。於是，趁著慕容品忙著寫畢業論文時，她悄悄回國，返回家中。

由於天氣太熱，太陽過熾，怕曬傷皮膚，便每天待在家中看電視、吃東西、泡澡，無所事事到了極點。這天，實在太無聊，夏徐媛來到貯藏室，找尋自己小時候的東西。誰知機緣湊巧，竟然讓她看見一張照片。

上面，一個小男孩正在洗澡，渾身脫光光，三點全露。仔細看，那男孩脖子上戴著一條牙齒項鍊，居然是逢泉！太勁爆了，想不到這個冷面人居然會有這種照片。夏徐媛背後傳來夏虛元的聲音：「眞是……奇蹟。」她早已習慣他的突然出現，也難怪，畢竟兩人之間有心電感應。他們站在一起，雙手環在胸前，對視一眼，同時壞壞一笑……

總經理辦公室中，夏逢泉正在召開會議，卻看見祕書走進來，道：「夏先生，有人送了一張照片，掛在我們公司的大廳中。」夏逢泉頭也不抬：「什麼照片？」祕書支支吾吾：「還是夏先生你自己去看吧……」夏逢泉皺眉，快步來到大廳中，卻看見自己小時候的裸照，一張被放大的裸照掛在人來人往的出口處。

所有的人都很清楚照片上的小男孩是誰——除了自己的老闆，誰還有那條項鍊呢？夏逢泉站在照片前，眼中有一道暗暗的火焰閃過。他輕聲說道：「不自量力。」

夏徐媛明白，這次玩過火了，居然惹到老大頭上，一定是被太陽曬昏了頭。於是寄出照片後，兩人便馬上分頭逃命。夏虛元去到島上，她則來到拉斯維加斯。本以爲跑遠了就太平無事，誰知，老大不愧是老大，當天晚上便叫來直升飛機，把虛元困在孤島上，每天只空投一瓶純淨水，一小包餅乾。聽見這個消息，夏徐媛嚇得渾身直冒冷汗。汗還沒乾透，夏逢泉便打來電話告知已經停了她的信用卡，並且會馬上派人來抓她。這下子，夏徐媛悔得腸子都青了。卡已經停了，手上只剩下幾千塊現金，也撐不了多久。

夏徐媛一跺腳，決定到樓下賭場試試運氣。誰知運氣不是一般的倒楣，沒幾分鐘，手上的籌碼就只剩一個了。究竟是留著明天買早餐，還是破釜沉舟背水一戰呢？夏徐媛選擇了後者。但是，看著那兩粒骰子，她煩惱了，究竟該賭大還是賭小？機會只有一次，如果完蛋，她便只能流落街頭。正在躊躇，背後一個低低的聲音提醒道：「選大。」來不及多想，她將籌碼丟在了選大的一邊。結果居然矇對了。夏徐媛拍拍胸口，看來明天的午餐也有著落了。還眞多虧了背後的人，夏徐媛轉過身想感謝，但是——

慕容品？那人卻是慕容品。

夏徐媛驚疑：「你怎麼在這裡？」慕容品答：「沒事來玩玩，妳呢？」夏徐媛正想說些什麼，眼角卻瞥見門口進來的幾個人。太眼熟了，那不是夏逢泉的手下嗎？夏徐媛趕緊將臉埋在慕容品懷中。那些人還眞不是白吃飯的，這麼快就找到她了。

慕容品聲音中帶著笑意：「幾天不見，妳變得挺熱情的啊。」夏徐媛不想和他多說，只道：「去你房間吧。」慕容品戲謔地問道：「會不會太快了？」夏徐媛恨不得踢慕容品一腳，但現在背後有猛虎，只得投靠他這條惡狼，便嫵媚地一笑：「不會不會，感情到了嘛，快走吧。」說著便連拖帶拉，離開了危險地帶。

望著慕容品訂下的總統套房，夏徐媛感歎道：「眞是敗家啊，一個人有必要住這麼好的房間嗎？」慕容品遞給她一杯酒：「妳還不是整天撒錢買名牌？」夏徐媛一飲而盡：「但我現在已經覺悟了，有飯吃就應該感恩。欸，你訂的晚餐怎麼還沒到？快去催一催。」正說著，服務生推著餐車走了進來，將豐盛的晚餐擺好。

趁慕容品給小費時，夏徐媛已經坐在餐桌前不客氣地吃了起來。慕容品笑問：「妳幾天沒吃飯了？」夏徐媛埋首於美食中：「不想告訴你，以免你太佩服我。」慕容品又爲她倒滿酒，問道：「慢點，不夠還有。怎麼，不小心把卡刷爆了？」夏徐媛喝下酒，長長歎息一聲：「沒，只是腦筋短路，把某人給氣爆了。說到底，還是自己賺錢可靠點。」

慕容品又爲她把酒杯滿上：「除了自己賺，也可以嫁人啊。讓老公養不是也很好嗎？」夏徐媛慢慢品嘗著，一邊用眼角輕輕瞄他：「嗯……這酒不錯。不過，嫁人？你應該不會建議我嫁給你吧。」慕容品很慢很慢地一笑：「我想，我應該有能力供妳吃喝玩樂，除此之外，還有購物。」夏徐媛很淑女地以餐巾擦拭了一下嘴角：「多謝好意，不過我寧願回家接受逢泉的懲罰。」

慕容品好奇：「妳爲什麼不願意接受我呢？」夏徐媛用手背枕著下巴，一雙寶光璀璨的眼睛緩緩一眨：「因爲你要求我以身相許。而以身相許，是件非常慘烈的事情。」慕容品拿出一張白金卡：「那麼，我們可以先做朋友嗎？因爲朋友有難，自然該傾囊相助。」夏徐媛嫣然一笑，梨渦隱顯，動人非凡：「我從來都當你是朋友來著。」說完，將白金卡一收，起身告辭：「謝謝款待，慕容，我先回房了。」

不等他回答，夏徐媛便打開房門走了出去，可是一秒鐘之後，馬上返回。夏逢泉的手下就在電梯口守著，好險！夏徐媛拍拍胸口。

慕容品問：「怎麼了？」夏徐媛提議：「沒事，主要是覺得留你一個人在這兒，挺無聊的。我們來玩牌吧。」慕容品點頭：「好啊。輸的人脫一件衣服。」夏徐媛嘴角抽動：「……賭其他的吧。」慕容品爽快答應：「好啊。我贏了，親妳一下；妳贏了，親我一下。」夏徐媛嘴角快抽筋：「……那，還不是一樣？」慕容品終於想出一個比較合理的懲罰：「還是不行嗎？那麼就賭喝酒吧，輸的人喝一杯。」幾害相權取其輕，夏徐媛同意了。

雖然如此，夏徐媛還是不敢大意，便仗著自己是女人，輸了都只喝上一小口。但她沒注意的是，剛才在吃飯時，已經不知不覺被慕容品灌下了兩三瓶酒。眼下雖然喝得不多，但量變引起質變。很快地，她醉了。先是整個房間不停地旋轉，接著眼前的慕容品分裂成幾個影子，再然後她睡倒在床上。

朦朦朧朧之間，聽見慕容品的聲音從很遠的地方傳來：「徐媛，妳醉了嗎？」沒有，我沒醉。夏徐媛很想這麼說，但她已經張不開口。她的神志徹底陷入了黑暗。慕容品輕聲問道：「徐媛，妳醉了嗎？」但床上的夏徐媛緊閉著眼，呼吸漸漸變得均勻。她是眞的醉了。

慕容品拿起電話，撥打出一個號碼，很快地，那邊傳來一個低沉的聲音。

夏逢泉的聲音：「搞定了嗎？」慕容品摩挲著夏徐媛豐盈紅潤、微張的唇：「沒錯，可以撤走你的手下了。不過，你確定要把她給我？」夏逢泉歡快笑道：「徐媛這個米蟲居然能換來你這名大律師，對我而言，穩賺不賠。」慕容品語氣歡騰：「好，我會到你公司上班。」夏逢泉肯定地說：

「一言爲定。」慕容品肯定答道：「一言爲定。」兩隻狼在電話中友好愉快地達成協議。

掛上電話，慕容品輕輕撫摸著夏徐媛如玉的臉頰。她沉睡著，長長的睫毛像支精緻的小刷子，在臉上投下美麗的陰影。一頭褐色鬈髮隨意散亂著，顯得更加誘惑。她臉上不再有平日那種無所謂的表情，而像個安靜的孩子。

慕容品緩慢地、一顆顆地解開她的衣扣。隨著動作，她白嫩的豐盈，滑膩的肌膚，婀娜的身體，徹底展露在他眼前。慕容品不慌不忙地在她身體上流連，在每寸肌膚上逡巡，他要讓她的每個細胞都留有對他的記憶。

他們赤裸的身體相互緊貼著，滾燙的溫度加速流動的血液，劇烈的心跳。他的手，白玉一般的手撫摸了她柔軟的蓓蕾，滑過她平坦的小腹，最終來到她的私密之處。他揉撚著她的花蕊，突然的刺激讓那裡流出晶亮的、滑膩的液體。他將手指伸入她緊窒的甬道中，探索著，緩緩進出著。

沉睡中的夏徐媛黛眉緊皺，臉頰緋紅，嚶嚶呻吟著。慕容品拿出手指，將自己早已堅挺的灼熱抵住她濕潤的柔軟，接著，一個挺身，進入她體內。突如其來的刺激讓夏徐媛下意識地輕呼一聲，慕容品低下頭，深深地吻住她。這是他們之間的第一個吻，他輕柔地、纏綿地吻著。他追逐著她的舌，纏繞著，汲取她的每一個部分。而他們的隱密之處則緊緊結合著，她的溫柔包裹著他的堅硬。

他抱著她一起馳騁，一起進入最高的慾望……

頭痛得像要裂開，身子也痛得像散了架。這就是夏徐媛醒來後的第一個感受。她努力地睜開眼，卻發現，自己是赤裸的。這不值得大驚小怪，畢竟她有裸睡的習慣。但……她赤裸的胸上放著一隻手。她閉上眼，再睜開，再閉上，再睜開，這樣重複重複再重複，那隻手依舊沒有消失。不是幻覺，是眞的！她順著手的方向望去，看見了睡在身邊的男人——濃黑的眉，挺直俊秀的鼻，溫潤的唇。慕容品！是慕容品！

夏徐媛倏地撐起身子，拍掉他的鹹豬手，用被單遮住裸胸。這樣一來，驚醒了慕容品。他揉揉眼睛，微笑著看向她：「妳醒了。」就這麼輕描淡寫的一句話。夏徐媛深深吸口氣：「昨晚發生了什麼事？」慕容品支起手，撐住頭，一字一句地說道：「妳強暴了我。」夏徐媛愣住，三分鐘後才緩過氣來：「可以說得詳細點嗎？」

慕容品說：「昨晚，妳喝醉了。」夏徐媛點頭：「我知道。」慕容品繼續說：「然後，妳就攬著我的脖子，說妳被妳哥哥追殺，很可憐。」夏徐媛繼續點頭：「這也符合事實。」說到這兒，慕容品摸了摸自己的唇：「我細心地安慰妳，妳感動之下，就強吻了我。」夏徐媛眼角抽搐一下：「關於這點，我不太敢相信。」慕容品不理會：「吻了之後，妳誇獎我人大方，吻功也不錯，說願意嫁給我。」

夏徐媛輕蹙黛眉：「你確定我是喝醉，而不是腦子摔壞？」慕容品總結：「不管怎麼樣，妳拉著我到市政府登記結婚去了。」夏徐媛被這個總結嚇住：「……你在說笑吧。」慕容品又補充道：「還沒完。回來之後，妳獸性大發，不顧我的反抗……強暴了我。」夏徐媛呆愣在原地，嘴巴一時忘記闔上。

慕容品靜靜說道：「妳應該對我負責。」夏徐媛隻手揉著太陽穴：「等等，這件事待會兒再商量。我現在頭很痛，快拿果汁或牛奶什麼的給我。」慕容品下了床，爲她端來果汁。夏徐媛喝了一口，立刻捂住嘴，眉頭一皺：「慕容品，你想害死我嗎？」慕容品不解：「怎麼了？」夏徐媛瞪他一眼：「你自己喝喝看！」

慕容品拿過來喝了一口，感覺沒什麼不對，正想詢問，卻看見夏徐媛眼中那絲異樣的笑：「妳剛才在這裡面下了藥？」藥效來得很快，慕容品的頭已經暈到不行，陷入黑暗前的最後一秒，他聽見夏徐媛嬌軟的聲音：「等你醒了，會發現很多好玩的事情。」

當慕容品醒來，已經是兩天後了。他發現自己在醫院裡，渾身青紫，遍布抓痕，而且右手骨折……應該是夏徐媛趁他昏睡時把他當沙包狠揍。而夏徐媛則消失無蹤，只留下一張紙條，上面寫著——「親愛的慕容，請趕快撤銷我們的婚姻關係，否則你一輩子也別想見到我。」

慕容品拿著紙條，唇邊露出一絲意味深長的笑容。她是逃不出自己手掌心的。

因爲，她是妖女。因爲，他是惡狼。因爲，他們是絕配。

Side Story 番外

雪戀（上）

雪，漫山遍野都是雪。

腳踩在上面，發出「喀嚓、喀嚓」的聲響，在寂寥的夜空下，那聲音無限地放大。空氣很冷，帶著雪的清新，還有血的甜腥。有個女孩在雪地上輕緩地向前走著，她有一頭柔軟的髮，漆黑亮麗，將皮膚映得像雪一般潔白，在柔柔月光下顯出瑩潤的光。

夜晚很冷，呼出的氣也是有影子的，朦朧的白色。她用手環住自己，壯著膽子繼續往前走。養的小狗在屋裡狂吠，從剛才就一直狂吠。這是以前從未有過的事情，於是她出來看個究竟。

手電筒照映在地上，所見之處全是雪，白色的雪。沒什麼異樣。徐如靜微微皺眉，決定轉身回屋。但就在這時，她忽然察覺到雪地上有個東西在動。用手電筒仔細一照，她看見了，那是一團雪白的東西。

她下意識地奔上前去，蹲在那隻動物身邊。那是隻狼，雪白的狼。牠就這麼躺著，彷彿和雪融爲一體。牠的右眼有道傷口，血已經凝固。但牠的身下，卻有一灘血。暖熱的、殷紅的血，混合著潔白晶瑩的雪，一種至深的視覺刺激。

徐如靜發現牠的腹部受了槍傷，血，正不斷湧出。是從獵人手下逃出來的吧。這種雪夜，再多待一會兒，牠一定撐不住的。來不及多想，趕緊費力地將牠抬回家。屋子很簡樸，卻很溫暖。壁爐的火燒得旺旺的，沒多久，便融化了這隻狼身上的雪。這幾天，父母外出辦事，沒有回家；屋裡，只有她一人。

徐如靜拿出醫藥箱，準備救治這隻狼。雖然平時也常爲一些受傷的小動物敷藥，但這麼嚴重的傷，她還是第一次遇見。可是，現在已經來不及將牠送到山下的獸醫院，只能拚拚運氣了。

徐如靜穩住心情，開始爲牠取子彈。傷口很深，鑷子伸入模糊的皮肉之中，她小心翼翼地將子彈取出。在燈光的映照下，她發現那顆子彈的表面鍍著銀。她沒再多看，開始爲牠止血，包紮。弄好後，已是深夜，徐如靜將狼抬到毛毯上，爲牠蓋好被子。做完這一切，實在太疲倦，倒在床上，睡著了。

第二天，她是被窗外刺眼的雪光驚醒的。

剛醒來，渾渾沌沌的，像往常一樣，睜眼發了一會兒呆。但她忽然察覺一道視線，冷冷的視線。輕輕地轉頭，看見了一隻雪白的狼。他的右眼被紗布包著，而牠的左眼正射出淡淡的、沒有感情的光芒。

徐如靜這才害怕起來，狼是有野性的動物，牠是會攻擊自己的。她沒料到牠會恢復得這麼快，因此昨晚也就任由牠睡在自己的房間。她的手緊抓著床單，心下不住埋怨自己的大意。一人一狼就這麼對視著。房間裡很安靜，似乎能聽見外面雪融化的聲音，慢慢地、舒緩地融化著。

徐如靜很清楚，如果牠要進攻，自己根本跑不了。牠會撲上來，準確地咬住她的脖子，用牙齒割破她的氣管……她甚至已經聞到了血的氣息。可是牠沒有，那隻狼並沒有這麼做。牠似乎感覺到了她的害怕，而沒有再看她，改將頭枕在自己的前爪上，閉眼假寐著。牠沒有敵意。徐如靜大大地鬆了口氣。

她忽然想到這隻狼恐怕是餓了，便來到廚房，拿出一塊生肉，解凍後，放在牠面前。白狼慢慢睜開眼，看了這塊肉一眼，然後張口吃了起來。牠的速度很慢，吃相很優雅，並沒有食肉動物那種天生對生肉的貪婪。這，也讓徐如靜放鬆了警惕。

她在牠身邊蹲下，看著牠光滑的、白色的毛，忍不住伸手撫摸：「知道嗎？你被獵人的槍射中了，傷得很重。這麼冷的天，爲什麼還要在外面跑呢？是因爲沒有食物嗎？以後，如果沒有吃的，你可以來這裡要。」白狼抬起眼睛，看著徐如靜，眼中的神情，她看不清楚。

白狼繼續留在她家養傷。徐如靜每天都爲牠換藥，餵牠吃東西。牠的傷口癒合得很快，那麼深的傷口，沒幾天工夫，便成了淺淺的疤痕。

徐如靜一邊爲牠換藥，一邊囑咐道：「你的生命力眞強，再過一兩天，你應該就沒事了。到時候，你也要回家了吧。以後，一定要小心。」白狼沒什麼反應，只是看著她，靜靜地看著她。

這時，屋外起了一陣騷動，徐如靜正納悶，門便「咚咚」地被敲響。她趕緊開門，卻發現屋外站著十幾名男子，一個個眼神銳利，神祕兮兮的。

爲首的那人面無表情地詢問：「你見過一條白色的狼嗎？」徐如靜直覺他們來意不善，只是搖搖頭。那人拿出一張照片，指著上面一個陌生的年輕男子問道：「那麼，你見過這個男人嗎？」徐如靜再次搖頭，這次，她沒有撒謊。一旁有個男的提醒：「大哥，他受了傷，再加上這麼大的雪，肯定走不遠。我們往前找找吧。」爲首的男子頷首，帶著一群人繼續往山上走去。

徐如靜關上門，猛地一回頭，卻發現那隻狼站在角落中，全身散發出警戒的味道。

徐如靜走過去，在牠面前蹲下，手輕輕撫摸上牠右眼的傷口。那條長長的傷口已經變淺，印上她的掌心。她這麼柔聲地安慰著：「沒事的，他們不會找到你。」白狼依舊安靜地看著她，用一種沒有任何人懂的眼神。

徐如靜一直細心地照顧著白狼。她家住在山腰上，沒什麼鄰居，父母最近正好到山下工作，不能回家。她一個人很是寂寞，這隻狼正好可與她作伴。每晚，她會讓牠睡在自己身邊。不是因爲牠暖和，而是因爲牠冷。無論爲牠蓋上多少條被子，牠的身體依舊是冷的。她想捂熱牠。

徐如靜知道這隻白狼來歷不凡，否則那些神祕人也不會四處尋找牠。可是，他們究竟想抓牠做什麼，是要做什麼實驗嗎，或者牠是什麼異常名貴的品種呢？想了許久，也不得其解，她搖搖頭，閉上眼，漸漸進入夢鄉。

朦朦朧朧間，她似乎感覺到一陣冷，像是……有什麼東西在觸摸自己的前胸，柔軟卻冰涼。她想睜開眼，可是無論怎麼努力都無法醒來。是夢魘嗎？她不清楚，腦子依舊渾沌，思緒依舊飄浮在不知名的角落，而胸前的冰涼，久久不散。

再次醒來，已是隔天中午。

徐如靜的第一個反應，便是低頭。夢中的感覺太過眞實，她要親眼證明那只是夢。可是，當看清自己胸前時，她屏住了呼吸。那不是夢，前胸上確實有一個紅色的印記，像是……唇印。她猶疑地摸著，那種冰涼的感覺似乎傳到了掌心。怎麼會呢？屋子裡只有自己和那隻白狼……

白狼？徐如靜抬眼四顧，卻發現，那隻白狼並不在房間裡。徐如靜下床，找遍了整間屋子，始終沒發現那抹白色的蹤跡。最後，她推開門，看見屋前的雪地上有一行腳印，淺淺的狼的腳印，在陽光下若隱若現。牠走了。徐如靜將手放在胸前，眼睛一直注視著前方，久久沒有回神。

時間的流逝改變了一切。

冬去春來，皚皚的白雪慢慢融化，綠意重新布滿山野，日子就這麼過去了。徐如靜還是和以前一樣，過著平凡而平靜的生活。寒假結束，她又開始上學了，繁重的功課充斥了她的生活。那隻白狼，就像她胸前的紅色印記，慢慢淡化在記憶中。

雖然住在山上，但因爲有纜車，每天上下學並花不了太多的通勤時間。這天放學後，她搭乘纜車回家，時間已近傍晚，車廂中載著她和另一名陌生男子。說是陌生，但徐如靜總有種感覺——這個男子，似乎在哪裡見過。禮貌起見，她不好意思一直盯著別人看，便繼續端坐著，拿出書本，開始溫習功課。

她是個纖細而白淨的女孩，五官並不出眾，卻有股清秀淡雅的氣質。她穿著整潔的校服，深色的裙子長及膝蓋，露出勻淨的小腿。她微微垂著頭，長長的睫毛映在瑩潤白皙的臉上，煞是分明。纜車裡靜靜的，只偶爾響起書本翻頁的聲音。窗外的風景慢慢變化著。初春，所有的綠都透著新鮮，看上去令人心情愉悅。在半空中，兩個人就這麼各自安靜地待著。

可是漸漸地，徐如靜開始分神。她總覺得有一道目光正鎖著自己，不著痕跡，卻牢牢地鎖著自己。她無法安心看書。那道目光很熟悉，帶著冷，帶著漠然，還帶著她看不清的感情。那道目光來自坐在她對面的男子。她再也忍不住，疑惑地抬起頭，看向那個男人。這麼一看，徐如靜的神經瞬間緊張了起來。男人側著身子，她只能看見他左半邊的臉。

他是好看的，嘴唇薄薄的，輪廓分明。他的鼻梁高挺細直。他的眼睛狹長微挑，那種弧度帶著誘惑。可是，這個男人渾身上下卻散發著邪氣，還有一種若有若無的冷。一種危險的氣息。見她察覺了自己，男人並沒有收回目光。那眼神反而看得更深，彷彿能夠看穿她的全部，她的身體，還有她的心。徐如靜不敢再與他對視，她偏轉過頭，從纜車車窗看了出去。

山野的萬物都是靜寂的，經過一天的繁華，在逐漸晦暗的天光下，隱沒了。從小到大，她坐過無數次的纜車。當身體處於半空中時，不屬於天，不屬於地，彷彿游離於塵世，這種感覺帶著新奇，也帶著淡淡的恐慌。

而現在，她更多了一層不安。因爲身邊的男人，他讓她不安。她無法定下心神，那個男人攪亂了她的思緒，她的呼吸連帶著也變得急促而不均勻。徐如靜深深吸口氣——「沒關係，再過幾分鐘，就可以到家了。再過幾分鐘，就可以離開他。」她這麼安慰著自己。可是她錯了。

她聽見那男人起身，慢慢朝自己走來。他的腳步聲輕而沉穩，在空空的車廂中迴盪。壓迫感，徐如靜感到巨大的壓迫感，她的喉嚨開始緊縮。她還是沒有回頭，她不敢回頭。她在逃避，但這無濟於事。

那男人的聲音在她耳邊響起：「我來接妳了。」聲音帶著點點笑意，可是就連那種笑意也是冷的、漠然的。徐如靜不認爲他在和自己說話，可是車廂中除了他，便只有自己。她不敢動彈，一雙手緊緊抓住自己的裙子，抓住一朵繁亂的花。

車廂的玻璃上映出他淡淡的、陌生的、危險的影子。

她說：「先生，你認錯人了。」因著緊張，聲線並不平穩。他輕聲反駁：「我從來不會認錯人。」徐如靜搖搖頭：「我眞的不認識你，我要回家了。」那男人的話中聽不出任何感情：「妳不能回家。以後，妳必須待在我身邊。」

徐如靜先是愣愣的，片刻之後，她忽然起身。他給予的壓迫，逼得她喘不過氣來。他帶來的危險，讓她極度恐慌。她明白，車廂的空間就這麼大，根本無處可逃。但這是一種本能，她的身體不由自主地想要逃離他。

還沒跑出一步，男人便抓住她的手臂，纖細的手臂。隔著布料，還是能感覺到被他碰觸的地方是冷的，一種熟悉的冷。他一把將她拖入懷中。她驚惶地抬起眼，看清了他的全部。

她記起來了。那張照片，那些神祕人給自己看的照片，他就是照片上那個年輕男人！而且……他的右眼上有條淺淺的疤痕。電光石火之間，她想起了那抹白色，雪地中的白狼。徐如靜的記憶就停留在這裡。

接下來，她聞到一陣異香，然後昏睡了過去。人猶清醒的最後一剎那，她聽見他冷冷地說：

「妳是我的。」

白狼，躺在雪地上的白狼。

牠奄奄一息，渾身沾滿了血，殷紅的血。她跑過去撫摸牠，牠的毛柔順中帶有涼意。牠的右眼有道傷口，淺淺的疤痕，她把手輕輕放在上面。

忽然，牠睜開了眼，那眼裡映著冰天雪地，冷到極致。一切都發生得很快，牠瞄準她的喉嚨，向她撲了過來。牠右眼的疤痕漸漸逼近，漸漸擴大……

徐如靜猛地坐起身子。額上的冷汗緩緩滑過腮邊，產生一種微微的、涼涼的癢。是夢，她做了噩夢。將臉埋在雙手中，她的手仍在顫抖。忽然，她感覺到異樣。抬起眼，發現自己竟然置身一個陌生的地方。

她有一瞬間的失神，而後她忽然記起，那個男人，那隻白狼。徐如靜倏地下了床，向門口跑去。這一切都太詭異了，她要趕緊離開，回到原來的生活。

可是就在這時，門打開了。那個男人走了進來，他說：「醒了？」徐如靜後退兩步，警戒地看著他：「你是誰？為什麼要把我綁架到這裡？」那男人輕笑：「我叫游斯人。其實，妳是知道我身分的。」徐如靜搖頭：「不，我不知道。」游斯人撩起頭髮，露出右眼上的疤痕，輕聲道：「看見這個，妳還是沒有想起來嗎？」

徐如靜記得，她當然記得。那隻白狼，那隻自己救過的白狼。難道，這個男人就是……怎麼可能，不會有這種事情的，不會的。

徐如靜的臉色變得蒼白，聲音有些顫抖：「我不明白你在說些什麼，請你放我回家。」游斯人的碎髮重新遮住了他的眼睛，卻遮不住那道冷冷的光：「從今以後，這裡就是妳的家。」徐如靜慢慢地後退著：「你為什麼要綁架我，我家只是一個普通人家，沒有什麼東西可以給你的。」

游斯人跟隨著她的腳步，不緊不慢地前進，直到將她逼至床邊。徐如靜避無可避。他一把將她推抵在床上，抓住她的手腕，低下頭直視著她：「我要的，只是妳。」然後，他一個動作解開了她上衣的扣子。

皮膚與微寒的空氣接觸，徐如靜感覺到胸前一陣冰涼。接下來，游斯人將嘴唇印上她的胸口，柔軟的、涼涼的唇。那個夢魘，是那個夢魘的重現。不僅僅是重現，她永遠墜落在夢魘中了。

游斯人就是那隻白狼，這是他告訴自己的。徐如靜不敢相信，可是一切的一切讓她不得不信。游斯人，還有他的家族、他的手下，全是狼人。看起來和常人無異的他們，可以隨意變成狼。上次，游斯人一時大意，遭到仇家暗算，受了重傷。他變換成狼形，逃入山林中，卻因失血過多，暈了過去，後來得到徐如靜的救治。傷癒之後，他回去了，花了一個月的時間，清理仇家。一切做完之後，他便來尋她。

透過窗戶，徐如靜看著院子。

綠葉蔥蘢，紅花豔豔，春光繁華，美不勝收。可是看著眼前美景的那雙眼睛，卻很迷茫寂寞。

游斯人的聲音在她背後響起：「爲什麼整天都待在房間裡？」徐如靜的嘴角扯出一抹苦笑：「反正都是被囚禁，在哪裡不是一樣嗎？」游斯人從後捋起她的髮，那黑亮柔軟的髮在他五指間糾纏：「那是因爲妳想跑，我只能囚住妳。」

徐如靜忽地轉過頭來，黑髮從他指尖逃脫：「你爲什麼要這麼做，我明明救了你的性命，爲什麼你要恩將仇報？」游斯人淡淡問道：「難道，做我的女人對妳來說是一種折磨？」徐如靜懇求道：「我只想過簡單的生活，請放我回去好嗎？」游斯人將嘴湊近她耳邊，輕聲道：「除非妳答應做我的女人。」

他涼涼的氣息噴在她敏感的耳邊，讓她的臉頰迅速染上了一層嬌豔的紅。徐如靜下意識地後退，但她的背後是牆，是窗。她避不開。她被圍在他的雙臂間，她被囚在他的氣息中。游斯人湊近她的臉，他想要吻她，可是徐如靜偏開了頭。

游斯人緩緩說道：「不管妳想耗多久，我都會陪著妳。」聞言，徐如靜的睫毛抖動了一下。他……會一直囚禁自己？徐如靜垂下眼睛，緊握著自己的一雙柔荑，輕聲問道：「如果，如果我答應做你的女人，你可以讓我回去看我爸媽嗎？」游斯人抬起她的下巴，那雙深邃狹長的丹鳳眼靜靜地看著她：「如果妳願意，我什麼都會給妳。」

徐如靜咬住下唇，緊緊地咬住，直到水潤的唇開始發白，才放開貝齒：「我答應你。」游斯人專注地看著她，他要她親口說出來：「答應什麼？」徐如靜說得十分艱難：「我答應你，我答應……做你的女人。」游斯人滿意了，伸出手，輕輕用手背摩挲著她的臉頰，只是這麼摩挲著，再沒有說一句話。

游斯人沒有食言，第二天，他便帶徐如靜回家。

看見失蹤已久的女兒，徐氏夫婦激動得說不出話來。而徐如靜則一直抓住母親的手，垂著淚。

李雅靜替她抹去眼淚，埋怨道：「如靜，妳這幾天到哪裡去了？擔心死我們了。」徐如靜沒能開口，因爲游斯人替她回答：「伯父、伯母，我受了傷，如靜這幾天一直在照顧我。」

徐永志看著他，猶疑地問道：「請問你是？」游斯人回答：「我是如靜的未婚夫。」徐氏夫婦詫異。游斯人繼續說道：「等如靜到了年紀，我們就會結婚。」徐永志轉頭看向女兒：「如靜，這是眞的嗎？」

看著門外游斯人的那群手下，徐如靜沉默了。即使此刻有父母幫她，可是他們一家又有什麼力量和游斯人對抗呢？絕對不能衝動。她定下神來，艱難地點點頭：「爸、媽，他說的……是眞的。」夫婦倆都是老實人，見女兒已經承認，也不好再多說什麼。

又待了一會兒，在游斯人的催促下，徐如靜只得依依不捨地和父母道別，然後離開。自始至終，她的手都是緊握著的。而現在，手中的紙條已經不見。

徐如靜開始等待。

她早有準備，回家之前便寫了張小紙條，寫上游斯人的地址，要父母報警救自己。和父母道別時，她將紙條塞進了母親的手心。她相信，他們一定會來救自己的。她在等待，等待重新回到平靜的生活。她的眼裡又開始有了光彩。

游斯人半躺在床上，默默地看著她，他用眼睛勾勒著她身體的每一根線條，看透她內心的每一個想法。他知道她在想什麼。他不喜歡她眼中的興奮，那種因爲要離開自己而燃起的興奮。

他要熄滅它。

游斯人冷道：「別再等了，他們不會來的。」徐如靜的身子變得僵硬：「你這話什麼意思？」游斯人從口袋中掏出一張紙條，輕聲道：「還需要我多說嗎？」徐如靜倏地站起身：「爲什麼你會有這個，你把我爸媽怎麼了！」游斯人的聲音沒有情緒任何起伏：「別擔心，他們很好。以後，我會派人去照顧他們的，而妳將會永遠待在這裡，做我的女人。」

一種深深的絕望襲擊了徐如靜的全身，她失去控制，猛地撲上前去抓打游斯人：「你憑什麼這麼對我，你憑什麼關住我！快放我回去，我要你放我回去！」游斯人任由徐如靜這麼捶打著自己。

他安靜地看著她，看著她哭泣，看著她發洩，看著她逐漸失去力氣。然後，一把將她抱起，輕輕放在床上。徐如靜一直沉浸在期待落空中，待她反應過來時，游斯人已經將她制住。他並未使出多大的力氣，可是她掙脫不開。徐如靜的心跳頓時停止，雖然未經人事，可是女人的直覺清楚告訴她，接下來會發生什麼。

游斯人的動作很慢，很柔，很優雅。他一點一點地剝去她的衣服，沒有一絲急躁，舉止之間全是閒適。自始至終他都知道，她遲早是自己的。他用牙齒一顆顆地、緩慢地解開她的上衣扣子。對徐如靜而言，這是一種凌遲。

她很冷。

在他的努力之下，所有的遮蔽都褪去了，她羊脂般華麗的身體完全展現了。赤裸的白皙的她，散發著一種柔弱，讓人產生憐惜；同時，那種柔軟的白，也讓男人產生征服的欲望。

他的唇開始在她身體上流連，在那滑膩的皮膚上遊走，在那些女性的曲線上徜徉。他的唇是冷的，像冰，可是他碰觸過的地方卻是熱的，像燃起了火。在冰與火之間，她受盡折磨，她無法忍耐，她猛地推開了他。她起身，她想逃，她不能再待在他身邊。

可是游斯人輕而易舉便制住了她，重新將她壓在自己身下。徐如靜反躺在床上，她的背脊沒有任何保護，落入了他的手中。她整個人都在他的掌控之中。

他伸手撫摸著她的臉頰，輕輕的，依舊帶著那種她辨不清楚的感情。那隻手滑過她的脖子，慢慢向下，來到她的胸前，包裹住那嬌柔。他不慌不忙，慢慢地揉撚著。嬌小的櫻紅開始硬挺，開始在他掌心中摩擦，那是一種男女之間的原始動作。

刺激引發的悸動讓徐如靜無法忍受，她將臉埋在枕頭中，緊緊咬住嘴唇。枕頭裡有淡淡的木香，那是屬於游斯人的氣息。徐如靜忽然悲哀地意識到，她是逃不開的。他的手掌控住她女性的極致所在，盡情地掌控著。他的舌輕舔著她的頸脖，一下又一下，透過那敏感的肌膚，引發她最生澀的情慾。徐如靜很難受，不停地擺動著身體，那是種陌生的感覺，讓她恐慌。

游斯人的手繼續向下，撫過她的小腹，來到她的私處。徐如靜的身子不自覺地緊縮，她想將自己縮小，小到不曾存在過。她沒辦法面對此刻。游斯人修長的手指，進入她的私密之園，他在探究著，探究她的身體是否已經做好迎接自己的準備。但即使是一根手指，對徐如靜稚嫩的柔軟而言也是一種酷刑，她感覺到漲漲的痛。陌生的異物帶來屈辱，帶來惶恐。

徐如靜不明白這一切爲什麼要發生，她的聲音中帶著痛苦：「放我回去。」游斯人將頭埋在她的頸脖上，聲音很輕地說：「妳再也回不去了。」接著，他進入了她。一股劇痛在徐如靜的體內爆炸開來，她微微睜開眼。枕頭是暗紅色的，閃著流光，像是血，滿眼都是血。她回不去了。就像游斯人說的，她回不去了。

此後，她就一直被囚禁在這間宅子中，囚禁在游斯人的手心裡。

游斯人沒有其他的女人。這幾年，他每天都會陪著她，每天都會要她，彷彿永遠不會厭倦。徐如靜不明白他的心，她永遠也看不清他。

他是冰冷的、殘酷的，他經常微笑，可是那笑卻是酷刑的前奏，他可以毫不猶豫地除去一條人命，就像拔去一根草，他的雙手沾滿了血。可是在徐如靜內心深處，她感覺得到，他是在乎她的。他留心她的口味，常常吩咐廚房煮她喜歡吃的菜。晚上睡覺時，他會環著她，輕輕將她擁在懷中。當她生病時，他會寸步不離地守在身邊，照顧她。

游斯人告訴徐如靜，只要她留在自己身邊，他會給她一切。只是，她要的卻是離開。這是他給不了，不願給的。

院裡的景物變換了幾個輪迴，徐如靜漸漸不再抱任何希望。也許，她這輩子注定將這麼度過吧。徐如靜的心開始靜下來，冷下來，直到葉西熙出現。

她怎麼也想不到，葉西熙居然將她帶了出去。她重新見到久違的世界，那種感覺恍如隔世。在激動與興奮之中，一種深深的不安埋藏在她心中。

徐如靜明白，游斯人不會就這麼放過自己。可是，她無論如何也想不到，他會對自己的父母下手。當看見報紙上的消息時，她全身的血液都凝結了，仇恨充斥了她的身體。

她走出了夏家，回到那幢她做夢也想逃離的宅子。她自投羅網，讓游斯人在自己身上發洩，看著他倒在床上，聽見他平靜地問：「妳要殺我嗎？」她殺了他，她扣動扳機殺了他。濃稠黏膩的血從他的胸口流出，他死了。而她的魂魄，也不見了。

後來發生的一切，在徐如靜的印象裡都是些淡淡的影子，就像一場夢。

她被成風抓住，送到游子緯那裡，他們砍下了她的小指。可是不痛，她沒有感覺到任何一點痛，除了寂寞，她只感覺到寂寞。從此以後，世界上只剩她一個人了。

爸爸、媽媽，甚至是游斯人，全都不在了。她現在才知道，自己是有點在乎游斯人的。她清楚地記得，在殺他的那個瞬間，她的心，痛了起來。多年的朝夕相處，聯繫彼此的，除了恨，除了怨，還有些其他莫名的東西。

後來，成風來了，對她說了很多的話。可是，她沒有聽見，她的腦海一片空白，直到這幾句話傳入：「其實，殺妳父母的人，並不是游斯人。一切都是游子緯策畫的，本來只是爲了替游斯人找點麻煩。只是沒想到，妳這麼厲害，眞的幫我們除去了他。」

眞凶，不是游斯人。

徐如靜呆立著，她的眼前又浮現出了血，游斯人胸前的血靜謐地流了出來。她身體裡的血液也慢慢從腳底流走，帶走了全部的體溫。冷，很冷。

成風撲了過來，他要占有她。徐如靜沒有反抗，沒有關係的，她已經死了……

這時，槍聲突然響起。

成風的手臂上，出現了一個血窟窿。徐如靜聽見一個熟悉的聲音，冷冷的，沒有任何情緒：「除了她的手，她的耳……你還碰過哪裡？」是游斯人的聲音，她看見了游斯人，他從陰影中走來。游斯人一槍一槍慢慢射穿了成風的身體，用最殘忍的手法殺死他。然後，踏著成風的屍體，走了過來，走到她的面前。

游斯人脫下自己的外衣，緊緊裹住她的身子。那淡淡的木香重新縈繞在她的鼻端，像是一種枷鎖將她牢牢扣住。

她的生命，注定要與他糾纏。

國家圖書館出版品預行編目資料

我的男友是條狼（1）／撒空空著；── 初版
── 臺中市：好讀，2014.01

冊；　公分，──（真小說；42）（撒空空作品集；05）

ISBN 978-986-178-306-2（平裝）

857.7　　102022147

好讀出版

真小說 42
我的男友是條狼（1）

作　　者／撒空空
封面插畫／度薇年
總 編 輯／鄧茵茵
文字編輯／簡伊婕
內頁編排／王廷芬
行銷企畫／陳昶文
發 行 所／好讀出版有限公司
台中市 407 西屯區何厝里 19 鄰大有街 13 號
TEL:04-23157795　FAX:04-23144188
http://howdo.morningstar.com.tw
（如對本書編輯或內容有意見，請來電或上網告訴我們）
法律顧問／甘龍強律師

戶名：知己圖書股份有限公司
劃撥專線：15060393
服務專線：04-23595819 轉 230
傳眞專線：04-23597123
E-mail：service@morningstar.com.tw
如需詳細出版書目、訂書、歡迎洽詢
晨星網路書店 http://www.morningstar.com.tw

印刷／上好印刷股份有限公司 TEL:04-23150280
初版／西元 2014 年 1 月 1 日
定價／ 250 元
如有破損或裝訂錯誤，請寄回台中市 407 工業區 30 路 1 號更換（好讀倉儲部收）

Published by How Do Publishing Co., LTD.
2014 Printed in Taiwan
ISBN 978-986-178-306-2

情感小說 · 專屬讀者回函

書名：我的男友是條狼（1）

姓名：________________ 性別：□男 □女 生日：______年______月_____日

教育程度：________________________

職業：□學生 □教師 □一般職員 □企業主管

□家庭主婦 □自由業 □醫護 □軍警 □其他______________________

電子郵件信箱（e-mail）：______________________ 電話：________________

聯絡地址：□□□ ____

您怎麼發現這本書的？

□書店 □__________ 網路書店 □朋友推薦 □__________網站／網友推薦

□其他____

買這本書的原因是

□內容題材深得我心 □價格便宜 □封面與內頁設計很優 □其他__________

您閱讀此本小說的原因：□喜愛作者 □喜歡情感小說 □值得收藏 □想收繁體版

□其他____

您喜歡閱讀情感小說的原因

□打發時間 □滿足想像 □欣賞作者文采 □抒解心情 □其他______________

您不喜歡哪類情感小說的情節設定

□人人都愛女主角 □女主角萬能 □劇情太俗套 □太狗血 □虐戀 □黑幫

□其他____

最無法忍受的主角人物關係

□父女 □師生 □兄妹 □姊弟戀 □人獸 □ BL □其他__________________

您最常接觸情感小說的方式

□購買實體書 □租書店 □在實體書店閱讀 □圖書館借閱 □在____________

網站瀏覽 □其他____

您喜歡的情感小說種類（可複選）

□宮廷 □武俠 □架空 □歷史 □奇幻 □種田 □校園 □都會 □穿越 □修仙

□台灣言情 □其他____

推薦你喜歡的情感小說作者或作品（多多益善喔）

____

您這對本書還有其他想法嗎？請通通告訴我們：

____

____

部落格 howdo.pixnet.net/blog 粉絲團 www.facebook.com/howdobooks

請填妥後對折黏貼，直接投郵即可，無須貼郵票。

廣告回函
台灣中區郵政管理局
登記證第 3877 號
免貼郵票

好讀出版有限公司　編輯部收

407 台中市西屯區何厝里大有街 13 號
電話：04-23157795-6　傳眞：04-23144188

沿虛線對折

填 問 卷， 送 好 書

詳填此張讀者回函，並附上 40 元郵票（寄書郵資），即送您好書

中視八點檔大戲｜傾世皇妃原著小說｜林心如主演

《傾世皇妃（上）一寸情思千萬縷》

定價：250 元

數量有限，送完為止